藥香襲人

下

風文創 247

維西樂樂 著

目錄

第二十四章 圈套

快到年底這生意上的事越發多起來，顧瀚揚打發了各地的管家，想著今年的利潤又是極好，悶了幾天的情緒也鬆快了些，便問道：「錦繡閣那邊怎樣？」

清風忙回道：「那日爺打發去的轎子，錦大少奶奶說不累，打賞了婆子便打發回來了。這幾日不過是在屋裡看些醫書，或者做了丸藥送去仁心堂，或者帶著丫鬟們消寒，再沒別的。」

顧瀚揚聽了垂了眼，過了一會兒道：「方才京城有幾家店鋪的帳目有些不清，帶回去今晚理順了，明日好盤問他們。」

清風聽了，知道自己的主子今天又要在養拙齋通宵忙碌了。

到半夜起了風，打得窗櫺噗噗作響，顧瀚揚抬頭看了看窗外道：「明月，外面冷嗎？」

明月在外間回道：「爺，只起了風，倒不覺得很冷。」

「後半夜想來會冷，你去給他們取了棉衣送去。」顧瀚揚道。

明月應了下去。

「收了吧，爺累了。」說完起身往西次間去，通房大丫鬟牡丹、素蕊早在西次間等著伺候，見顧瀚揚進來忙蹲身行禮。

二人準備好熱水，進裡間暖閣伺候顧瀚揚梳洗睡下了，見顧瀚揚沒有吩咐，便去外間的炕上歇了。

素蕊閉上眼睡了，牡丹卻是睜著雙眼看房頂，不知道想些什麼。

屋裡顧瀚揚睡得極不安穩，一時輾轉反側，一時又坐了起來，在屋裡走來走去。聽到聲音，外間炕上的牡丹想起床進去，素蕊拖住她搖搖頭，牡丹不滿的斜睨了素蕊一眼，倒沒強要下床。

過了片刻屋裡靜了，素蕊看了牡丹一眼，示意她睡，牡丹怏怏的閉眼正準備睡了，就聽屋裡道：「誰在外面？」

牡丹一喜，忙道：「奴婢牡丹。」

「進來吧。」顧瀚揚一貫冷冷的聲音。

牡丹興奮的起身，摸出身邊的小鏡子，藉著月光打量自己。素蕊見了，忙拉拉牡丹示意她快些。牡丹放下鏡子，又把自己斜襟睡衣的領口鬆了鬆，方走了進去。

素蕊看了，暗自嘆了口氣，側身睡了，耳朵卻聽著屋裡的動靜，屋裡並沒有說話的聲音。不過片刻，牡丹嬌柔的呻吟聲便傳了出來，素蕊只覺一片悲涼，也睡不著了，遂坐在炕上等著屋裡喚人。

不過兩盞茶的工夫，便聽到屋裡要熱水，素蕊忙下炕提了熱水進去伺候，等和牡丹一起伺候了顧瀚揚安睡後方躬身退下。

出了裡間，便拉了牡丹往偏房去，點了個小燈便推了牡丹進去梳洗，自己在外面一邊聽著顧瀚揚那邊有沒有什麼動靜，一邊輕聲勸道：「我勸妳歇了那些個念頭吧，何苦呢？」

裡面只有嘩嘩的水聲，過了片刻方傳來嘆氣聲，道：「我們倆一處也有幾年了，我知道妳是為我好，可我和妳不一樣，妳爹得了個莊頭的差事，妳哥哥又已經娶了親，下面只有個妹妹，再沒愁的，如今你們家只等妳放出去了。可我家呢？爹一味的只知道喝酒，娘不過是打雜的，下面還有弟妹都沒成人呢，我若不爭氣，一家人怎麼好。」

素蕊知道牡丹說的都是實話，便道：「妳真全是為了妳家人，嫁個管事也能支應家裡的，妳不過是為著妳自己那些念想罷了。」

牡丹穿好衣服走了出來，那柔媚的雙眼看了素蕊，冷冷一笑道：「難道妳就沒有念想過？」

素蕊見牡丹那樣，又好笑，又好氣，便道：「咱們府裡凡是略平頭正臉些的，誰對咱們大少爺沒有念想？我自然也有，不過我能夠在養拙齋伺候咱們大少爺幾年我就很知足了，往後嫁個老實的莊戶人，踏踏實實過日子罷了。妳看看這養拙齋以前伺候的丫鬟們，和妳有一樣念想的可有個好的？別的不說，就說芍藥、松蕊吧，妳可願那樣？」

牡丹聽了垂頭不語，抬起頭咬了唇道：「我總要試試，若能和松蕊一樣，我也知足。」

素蕊搖搖頭道：「妳好自為之，只願妳別像芍藥一般就好。」

牡丹聽了，不禁打了個冷顫，道：「大半夜的快睡去，別咒我了。」

大早上盧嬤嬤便帶著小丫鬟端了兩碗藥往養拙齋來，清風見了施禮道：「二位姑娘在西廂房等嬤嬤呢！」盧嬤嬤點點頭，往西廂房去。

牡丹、素蕊見了起身行禮，盧嬤嬤示意丫鬟把藥放在桌上，道：「照以往的規矩，凡是大少爺晚間喚人伺候了，妳二人都一起用藥，二位姑娘請吧。」

素蕊看了盧嬤嬤刻板的臉一眼，端起一碗喝了，又端起旁邊的清水漱口，漱完水吐在白瓷碗裡，那水只略微見些黃色，盧嬤嬤微微點頭。

牡丹眼神游移，不知道想些什麼，看盧嬤嬤盯著自己看，只得拿了另一碗喝了，中間又嗆了些出來，再和素蕊一樣漱口，吐在白瓷碗裡，也只有些微的黃色。盧嬤嬤卻冷冷的看著牡丹不作聲，只示意身邊的丫鬟上去。

那丫鬟往日裡是跟著盧嬤嬤伺候慣了的，此刻上前利索的拉住牡丹的手反擰了，從袖口裡搜出條手帕，濕漉漉的。

盧嬤嬤也不作聲，牡丹見了，慌忙跪下求饒，盧嬤嬤道：「妳也不是新人，規矩妳是知道的，這藥是沒有了的，便是妳運氣好，有了身孕又會怎樣，想來妳也是明白的。」說完帶著丫鬟走了。

牡丹面色蒼白的跌坐在地上，素蕊恨恨的道：「我昨晚和妳說的，妳便是一點也沒聽進去呀。妳可知道，芍藥當日也是如妳這般，結果被發現有了身孕，咱們爺連眼都不眨，就讓人把她送去了軍營紅帳裡。去了不過幾天，那孩子就流產了，還不得休息，日夜要應付那些粗魯的士兵。偏是咱們爺下了令，連死都不能，現在還在紅帳裡熬著呢，妳若真鐵了心要和她作伴，誰也攔不住妳。」

牡丹此刻才覺得害怕起來，便道：「我想辦法找了藥吃了便是。」

素蕊搖搖頭道：「妳是第一天來的嗎？此刻盧嬤嬤早已知道了，有誰敢給妳買藥。」

牡丹慌亂的抱著素蕊抽泣著，素蕊道：「妳就求老天爺保佑妳沒孕，到時候不過配個三等小廝，還得好活。」

牡丹悲從中來，不甘的哭了起來。

瑞雪閣裡，秦暮雪聽了桃紅的話，放下書不屑的冷笑道：「一個下賤的奴婢也妄想有表哥的子嗣，真是不知死活。」

桃紅忙道：「正是，她哪裡騙得過盧嬤嬤，真真找死，聽說此刻到處求人買藥呢，咱們府裡哪有人敢幫她買藥呢。」

心裡一動，秦暮雪輕輕點了那粉彩茶盅道：「何用到處亂求人呢？咱們錦繡閣裡現住著位神醫呢，聽說家裡還開著叫仁心堂的藥鋪，咱們錦大少奶奶想必也是宅心仁厚的吧。」

綠柳一聽，眼睛一亮道：「正是，想來牡丹是急糊塗了，總要有人提醒才是。」

秦暮雪微微一笑，看了桃紅道：「漣漪軒裡一定有和牡丹關係好的，妳便幫她一下吧。」桃紅歡喜的應著下去了。

等桃紅走了，秦暮雪囑咐綠柳道：「這件事未必能善了，妳別摻和進去。」晚上伸手不見五指，還是漣漪軒的那間屋子，一個穿比甲的丫鬟閃身進去與那炕上坐著的人低語了幾句，那坐在炕上的身影道：「瑞雪閣倒打的好主意，妳明日便拉著桃紅在有人的地方多說說話，再把剛才的話想辦法傳給牡丹。」

那穿比甲的丫鬟應了。

這幾日顧瀚揚都沒有再來錦繡閣，喬錦書也樂得自在，倒是有時間帶著紫蝶幾個給一品大師和袁楚都做了套蠶絲的棉衣，自己又親手給饅頭、包子也都做了一套，想著怎麼也要給顧夫人做一套才好，這裡帶了紫蝶幾個選了料子正準備動手，湘荷走了進來道：「大少奶奶，養拙齋的丫頭牡丹求見。」

喬錦書聽了忖道，往日有事都是清風、明月來的，今日怎麼換了人？便道：「讓她進來吧。」

牡丹聽了湘荷說錦大少奶奶讓自己進去，心裡又喜又憂，忙自己打起簾子走了進去，慌忙跪倒在喬錦書跟前道：「奴婢給錦大少奶奶請安。」

喬錦書見了，雙眉微蹙道：「爺派妳來有什麼事？妳且起來說話。」

牡丹跪在地上不肯起，連連磕頭哭著求道：「奴婢求錦大少奶奶救命，求錦大少奶奶救命。」

看見牡丹如此，喬錦書倒不急著讓她起來了，放下手裡的針線，仔細打量了一下跪在地上的丫鬟。嫣紅色的窄袖小襖外穿了件藍色比甲，雖是平日裡丫鬟們慣常的打扮，但袖口襟邊都細細的繡著桃花，格外添了些明媚，腰用嫣紅的汗巾束了，不盈一握，如今哭得梨花帶雨，眉眼間有幾分風情流轉。

見喬錦書並不答話，只是噙著笑打量自己，牡丹心裡沒底，只是想起那人說的話——「行醫的人必是心善的，也不敢不心善，只有她賞妳藥，妳才能在爺身邊繼續伺候，不然……」想到這兒打了個冷顫，牡丹又連連磕頭哀求。

見她這般摸樣，喬錦書也不多話，笑道：「把手放到桌上，我把把脈再說吧。」

牡丹並不伸手，只是囁嚅著看著喬錦書，咬咬牙道：「奴婢並沒有生病。」

聽見牡丹這樣說，喬錦書也不說話，只端了茶，輕輕的啜了一口，看著穀雨道：「這菊花倒沒夫人那兒的好。」

「嗯，奴婢聽說萬嬤嬤收菊花的法子和旁人不一樣，下次去求萬嬤嬤學了，來年也給錦大少奶奶照樣收些。」穀雨道。

喬錦書放下茶盞道：「嗯，我也好像聽得這樣說的。」

見這裡主僕二人一唱一和，就好像沒自己這個人一般，牡丹心裡方寸大亂，外面還說錦大少奶奶年紀小，面慈心軟，顯見得是訛傳了。便規規矩矩的又磕了幾個頭才道：「奴婢沒有生病，只是昨日晚上爺宿在養拙齋喚了奴婢伺候……」說著又悄悄看了喬錦書一眼，見她仍是微笑的看著自己，並無一絲不悅，便繼續說道：「今日早上盧嬤嬤來賞了藥，奴婢一不小心打翻了，如今求錦大少奶奶再賞一碗。」

喬錦書聽了雙眉微蹙，盧嬤嬤雖說為人刻板，規矩極嚴苛，但絕不是冷酷的人，前些日子自己閣裡粗使上的何嬤嬤病了，妙筆說盧嬤嬤還打發了身邊的人送藥去，並沒有因自己懂醫術而不管不問，若是牡丹失手打翻了藥，盧嬤嬤絕不會就不賞藥了，恐怕這其中另有緣故。

這清揚園避子藥的規矩，自己是聽張嬤嬤說過些的，除了瑞雪閣，爺不管宿在哪裡，第二日盧嬤嬤定會送避子藥，若是姨娘、通房故意不喝，便不賞第二碗的。至於有孕了怎麼處理，看如今牡丹恐慌的模樣，依了顧瀚揚的性子恐怕是極其苛刻的，明知規矩還這樣行事，這牡丹也是個極有心計的。

今日來求自己，若是給了藥，便是違了規矩，違逆了顧瀚揚的規矩，不但自己在這清揚園的日子不好過，想來還要受罰；若是不給，自己是大夫，家裡還開著仁心堂呢，等牡丹真箇有孕受罰之日，自己恐怕也要落下個為醫心不仁的名聲，還要連累家裡的仁心堂，端的好計謀。

想到這兒，喬錦書咳嗽了一聲道：「穀雨，我嗓子有些不舒服，妳去把我那素錦繡海棠花荷包裡的清嗓丸拿一粒給我含了。」

喬錦書自己平日裡總是製些藥丸備用，這些藥丸都是穀雨管著的，別人都不知道用法，唯有穀雨明白。

穀雨聽了喬錦書的吩咐忙走進內室，想了想，取了那繡著海棠花的荷包藏進袖袋裡，又從一個棗紅色的荷包裡取了顆藥丸捏在手裡，這才走了出來。

穀雨把手裡的藥丸遞到喬錦書嘴裡，喬錦書含了又喝了口茶，方道：「那避子藥是極苦的，我平日裡也不喜歡喝，自己便總備著些甜的。穀雨妳去董嬤嬤那裡把她平日給我煎煮的藥取一碗給牡丹，董嬤嬤平日裡辛苦了，讓她也一起過來領賞吧。」

一時穀雨引了董嬤嬤端了碗藥進來，穀雨接了藥放在炕桌上，喬錦書道：「嬤嬤原是娘屋裡的老人，如今在我的閣裡伺候，平日裡為我煎藥也是仔仔細細的，總是辛苦了。」

董嬤嬤雖說以前是顧夫人院裡的，到底也只是個粗使的，並沒有什麼體面，今日見錦大少奶奶竟是招了自己進屋裡，心裡極高興，話便有些多，歡喜的道：「謝謝錦大少奶奶賞，老奴每日裡都是遵照吩咐煎煮的，就算錦大少奶奶不用時，也是按吩咐倒在樹根下並不亂放的。」

喬錦書便笑著吩咐妙筆賞了藍色的荷包，董嬤嬤千恩萬謝的躬身退下。

「藥在這兒，妳若想喝便喝吧。」喬錦書看著牡丹道。

牡丹心裡原也疑惑，這種藥怎麼會有現成的呢？聽董嬤嬤一說再沒懷疑了，原來不過是備用，爺來時便取用，不用時就倒了，還囑咐不能給別人用，可見是避子藥了。

二話不說端起便喝了，又磕頭道謝。

喬錦書並不與她多話，只道：「我累了，妳下去吧。」

等牡丹出了門，妙筆閃身出去站在門口，紫蝶方道：「大少奶奶，這事怕有些不妥。」

喬錦書冷冷一笑道：「我雖有善念，卻也不會讓人挾善為惡。」

說完屏退了眾人，屋裡只留了穀雨伺候。

見屋裡沒人了，穀雨方湊近喬錦書耳邊低聲道：「按大少奶奶吩咐把避子丸藥化在清火的藥裡給牡丹喝了，那藥碗奴婢也清洗乾淨了，剩下的避子藥丸奴婢用熱水化了倒掉，再不會有事的。」

喬錦書成親前覺得自己年紀太小便不想太早生育，就自己做了些避子藥丸備用。後來一直喝著盧嬤嬤送的避子藥，自己做的藥丸沒用上就放在那兒了，今日倒正好用上了。

聽見穀雨這般說，喬錦書微微頷首道：「人我是救了，牡丹若是安分，活命總是可以的，若是貪心，誰也救不得她。」

穀雨聽了道：「正是，只要牡丹沒有懷孕，爺最多將她打一頓配了小廝；若是牡丹以為能用今日大少奶奶贈藥的事攀誣咱們錦繡閣，那她便真真的作死了。」

下午，幾人又商量起給顧夫人裁衣的事，人多動作快，不過一下午，一件棗紅色長襖倒做好了七七八八，看天色不早，妙筆張羅著去取晚餐。

這裡正收拾著準備晚膳，盧嬤嬤卻帶了幾個粗使婆子，也不使人通傳便走了進來。喬錦書一怔，看盧嬤嬤雖沈著臉，眼裡閃過一絲焦急，便有些明瞭，想來是事發了，盧嬤嬤這般是警醒自己，便微微點頭道：「嬤嬤，這麼著急所為何事？」

盧嬤嬤見喬錦書微微點頭，心裡也鬆了些，但仍是沈了臉道：「大少爺和雪大少奶奶在瑞雪閣，喚錦大少奶奶去問話。」

這便是很不客氣的說話了，可見事情的嚴重性。喬錦書掃了自己身上一眼，家常的牙白底紫丁香印花小襖，紫色折枝薔薇棉裙，還黏了幾根絲線，本想換件衣服，略一思忖，覺得不換也好，便道：「穀雨、紫蝶跟我去，張嬤嬤帶了湘荷、妙筆守著屋子，任何人都不能進來。」

盧嬤嬤有些不忍的提醒道：「錦大少奶奶不換件衣服嗎？」

喬錦書搖搖頭道：「多謝嬤嬤，不換了。」

盧嬤嬤又深深的看了喬錦書一眼，看著身邊一個婆子道：「妳在這裡聽張嬤嬤的吩咐守著錦繡閣，不許人亂闖。」

然後幾人往瑞雪閣去。

第二十五章　攀誣

雖已經深秋，瑞雪閣依然枝繁葉茂，樹影婆娑，院子裡僕婦顯見得比平時多了些。清風、明月都站在門口，連平日裡極少見的長河、落日都在，看來這是一定要置自己於死地了，喬錦書面色微涼。

顧瀚揚看著幾天沒見的小東西，頭上鬆鬆的綰著彩雲髻，插了支蜜蠟步搖，身上是家常的紫色衣裙，還黏了些線頭，看來是來得急，連衣服也不曾換，一張小臉仍是一貫的清淺笑容，不慌不忙的走了進來。

喬錦書微笑著上前給顧瀚揚見禮，又轉身給坐在顧瀚揚右手邊的秦暮雪見禮，方在顧瀚揚左邊坐了道：「爺和姊姊這麼著急的喚了錦兒前來，又是這個架勢，莫不是清揚園出了什麼大事？」

秦暮雪看了喬錦書慌得連衣服也不換就來了，心裡越發的得意，便笑道：「看來姊姊是嚇到妹妹了，竟害得妹妹連衣服也沒換就來了。」

低頭看了下自己身上的衣服，好像才發現身上竟黏了絲線般，喬錦書有些不好意思的道：「原是下午沒事，帶了丫鬟們做衣服呢，見姊姊喚得急便過來了，倒叫姊姊見笑。」

哼，自己忙了一下午才把事情都準備好了，妳竟然有心情帶著丫鬟們做女紅，以為這樣就能撇清嗎？作夢！秦暮雪暗自忖道。

又轉頭滿目柔情的看了顧瀚揚一眼，方嬌聲道：「妹妹雖來不久，想必也是知道姊姊身體素來便弱的，爺便委了盧嬤嬤幫姊姊管了這清揚園的內務，姊姊也深知爺的心意，盧嬤嬤又是個極穩妥的，便也樂得躲懶，只一心的養身體，只指望早些養好了身子，也好為爺開枝散葉，若早些得了嫡長子，也免了妹妹們成日裡喝些苦口的湯藥。誰知便就是有那些不省心的，一時竟出了事，鬧到我跟前來了，我也不好一味的躲懶，這才請了爺出面，又喚了妹妹來一起商量著處理了。」

喬錦書看著這一番唱作俱佳，內心著實佩服，以前只以為秦暮雪是一個端莊自持，又滿腹柔情的大家閨秀罷了，看來自己真是小瞧了那些豪門大戶教養出來的閨秀了。一番話滴水不漏，既打擊了自己和一干妾室通房，又敲打了盧嬤嬤，為自己接管清揚園埋了伏筆，只要這件事處理得好，就連顧瀚揚也沒理由阻止她接過清揚園的管家大權了。

若換了以前的喬錦書，只怕是要一敗塗地，潰不成軍了。

只是自己也懶得和她周旋，便道：「姊姊說的極是，只是咱們老爺吏治清明，朝廷嘉獎，百姓稱道，獄中也還總有幾個人犯呢，可見這有人犯錯和管理的人並不見得有多大關聯，總是人心不足罷了。」

想攔著自己管家嗎？哼，且看妳今日怎麼自保。秦暮雪聽了，心裡越發的恨喬錦書，便道：「也是，既如此，便把這件事打發了吧。」

顧瀚揚點點頭。

秦暮雪沈著臉道：「把人帶上來。」

牡丹被兩個粗使婆子推搡了進來，鬢髮散亂，臉龐紅腫，嘴角隱約有血跡，可見是受了處罰的。看見顧瀚揚端坐主位冷冷的睨著自己，牡丹滿心惶恐，爬了上前磕頭求饒。

秦暮雪見了牡丹道：「我往日裡看妳是個好的，想著將來還可以伺候爺，誰知竟做出這樣的事，如今妳還是仔細的說了，也免皮肉受苦。」

牡丹此刻哪裡還不明白自己的處境，想起下午雪大少奶奶和自己說的話，遂垂了頭把事情的原委又說了一遍。說到自己求錦大少奶奶賞藥時還偷看顧瀚揚的臉色，見他並未有半分變化，心裡才有些信了雪大少奶奶的話，便有些奢望了。

聽完牡丹的話，秦暮雪心疼又為難的看著喬錦書道：「妹妹雖是醫者仁心，可到底是違了府裡的規矩，這事做得有些不妥了，還是求了爺從輕發落吧。」

喬錦書笑著欠身道：「姊姊，既是爺在這裡，如今爺還沒說話呢，咱們姊妹還是聽爺的吧。」

秦暮雪一怔，意識到自己有些著急了，便有些澀澀的道：「正該如此。」

顧瀚揚冷冽的看著跪在自己身前的牡丹道：「想來妳做這樣的事，也就是拚著捨了自己的，既如此爺也沒打算饒過妳，妳此刻只要實話實說了，倒也不會禍及家人。」

牡丹一驚，心裡害怕又想著雪大少奶奶的話，猶疑不定。觸及顧瀚揚凌厲的眼神，渾身一顫，復又磕頭道：「奴婢不敢說假話。」

「哼，諒妳也不敢。爺問妳，依妳所說，錦大少奶奶事先並不知道妳因何去求她了？」顧瀚揚道。

「是，錦大少奶奶聽了奴婢求她救命，還要給奴婢把脈。」牡丹道。

「那後來妳可曾說明妳是故意不喝藥，盧嬤嬤才不再賞藥的事？」顧瀚揚問道。

「是，奴婢開始沒說，可是錦大少奶奶年紀雖小卻不好矇騙，只是一味的看著奴婢並不答應賞藥。奴婢無奈，情急之下只得說了實話，又苦苦哀求，言奴婢並無異心，只是近日聽說府裡要放了年紀大的奴才出去，心裡著急，一時錯了主意，如今已經後悔了，大約錦大少奶奶醫者仁心，就賞了奴婢一碗避子藥。」牡丹道。

正在這時，秦暮雪的乳娘劉嬤嬤從門外走了進來，在秦暮雪的耳邊嘀咕了幾句，秦暮雪聽了眼淚滑落，顫巍巍的跪在顧瀚揚身前道：「如今事情已經清楚了，求爺從輕發落妹妹吧，她到底年紀小，又是小門小戶出身，並不懂我們世家的規矩的。」

顧瀚揚蹙眉道：「怎麼回事？這樣成何體統。」

劉嬤嬤忙跪下道：「我們雪大少奶奶自從知道了錦大少奶奶的事，心裡著實難安，總想著能找出府裡規矩上的一些漏洞能救救錦大少奶奶，因此打發奴婢和書房的小廝一起去查了府規。誰知不查還好，一查反壞了事，這府規上有一條老規矩，平妻若犯了極大的錯是可降為侍妾的，故此雪大少奶奶一時心急失儀，請大少爺恕我們雪大少奶奶吧。」

顧瀚揚聽了愣然，有這樣的規矩嗎？自己竟不知道。便拿眼看了盧嬤嬤，盧嬤嬤暗自嘆氣，微微頷首。

秦暮雪見了心裡得意萬分，臉上卻愁雲慘霧。

喬錦書內心冷笑，降為侍妾，大約秦暮雪就是打的這個主意了，便微微朝著顧瀚揚欠身笑道：「爺，錦兒並不曾做錯事。」

見喬錦書不肯認錯求饒，秦暮雪暗自高興，她是熟悉顧瀚揚性子的，便趁勢道：「錦兒妹妹，雖說作為大夫妳施藥是沒錯，可是妳違逆爺也是違了府規的，妳怎麼如此任性不知事呢？」

喬錦書溫婉的笑道：「爺，是錦兒不好，讓姊姊誤會，害得姊姊白白為錦兒操心了，錦兒並不曾給牡丹避子藥呢。」

顧瀚揚聽了心裡一緩，面上卻不動聲色，只睨著喬錦書邪魅一笑，轉而肅然。

秦暮雪聞言愕然，狠狠瞪了牡丹一眼，牡丹一聽喬錦書不承認，頓時慌了。若不把錦大少奶奶拉下水，自己哪裡逃得了爺的懲罰，忙哭訴道：「錦大少奶奶，雖說您好心賞藥，我自是不該把您供出來，可奴婢自小伺候爺的，實在不敢隱瞞爺任何事呀，這錦繡閣的人都可以為奴婢作證的。」

喬錦書看著顧瀚揚道：「爺，錦兒能問她幾句話嗎？」

「只管問，爺在呢。」顧瀚揚道。

喬錦書微微點頭，轉頭問牡丹道：「妳且說我給妳藥前和妳說了什麼？」

牡丹又把喬錦書說藥苦，便自己備了甜些的，又吩咐穀雨去把自己往日備的藥賞給自己，還是董嬤嬤親自送來的，一一說了一遍。

喬錦書點頭道：「妳說的沒錯。可是，我哪裡說了那藥便是避子藥？」

牡丹一聽愣怔了，想了一下，錦大少奶奶卻不曾說過那藥是避子藥，更加慌亂，便道：「您沒說，可董嬤嬤說了。」

喬錦書好笑的道：「董嬤嬤說了那是避子藥嗎？」

牡丹又搖頭道：「董嬤嬤雖沒說那是避子藥，可那意思分明就是，不然奴婢開始也疑惑怎麼會有現成的避子藥呢。」

秦暮雪聽了鬆了口氣，忙道：「董嬤嬤怎麼說的，妳快說來。」

牡丹忙道：「董嬤嬤說，那藥是穀雨囑咐她日日備著的，若用時自會去取，若不用時就倒在樹根底下，千萬不可賞了別人喝。」

想那錦大少奶奶又沒有生病，日日喝的只會是補身子的藥，若自己不喝時賞了奴才們喝也是好的，怎麼會叮囑不賞人呢？想來是爺去時就去取用，不去時自然倒了，也不能賞人，除了避子藥還會是什麼？

秦暮雪深以為然道：「哎，妹妹妳雖錯了，總是因著妳是大夫的緣故，只要實話說了，爺總會從輕的。」又憐憫的看了牡丹一眼道：「奴才一時錯了主意犯了大錯，她已經承認了，下場也是極為可憐的，若再攤上個攀誣主子的名聲，他們一家人可都沒有活路了。」

牡丹聽了更為害怕，一口咬定喬錦書給了自己避子藥，哀哀苦求喬錦書賞自己一家人一條活路。

喬錦書不得不佩服秦暮雪的手段，便看了顧瀚揚道：「爺，那錦繡閣除了錦兒帶來的幾個人外，其他都是家裡的老人，想來更敬重爺一些，如今爺可以找了她們細問，那董嬤嬤更是娘院子裡的。」

顧瀚揚點頭，吩咐明月去帶了董嬤嬤來。

明月應著去了，一時身後跟著董嬤嬤、張嬤嬤還有錦繡閣的小丫鬟侍菊一起走了進來。明月躬身道：「奴才去錦繡閣，才知道董嬤嬤下午去了曉荷園，是這個丫鬟侍菊說的。奴才在清揚園外遇見董嬤嬤，便一起帶了過來。」

顧瀚揚頷首道：「董嬤嬤，妳今日可曾奉妳們錦大少奶奶之命，把妳們錦大少奶奶平日裡用的避子藥賞給牡丹？」

董嬤嬤是個粗使的，沒見過這個架勢，心裡害怕，忙跪下磕頭道：「回大少爺，老奴並不曾聽說過什麼避子藥，也沒有奉命賞牡丹藥，每日裡給錦大少奶奶煎煮的是清火藥呀！」

顧瀚揚冷聲道：「既是清火的藥，那妳怎麼說錦大少奶奶不取用時便倒在樹根下，不曾亂放或給人喝。」

董嬤嬤嚇得連連磕頭道：「是穀雨姑娘吩咐老奴這樣的。」

秦暮雪聽了心裡越發得意。

顧瀚揚點頭道：「既如此，妳得了賞錢後可曾有人找妳說什麼？」

「奴才得了賞出了門，在院子裡便遇見小丫鬟侍菊，便和她說了得賞的事，閣裡管事的張嬤嬤見了，上來恭賀了幾句。」董嬤嬤道。

秦暮雪見張嬤嬤和董嬤嬤說了話，心裡一動，便問道：「張嬤嬤和妳說什麼？」

「張嬤嬤說，恭賀奴才，還說自己以前也做過廚房，若得了賞也是這般高興的，總是興奮得弄得大家和自己一起歡喜才罷呢，此外沒再說什麼。」董嬤嬤恭謹的道。

這話便值得推敲了，只是卻也滴水不漏，秦暮雪思忖著張嬤嬤的話，只得垂了頭不作聲。

顧瀚揚見秦暮雪不作聲了，便道：「妳們錦大少奶奶是什麼時候，是怎麼吩咐妳煎藥的，派了誰去的，怎麼說的？一一細說。」

「嗯，大約二十日前，縠雨姑娘拿了十包藥來吩咐奴才，說是錦大少奶奶的藥，要奴才每日一包細細地煎煮了，奴才擔心著錦大少奶奶的身體，還問了句是不是錦大少奶奶生病了？縠雨姑娘說沒病，不過是上火，是清火的藥罷了，不過要奴才記住，這藥用時自會來取，若不用時便倒在樹根下，別隨意亂放或是給人喝。奴才聽了便把藥收好了，每日煎煮，因縠雨姑娘吩咐了，我把藥收得仔細，別人也拿不到。」

秦暮雪聽了，覺得董嬤嬤方才的話漏洞極多，便笑著插話道：「妹妹，姊姊只聽說夏季上火，倒沒聽說深秋也上火的，妹妹的醫術倒也見解獨到？」

喬錦書聽了微笑道：「姊姊這話是常識誤解了，這秋季正是人身體燥的時候，極易上火，這夏季水多，倒是極易濕氣上身的。至於這藥嘛，我是十日要送藥往仁心堂一次，便一起讓仁心堂的夥計抓藥，這方子送出去時並不瞞人，還有門口的小廝看見過呢，找了來問便是。」

顧瀚揚便讓明月傳了那小廝進來。是個眉清目秀的小廝，年紀大約十四、五歲，見了一屋子主子也有些慌張，忙跪下磕頭請安。

「說說你見過錦大少奶奶的藥方嗎，是怎麼回事？」顧瀚揚冷聲問道。

「奴才景泰，是守西大門的，錦大少奶奶這月有兩次讓穀雨姑娘送了些木盒子和一個藥方子，讓奴才們送到仁心堂去，藥盒子是給仁心堂的，那方子是要抓藥回來的。奴才識得幾個字，看了那方子上有薄荷、菊花、甘草、連翹，還有蜂蜜等幾味，覺得不像個藥倒像吃的，便問了穀雨姑娘。穀雨姑娘說這個是清火的方子，奴才玩笑說要抄了去送人，穀雨姑娘還說這藥是一人一方，切莫亂來反害了人。奴才聽了才說不過玩笑罷了，哪裡就這麼大膽了。」那景泰細細說了。

顧瀚揚微微頷首，示意他退下。

秦暮雪見此時證據都是對喬錦書有利的，眼前一轉道：「現在說這些也是公說公有理，婆說婆有理，不如去錦繡閣取了那藥渣或是還有沒煎煮的藥來便是實證了，也可為妹妹洗脫的。」

見顧瀚揚沒作聲，又趁人不注意給劉嬤嬤使了個眼色，吩咐劉嬤嬤帶人和董嬤嬤一起去取，顧瀚揚這才側頭看了秦暮雪道：「妳說的不錯，讓長河跟著去吧。」

一聽長河跟去，秦暮雪臉色不豫道：「爺也太過小心，不過是自家院裡，哪裡就用得上長河了？」

顧瀚揚也不說話，只吩咐長河一起去，又讓明月喊了府醫過來。

秦暮雪低了頭，臉色極不好。

等長河帶人取了藥渣和沒煎煮的藥來，讓府醫看了，真是一味清火的藥子，裡面確實有剛才景泰說的幾味藥，並沒有任何避子的藥。

思忖著自己這場算計只怕是要落空了，秦暮雪恨極了牡丹不中用，轉眼看到喬錦書身後的穀雨和紫蝶，冷冷一笑——今日拉不下妳，也要妳疼一疼！

便指了穀雨道：「妳這賤婢危言聳聽，污妳主子清名，我今日必要替妳主子教訓妳，以正家規。來人，拖下去杖弊。」

劉嬤嬤聽了，便支使幾個粗使婆子上來拉人。

喬錦書心裡一緊，站起身擋在穀雨身前。

秦暮雪見了拉下臉，有些委屈的看著顧瀚揚道：「表哥，你看妹妹，這是做什麼？雪兒可是這清揚園的女主人，處置個賤婢都不成嗎？」

喬錦書微微欠身道：「姊姊是正室，自然可以處置清揚園任何一個奴婢，只是便是處置奴婢也要有理由，不能隨意打殺。如今穀雨並沒有錯，姊姊因何要打殺她？」

秦暮雪嘆了口氣，柔聲道：「如果不是這賤婢危言聳聽，說什麼那藥不用時便倒在樹根下，不可給別人擅用，哪裡會有這場誤會，誤損妹妹清名，這樣的賤婢妹妹還是不要心軟，讓姊姊替妹妹處置了，不然總要壞事的。」

喬錦書仍是攔在穀雨身前，對顧瀚揚道：「爺，那話是錦兒讓穀雨說的。」

「那姊姊倒是不解了，不過是個清火的藥，既然妹妹說秋燥，便是別人喝了也應無事，妹妹何必又有這樣一說？或者還有別的隱情，妹妹一時沒想到，此刻為了一個賤婢倒是想起來了。」秦暮雪滿眼笑意柔聲道。

「妹妹說秋燥原是沒錯的，妹妹看姊姊今日也有些心浮氣躁呢，姊姊且容妹妹把話說完了再處置可好？」喬錦書淡淡的笑道。

顧瀚揚左右看了看，沈聲道：「雪兒，妳且讓錦兒說完。」

秦暮雪柔聲應了。

喬錦書朝顧瀚揚施禮道：「爺，錦繡閣除了幾個粗使婆子，俱是未出閣的女孩和一些年紀不大的媳婦子。這清火的藥是涼性的，上火的時候喝上一些無礙，若平時喝了對女子生養有些不妥，特別是寒性體質的女子更是不能喝，嚴重的會影響生育。因此錦兒才吩咐穀雨叮囑董嬤嬤的，不想倒讓姊姊誤會了。」

秦暮雪端坐著凝神片刻，冷笑著睨了喬錦書一眼道：「妹妹原是好意，自是語焉不詳讓人誤會，才有這場煩惱，總是做事不細緻吧。」轉身看了顧瀚揚道：「怎麼處置還是聽爺的吧。」

顧瀚揚沈吟片刻，深深的看了秦暮雪一眼道：「牡丹這臉上倒是怎麼回事？」

秦暮雪聽了有些慌亂，劉嬤嬤忙跪下道：「是牡丹嘴不好，老奴使人打了幾下。」

「哼，什麼時候我的人，妳們想打便打了？便是有錯，也該是爺自己處置。」顧瀚揚冷聲道。

「錦繡閣處事不妥，罰俸一月。」

喬錦書笑著應是。

「劉嬤嬤自作主張，打十板。」

秦暮雪一聽，面色慘白想要求情。劉嬤嬤忙搖頭暗示，秦暮雪心疼萬分，垂了眼不作聲。

「牡丹違反府規，攀誣主子，杖斃，家人都逐出府去。」

牡丹此時五內俱焚，抱了顧瀚揚的腿求饒，顧瀚揚朝門外吩咐道：「清風，拉了下去，在大院行刑，讓下人都去看。」

清風應了，讓人拖了牡丹下去。

喬錦書低頭看著手裡的茶盞發呆，不知道想些什麼，片刻抬頭看了穀雨吩咐道：「去讓董嬤嬤煎碗清火的藥，妳自己給牡丹送去。」

穀雨應著去了。

清揚園門前的梧桐樹下，牡丹已被綁在長凳上，穀雨看著凳子上動彈不得的牡丹，心裡不由也有幾分難過，上前向清風行禮道：「我家錦大少奶奶讓我送藥來。」

清風點點頭。

穀雨蹲下去對牡丹道：「我家錦大少奶奶說了，這是碗清火的藥，妳喝了甜甜嘴，安心投胎。」

牡丹抬起頭，狠狠的盯著穀雨不作聲，不知道想了些什麼，又低頭喝了碗裡的藥。

那藥的味道卻與上午在錦繡閣喝的有些不同，上午的藥多了一股子辛澀的苦味，而這碗藥甜絲絲的。再一看穀雨意味深長的望著自己，牡丹猛然明白過來了，一時淚水撲簌簌而下。錦大少奶奶真的救過自己的，若不是自己錯了主意起了貪念，一生平穩總是有的，如今明白了卻都晚了。

牡丹哭著看了穀雨道：「妹妹，謝謝妳來送我，回去替我給妳家主子磕三個頭，就說奴婢死了也會祝禱她福壽安康，一生如意的。」說完又趁人不備，指了漣漪軒的方向。這才抬頭，哀哀的看著清風，滿臉乞求。

清風明白，嘆了口氣道：「我們一起在養拙齋伺候了爺幾年，我不會讓妳受苦的，妳忍耐一下，很快的。」

說完示意動手，不過十幾板下去，口鼻出血，香消玉殞，只那雙柔媚的眼還睜著看著天空……

香樟樹仍是如昨日一般青翠，秋風吹過，便有幾片晃悠悠的飄了下來，喬錦書俯身拾了對紫蝶道：「這香樟樹葉若做了書籤可好？」

正說話時張嬷嬷帶了穀雨幾個回來，皆面色不好，紫蝶忙道：「大少奶奶親自煮了安神湯，妳們都喝一碗吧。」說著讓小丫頭端了上來。

幾人喝了湯，心裡才緩了緩。張嬷嬷看了喬錦書，認真的道：「大少奶奶，咱們閣裡此後更要格外的小心才是。」

喬錦書淺笑著點頭道：「這事未必是壞事，至少咱們屋裡是極妥當的，只這院子裡再梳理幾遍，紮緊了咱們錦繡閣的籬笆才是。」

妙筆雖聽著大家說話，眼睛卻四處看著，遠遠的看見顧瀚揚走了過來，便道：「大少奶奶，大少爺來了。」

喬錦書聽了忙迎上前，顧瀚揚看喬錦書面色和緩，心裡也安心不少，便攜了手道：「可還好？」

「錦兒沒事。」喬錦書笑道。

二人進了東次間的起居室，顧瀚揚屏退了下人，把喬錦書抱在身上坐下道：「錦兒害怕嗎？」

扭頭看了顧瀚揚，俊逸得如神祇般的五官，那幽深的雙眸此刻卻隱含著些微的不安，喬錦書不知怎的心裡覺得暖暖的，看著那深不見底的雙眸道：「爺擔心錦兒怕爺嗎？」

猝不及防，顧瀚揚眼中閃過一絲狼狽，喬錦書清澈的雙眼溢滿歡喜，雙唇貼在那俊逸的臉上親了親，道：「錦兒怎麼會怕自己的夫君呢？」

顧瀚揚雙臂收緊，把喬錦書抱在懷裡，吁了口氣道：「今日為何讓穀雨給牡丹送藥？」

喬錦書倚在顧瀚揚的懷裡，狡黠的笑著並不回話，顧瀚揚頓時有些明白了，喬錦書送藥，一來是想告訴牡丹自己救過她了，二來也是試探自己。

喬錦書知道清風定是會把牡丹喝了藥後的異常告訴自己，而喬錦書就是要讓自己知道她是真的給牡丹喝過避子藥，而用這來試探自己對她的心。若是自己真心愛她自然會護著她，她這樣花盡心思冒險試探自己，想來也是因為自從那日荷心亭後自己再沒來過錦繡閣的緣故。

想到這兒，顧瀚揚只覺得那空蕩蕩的心彷彿落到了實處，便愛憐的道：「乖錦兒，妳日後還是喝盧嬤嬤送的藥，把妳手裡的避子藥給爺吧。」

喬錦書調皮的笑道：「錦兒手裡沒有避子藥。」

顧瀚揚聽了這話，便知道喬錦書已經把手裡的藥處理了，便笑著伸手揉了揉她的髮頂道：「我們去梧桐苑吃飯可好？」

喬錦書一聽便抬起頭，清澈的雙眼亮晶晶的閃著歡喜，高興的道：「那個三層的酒樓嗎？」

顧瀚揚看著這麼容易滿足的小東西，也笑著點點頭。

看著顧瀚揚笑了，喬錦書一個愣怔，這廝笑起來怎麼這麼好看？但還是馬上道：「錦兒早就想去那樓上吃飯看風景了。」

點點喬錦書的鼻子，顧瀚揚道：「那還不快去換衣服。」

喬錦書高興的跳下來，喚了穀雨、紫蝶進來伺候自己去裡間換衣服。

換了件銀白色底繡薔薇花的小襖，緗色繡竹葉的月華裙，綰了個飛燕髻，又插了支蝶舞薔薇的紫玉金簪，耳邊墜了薔薇花的耳墜，興沖沖的走了出來，便看見桃紅跪在顧瀚揚腳下默不作聲。

看著歡歡喜喜走出來的喬錦書，顧瀚揚招招手讓她近前，抬手輕輕幫她摘了耳墜放到她手心裡，道：「暮雪病得厲害，爺要過去看看，已經吩咐讓梧桐苑送一桌菜來，讓妳屋裡的人陪妳吃，爺下次陪妳去。」

雖然心裡微微失望，喬錦書還是溫婉的道：「姊姊病了，爺自是要先去看姊姊，吃飯不拘，哪日都好。」

顧瀚揚點點頭出去了，桃紅從沒見顧瀚揚這麼溫和過，不由得嫉恨的瞟了喬錦書一眼。

喬錦書只作不見，穀雨卻是狠狠的瞪了回去，桃紅不屑的冷笑，飛快的跟上顧瀚揚。

已是子時，瑞雪閣主臥室裡燈火映得影影綽綽，秦暮雪素顏淚痕，嬌語輕啼，顧瀚揚素白荷葉暗紋中衣，半躺在臨窗大炕上，看著帳頂不知想些什麼。聽見秦暮雪又抽泣起來，便嘆了口氣道：「暮雪，今日之事妳已經說了大半夜了，爺已經清楚，這事下午便已作了決斷，已經算是過去了。便是妳稱病請了爺來，爺此刻也留在瑞雪閣了，若妳還左右不是，啼哭不止，那便是趕爺走了。」

今日喬錦書讓穀雨送了藥去，牡丹感激涕零，秦暮雪便知喬錦書是給了牡丹避子藥的，便稱病請顧瀚揚過來，只想顧瀚揚再徹查這事，一舉扳倒喬錦書。怎奈自己用盡辦法，顧瀚揚亦不為所動，此刻自己再逼，顧瀚揚若走了，自己在這清揚園就更難過了，只得忍聲道：「表哥歇息吧。」

綠柳進來熄了燈後悄然退下，秦暮雪望著炕上背對自己而臥的人，只覺咫尺天涯，眼淚又落下。

穀雨抱了自己臥具進來，喬錦書道：「妳不在外間睡覺，進來做什麼？」

「奴婢好久沒和大少奶奶睡了，今日想睡在大少奶奶腳踏上和大少奶奶說話。」穀雨笑道。

喬錦書啐了一口道：「我何曾讓妳睡過腳踏，上來吧。」

縠雨搖頭道：「大少奶奶，現在和以前不同了，奴婢不能睡這床上。」

喬錦書聽了，知道縠雨這是替自己避諱呢，畢竟這也是顧瀚揚的床，便道：「那也罷，妳去把炕收拾一下，我們今晚睡那兒，和以前在家一樣，說一晚上的話。」

縠雨聽了，歡喜的把炕收拾了，兩人頭挨著頭躺了。

月光透過窗櫺打在炕端，只怕總是別樣心情吧。

第二十六章　抓週

顧瀚揚這幾日一直忙著，都是晚間才回錦繡閣的，喬錦書便帶著丫鬟們做衣服。

紫蝶剪線頭道：「大少奶奶，這件棉衣繡了出來倒很別致，原還想這棗紅上又用銀紅和墨綠恐壓不住色呢，沒想到竟是極好，看來大少奶奶的主意真不錯。」

喬錦書探頭看了一眼，讚道：「紫蝶的繡工越發精巧了，我不過只管說，也要妳手巧繡得出來才是。」看了眼座鐘又道：「時辰不早了，咱們也歇了吧。」

張嬤嬤聽到外面有人說話便走了出去，一時又進來道，爺打發明月來回話。

明月隔著門簾道：「錦大少奶奶，我家大少爺說今日歇在外院了，讓錦大少奶奶早些歇了，別耽誤明日給夫人請安。」

喬錦書聽了，道：「知道了，天氣涼，你們顧著些爺的身體。」又交代湘荷去廚房拿些備好的吃食給明月帶到外院去，另外又拿了包泡腳的藥，細細的教了明月怎麼用，才打發明月走了。

清風看見明月一手提了一個食盒回來，便笑道：「知道的說你是去傳話，不知道的以為你打秋風去了呢。」

明月笑道：「錦大少奶奶說爺既忙著，總不會是一人，便叫多帶些。」

顧瀚揚點點頭道：「既這樣，你留下咱們三人的，其餘拿到西廂房去，讓他們輪換著都吃點。」

明月應著下去，過了一會兒端盆熱騰騰的水進來道：「爺，這是錦大少奶奶叮囑奴才的，讓您泡泡腳，說天冷，雖不得按摩也能好上許多。」

這腳往年一到秋天便和泡在冷水裡一樣，冬天更是難熬，自她嫁了進來便是三天一泡加按摩，現在就算再冷的天倒也沒覺得難過了，腳泡在熱水裡，顧瀚揚覺得心也暖暖的。

不過一夜，便是銀裝素裹，喬錦書一睜眼看著白茫茫的一片，興奮的叫道：「穀雨，下雪了呀。」

穀雨也是慶陽長大的，很少見到這麼大的雪，也高興的道：「是呢，早起還大些，這會子倒停了，正好玩雪。」

「今日下雪，穿件豔色的吧。」穀雨道。

喬錦書思忖著，今日大雪，盈然和嫣然必是會穿得鮮豔的，自己和她們雖說年紀相當，畢竟是嫁了的，倒不必出這風頭了，便道：「穿那件新做的粉橙色小襖配件大紅披風就很好了。」

穀雨點頭，取了新做的宮緞小襖和大紅披風。

出門時看見婆子在院子裡掃雪，喬錦書便吩咐道：「這雪掃了堆在一邊，別髒污了，等我回來有用。」

婆子們連聲應了。

聽著屋裡已經是歡聲笑語一片，喬錦書便急走了幾步，丫鬟們見了，忙打起鵝黃色的厚棉軟簾。進了門看見梁如蘭、顧盈然、顧嫣然都已經在了，忙上前給顧夫人行禮。

顧夫人見喬錦書綰了個羽鳳髻，頭上插了支臘梅迎春花樣的青玉步搖，大紅色暗花緞面豹紋鑲邊翻毛的斗篷襯得臉色晶瑩玉透，心裡喜歡，忙招手道：「錦兒來這邊坐，這屋裡暖和，快去了斗篷。」

穀雨忙上前伺候著脫了斗篷，裡面卻是一件粉橙色繡梅花宮緞小襖，朱砂繡梅花的百褶裙，溫婉柔和，毫不張揚。

梁如蘭見了笑道：「錦兒嫂子年紀雖小，穿衣卻老成。」喬錦書聽了，轉頭看了梁如蘭一眼，見她也是水藍緞面竹葉梅花刺繡的風毛圓領小襖，牙白色繡花鳳尾裙，簡潔素雅，便道：「弟妹也是個愛簡單的。」

梁如蘭眼波流轉，微微含笑。

顧夫人拉了喬錦書在身邊坐下道：「暮雪雖也孝順，卻是身子弱，到了這天寒的時候總也難得出門了。如今錦兒貼心，如蘭乖巧，有妳們忙著，我呀樂得清閒呢。」

萬嬤嬤聽了忙湊趣道：「是呀，您就做個老封君吧。」

顧嫣然聽了，拉了萬嬤嬤不依道：「我娘哪裡老了？妳看，和我兩個嫂子坐一起倒像姊妹呢。」

看著她小人說大人話，分外好笑，屋裡人都笑了。

見大家都笑她，顧嫣然也有些不好意思了，眼睛一轉，看到湘荷手裡的包袱，便道：「錦兒嫂子，我看妳不像來給娘請安的，倒像搬家一樣，怎麼這麼多包袱呢？」

喬錦書看著顧嫣然一身白底大紅芍藥印花斜襟滾邊小襖，大紅折枝芍藥百褶裙，臉如滿月，豔麗可愛，便拉她的手道：「就妳是個眼尖的，別人都沒看見，只妳發現了。」

顧嫣然便扭股兒糖似的纏了問是什麼東西。

喬錦書便接了湘荷遞來的一個包袱，打開道：「看著天冷了，給娘做了件蠶絲的小襖。」

看著那棗紅色底，襟邊袖口都繡著銀紅色花瓣草綠色葉桿的荷花，精巧細緻的棉衣，梁如蘭道：「蠶絲棉衣是輕巧暖和，只是穿不了幾日便結成團，極難打理。」

喬錦書便翻了那棉衣的裡子，給梁如蘭看，道：「我如今這樣隔了，便不會結團了。」

梁如蘭見了，眼睛一亮道：「錦兒嫂子的心思果然精巧，這樣真是極好的，娘您快試了，我們看看。」

顧夫人也覺得新奇，便扶了淡月進裡間換了出來，邊走邊笑道：「果然是輕巧暖和，活動起來也舒服許多。」

「原來前幾日錦兒嫂子打發人來和我說要兩個針線上的好手，竟是做這個嗎？」梁如蘭歡喜的問道。

喬錦書點頭道：「正是呢，一來我怕屋裡人的手工不好，二來也是教會了她們，大家都方便些呢。」

梁如蘭點點頭道：「錦兒嫂子便是太客氣了，若要用人時，只管喚了去便是，還巴巴的打發人來問了我。」

「弟妹現在管著針線房，若是各屋裡都自己拿主意要人，弟妹不也有許多為難之處嗎？」喬錦書笑道。

自己一個庶子媳婦協理管家，自然有許多不為人道的難處，如今喬錦書一句話便說到自己心裡去了，不由得多了幾分真心的歡喜，道：「娘說的再沒錯，錦兒嫂子果然是個貼心的。」

顧盈然聽了，掩嘴笑道：「蘭嫂子，妳再別上她的當，她不過是躲懶罷了。妳看如今只做了娘的，等咱們找她要時，她便好把人往妳那裡使罷了，反正妳管著針線房，針線房的人現又會做了。」

說得喬錦書忍俊不禁，笑道：「妳個促狹的，我進了門妳一句話沒有，這時候倒來了這一車子，便是人人都有，也偏沒有妳的。」

說著又拿一套紫紅色繡太獅少獅圖案的小棉衣，遞給梁如蘭道：「這個是給奕哥兒的，奕哥兒三歲了，正是好動的時候，穿這個鬆快些。」

梁如蘭欣喜的接了。

又拿了兩雙手套出來，把一雙粉紅色繡了兩隻小熊的遞給顧嫣然，顧嫣然接了歡喜極了。喬錦書舉著那雙松綠色繡薔薇花的，斜睨著顧盈然道：「這雙嘛，我送了豔紅算了。」

豔紅聽了掩嘴直笑，顧盈然也不說話，一雙眼睛亂轉，趁著喬錦書不備，一把搶到手裡道：「好嫂子，這個還是送了盈然吧。」

一屋子人大笑不止。

看著時辰不早，喬錦書準備就寢，顧瀚揚掀起軟簾，攏著涼風走了進來，喬錦書忙上前行禮道：「爺回來了，可曾用過晚膳？」

「快年終了，父親宴請官員，要我作陪，喝多了些酒，如今倒覺得有些餓了。」顧瀚揚道。

喬錦書伺候著脫了披風，吩咐紫蝶道：「去廚房把溫著的梅花粥端來。」

「這粥比上次在娘那裡吃的倒更好上幾分。」顧瀚揚邊吃邊道。

紫蝶聽了，在旁邊笑道：「這粥是今日我家錦大少奶奶早上聽說爺要出去喝酒，便親自做的。」

「冬日裡總吃些腥羶油膩之物，難免上火，這個倒比菊花粥好上許多，只是不能多食。」喬錦書笑道。

顧瀚揚抬頭看了喬錦書一眼，讓紫蝶又添了一碗，才對喬錦書道：「妳弟弟們快抓週了，妳二叔今日使人來說，妳原來疏影閣裡的綠萼梅這幾天只怕也要開了，正好回去賞梅。」

喬錦書聽了驚喜萬分，道：「那綠萼梅是今年錦兒生辰才種下的，錦兒還沒看過呢，這次倒趕上了，一定要好好賞玩一番才是。」

沐浴完喬錦書素白著一張臉在梳妝鏡前坐了，顧瀚揚好像想起了些什麼，便問道：「這幾日都忙些什麼呢？」

邊往臉上抹潤膚膏，喬錦書隨口應道：「也沒有做什麼，看著天越來越冷，帶著屋裡的人做了些棉衣，有娘的、師傅的、師叔的……」

顧瀚揚隨意穿了件牙白色滾邊長衫，俊逸修長的身體斜倚在炕上，手裡舉著本書挑了眉看著喬錦書，拉長了聲音道：「哦……」

看著面無表情睨著自己的顧瀚揚，喬錦書倒沒那麼怕他了，便笑著起身，從箱籠裡拿了三雙棉襪子出來；一雙紅色納紗彩繡雙鶴盤飛高靿棉襪，一雙藍色暗花緞繡蜻蜓戲荷葉的拉鎖棉襪，一雙淺綠色綢緞繡梅花的棉襪，咬了唇又看了顧瀚揚一眼，方道：「這襪子倒是錦兒自己親手縫的，只是怕沒有爺往日裡穿的精緻呢。」

看著眼前的小東西，顧瀚揚覺得有些好笑，多少歷經風雨的男人在自己面前尚無所遁形，何況這個稚嫩的小東西。只是她如此為自己費心，不知怎的心裡卻是歡喜的，遂放下書，朝喬錦書伸出手，柔聲道：「過來，給爺看看。」

喬錦書緩步過去，顧瀚揚接了幾雙棉襪細看，做工倒確實沒有自己往日裡穿的精緻，只是心思卻極精巧。隨手拿了那雙淺綠色的往腳上一套，立時感覺到左腳比右腳的棉絮厚了許多，心思微動，便道：「這左腳棉絮比右腳厚了許多，可是錦兒不喜看爺走路不便，想墊平了呢？」

顧瀚揚眼裡分明滿不在乎的神情，面上卻偏要裝出一副受傷自卑的樣子，喬錦書心裡咬牙，微不可見的撇撇嘴道：「爺那毛病本是打小就有的，滿慶陽的人沒有個不知道的，錦兒才不做掩耳盜鈴的事呢，不過怕爺左腳受涼罷了。」又低了頭嘀咕道：「你哪裡不便了，我看比正常人還正常。」

便是秦暮雪偶爾看到自己不良於行的左腳，眼裡還有稍縱即逝的遺憾，可這小東西卻是真的沒有放在心上。顧瀚揚嘴角微揚，走到還在低頭自言自語的小東西身後，抱了她便往床前走去。

喬錦書正在腹誹顧瀚揚的矯情，一下被抱在了懷中，嗔怪的叫道：「爺，錦兒可以自己走。」

顧瀚揚低頭把小東西放在床榻上，揮手放下淺紫色纏枝碎花紗帳，在小東西耳邊低語：「錦兒乖，今日自己脫了睡衣。」

喬錦書驀地睜大了眼看著顧瀚揚，雖說同床共枕了許多日子，可平日裡都是任他施為，自己並不曾主動過，如今要自己在他面前寬衣解帶，著實難為情，遂輕輕搖頭，嬌聲叫道：「爺！」

看著羞怯得滿臉飛紅的小東西，顧瀚揚心動不已，便耐心的誘哄道：「錦兒乖，若今晚乖乖聽爺的話，等饅頭、包子抓週時，爺便陪錦兒回去住上幾日如何？」

這誘惑對喬錦書真是太大了，頓時坐了起來，揪了顧瀚揚的衣襟道：「爺，可當真？」

顧瀚揚認真的點點頭。

喬錦書又抬眼看了顧瀚揚一眼，咬了唇抬起青蔥般的手指，往自己頸項間的紐扣撫去，一個個鬆了紐扣，任著天青色的錦緞睡衣輕輕滑下，露出水藍色鴛鴦肚兜。

顧瀚揚猶不滿足，那略帶磁性的聲音有些喘息的道：「乖，還有肚兜呢。」

此刻喬錦書彷彿受了蠱惑般，雖羞怯不已，仍是抬了手伸到頸脖後，解了肚兜的細繩。看著肌膚白膩如雪，吹彈可破又含羞帶怯的小東西，顧瀚揚輕輕推倒覆了上去。

曦園宜蘭院，宋姨娘端了茶輕輕撥動，想著喬楠楓已經三個月沒來這裡了，心裡不由得澀澀的。

喬仲青走了進來，看見宋姨娘端著茶，嘴角噙了抹微微的苦笑，看著窗外發呆，心裡一滯，便上前行禮道：「這起子奴才越發的不成樣子了，竟然把姨娘自己留在屋裡。」

看著已經滿了十四又高出自己一頭的兒子，心裡寬慰不少，便招手讓他在炕沿坐了才道：「原不怪她們，是我要和你說話，才把她們打發出去了。」

宋姨娘眉宇間已經少了以往的鮮活，細紋也在不知不覺間生了出來，喬仲青心裡微疼道：「姨娘有什麼話，只管吩咐就是。」

「你已經十四了，婚娶的事姨娘現在也不一定能說得上話，只你屋裡伺候的雲雀倒是個好的，我想著，先讓她做了通房伺候你，等以後有了孩子再抬姨娘吧。」宋姨娘有些苦澀的笑道。

這些日子喬仲青跟了喬楠柏學做生意，言行舉止也受了些影響，自己心裡也早有了些主意，此刻聽了宋姨娘說要給自己選通房，便有些羞澀，但還是認真的道：「姨娘，這事仲青心裡早有些主意了，仲青屋裡姨娘、通房都不要，以後只盼著找個小門小戶的商家嫡女做妻子。嫡女總要方正些，沒那起子小心思，為人母親更合適，小門小戶的也就不必嫌棄兒子是個庶子，日後姨娘要是願意便跟了兒子去住，也是正經婆婆含飴弄孫的，日子也一樣舒心。」

聽了喬仲青的話，宋姨娘一怔，自己的兒子什麼時候已經長大到有了自己的主意了，不再是那個依賴自己的小孩了。想到這兒，既難過又高興，眼裡便有了淚。

看著宋姨娘要哭，喬仲青有些慌了神，忙道：「姨娘，兒子不是不聽您的話……」

宋姨娘忙搖手打斷道：「仲青，姨娘是高興的，高興仲青長大了，懂得為自己、為姨娘打算了，這事就依你，既然不要姨娘、通房，就不要吧。」

喬仲青見姨娘同意了，便起身告辭，給宋姨娘深施一禮才走了出來。

顧瀚揚扶了喬錦書下了車，便往墨韻堂去拜見喬楠楓。喬錦書給喬楠楓、喬楠柏行禮後，便急匆匆去了留韻館。

吳氏早已經連東次間都坐不住了，領了饅頭、包子到大廳等著呢，若不是外面著實冷，只怕早已經迎到院子裡去了。升了大丫鬟的竹葉掀了棗紅色繡三多九如圖案的厚棉軟簾匆匆走進來道：「太太，咱家姑奶奶已經進了垂花門了。」

說話間小丫鬟打起軟簾，喬錦書已經走了進來。吳氏噙著淚，扶著春分的手下了座位，喬錦書忙迎上去，攙了手顫聲道：「娘，錦兒回家了。」

吳氏忙細細的打量了一番，見氣色紅潤方安心了些。喬錦書忙把吳氏扶到主位坐了，回身跪在墊子上給吳氏行大禮，吳氏忙伸手拉了起來。

張嬤嬤帶著縠雨、紫蝶等四個又大禮拜見了吳氏，這裡縠雨、春分等好久沒見，又互相問候了一番。乳娘早把饅頭、包子抱了過來，饅頭掙扎著下了地，撲過去抓了喬錦書的衣服叫道：「姊姊。」包子也忙撲了過來，拉了手叫姊姊。

喬錦書歡喜得都擁進懷裡抱了，在饅頭、包子的臉上都親了幾下才道：「這些日子你們都乖嗎？」

饅頭瞪著眼，看了喬錦書一會兒，方用手點著自己道：「饅頭乖。」又指了包子道：

「包包不乖。」

包子聽了，忙扭頭拉了饅頭的手道：「包包乖。」又看著喬錦書說道：「包包乖。」

看著已經蹣跚走路、牙牙學語的弟弟們，喬錦書喜不自禁，忙哄道：「好，饅頭乖，包子也乖，好不好？」

正說著話，錢嬤嬤進來道：「太太、姑奶奶，老爺、二爺、姑爺和大少爺都過來了，過去抓週吧。」

一家人歡喜的進了西次間，炕前擺了個大几案，几案上放滿了紙墨筆硯、刀劍印信各色物件，乳娘把穿著一樣的大紅棉襖，戴著長命百歲鎖的兩個小娃娃放在几案上，兩人看著琳瑯滿目、色彩各異的東西，高興得手舞足蹈，包子連口水都流了出來，逗得旁邊的人都笑起來。

饅頭看了看圍著自己的一屋子大人，呀呀了兩聲，信手抓了塊硯臺在手裡，喬楠楓見了歡喜。誰知包子是個不能看見饅頭手裡有東西的，蹭了過去便要搶，饅頭今日倒是極好說話，見包子過來便把硯臺塞了過去，自己又左右亂看，朝著一堆物品爬過去，翻了幾下，居然翻出了個金元寶，喬楠柏忍俊不禁的笑道：「饅頭，你個小財迷。」

包子一見，丟了手裡的硯臺，轉頭就過來搶，饅頭由著他搶走了。包子看見明晃晃的元寶，流著口水就往嘴裡塞，乳娘急了，忙伸手去攔，包子一見好看的元寶不能吃，就咧了嘴要哭。誰知饅頭又找了一個金元寶塞過來，包子接過來就不哭了，一手抓著一個金元寶流著口水傻笑。

饅頭轉了一會兒，好像發現了什麼一般，往顧瀚揚身邊爬了過去，抓了顧瀚揚身上的荷包就不鬆手了，仰著頭看著顧瀚揚，奶聲奶氣的道：「饅頭的。」

顧瀚揚伸手抱起饅頭，解了自己的荷包舉到饅頭眼前道：「饅頭你喜歡這個嗎？若喜歡，等你長大了姊夫便給你。」也不知饅頭聽沒聽懂，只抓著那荷包朝著顧瀚揚連聲哦哦哦。

看著大小兩個人雞同鴨講，一屋子人都大笑了起來。

吳氏忙笑道：「好了，我們去纖絮閣吃我們小壽星的壽麵吧，吃完了，就到疏影閣賞梅吧。」

宋姨娘和喬仲青走在後面，宋姨娘低聲對喬仲青道：「包子抓著饅頭給的元寶，饅頭倒好，抓了繡花的荷包。」聲音裡隱隱有了幾分得意。

喬仲青並不答話，只看著宋姨娘笑。宋姨娘想起喬仲青和自己說過的話，便沈默不語。

第二十七章 賞梅

一家人上了疏影閣二樓坐了，丫鬟、媳婦子早已經準備齊全。

喬錦書俯看樓下自己離了一段時日的院子，右邊的葡萄架上還有著未散的積雪，黃綠之間瑩瑩白雪，倒見清新。左邊的假山石上還結著冰，冬日的陽光打在上面，透過冰稜那假山也透出了幾分晶瑩。假山邊上便是數株梅花悄然綻放，那花白裡透粉，亭亭玉立傲然枝頭，一陣冷風吹過，枝葉簌簌發抖，也不過是隨風擺動，並不見花瓣萎落，依然是迎風起舞，隱隱間暗香浮動，在一片粉白之間，唯有一株白中泛著點點綠意，水綰星辰，雲簪晚雪，格外醒目。

想起陸遊的那首〈詠梅〉，喬錦書隨口吟道：「驛外斷橋邊，寂寞開無主。已是黃昏獨自愁，更著風和雨。無意苦爭春，一任群芳妒。零落成泥碾作塵，只有香如故。」

喬楠楓聽了，大為驚訝道：「錦兒何時倒有了這般佳句？」

喬錦書猛然醒悟，這裡是另一時空，自己隨意吟誦的前人詩句都會被認成自己的，便忙應道：「爹，錦兒哪有這般才學，也不知是哪裡看的，竟是記住了，今日觸景生情，隨口誦了出來。」

喬楠楓卻是不信，道：「這女兒家雖說無才便是德，但我喬家也勉強算得上詩書傳家，錦兒即便有如此佳句也不過在自家吟誦，自是無礙的，倒不用這般顧忌。」

喬錦書唯有苦笑，大家只當她默認了。

喬楠柏也讚嘆不已道：「錦兒的心思，往往人所不及，二叔就為妳留下這景色吧。」吩咐下人準備紙墨筆硯。

這屋裡除了宋姨娘都是喜歡詩詞書畫的，見喬楠柏要作畫都有些歡喜，便圍了過去。不過兩盞茶的工夫，一幅潑墨的寒梅圖便躍然紙上，雖不是驚世卻也獨有風骨。

喬楠柏舉著筆，灑脫地看著喬錦書笑道：「來，錦兒，把妳剛才的詩句寫上，就當咱叔姪倆為今天的賞梅會作個結如何？」

喬錦書欣然應了，一首簪花小楷在那潑墨圖邊倒也相映成趣。喬楠柏看著喜歡，便命人裱了說要掛在自己書房，顧瀚揚聽了眼中精光一閃。

吳氏見時辰不早，便道：「去纖絮閣用膳吧，有什麼你們邊吃邊聊便是。」

喬錦書扶了吳氏，大家便一起下樓。

顧瀚揚拉了喬楠柏低聲道：「二叔，把那寒梅圖送給我如何？」

喬楠柏狡黠的笑道：「咱們一家人，按說送你也無妨，不過……」

顧瀚揚忙打斷他的話道：「開春慶陽縣和三江口縣交界處要修築大壩，那裡所有糧食供應皆歸喬家米鋪，不過絕不可以次充好，老百姓辛苦一天總不能剋扣口糧。」

喬楠柏哂笑道：「那裡你只怕早就打算給我們家米鋪了吧，難道還有比自己親家更值得信任的嗎？」

看著喬楠柏一副憊懶的樣子，顧瀚揚好氣又好笑，便道：「你待如何？」

其實喬楠柏也不過是想為難一下顧瀚揚，倒真沒想到要什麼，猛然想起自己初次去顧瀚揚那裡看到的幾匹玉馬，不說別的，單就那匹墨玉的馬怕不價值萬金，其餘的應該都值數千金吧。眼珠一轉，便刁難道：「我看你書房裡有幾匹玉馬，我喜歡，你隨意給我一匹吧。」

顧瀚揚倒好似鬆了口氣般，道：「把那匹墨玉的給你玩吧。」

喬楠柏頓時愣怔，道：「那墨玉馬怕不下萬金，倒不必了，別的就行。」

顧瀚揚伸手輕觸那簪花小楷道：「那又怎樣，在我眼裡還不如錦兒這幾個字。」說完捲了那畫下樓。

夜色暮黑，喬錦書看著正在鋪床的穀雨道：「不過幾個月的光景，咱們家竟是有了這麼大的變化，春分嫁了喬安，連立夏過不了幾天也要出嫁了。」

紫蝶邊收拾衣物邊道：「奴婢倒覺得喬安和春分正相配，他們兩人都是本分老實的。」

喬錦書點點頭道：「倒也是，將來春分肯定是要接替了錢嬤嬤做管事嬤嬤的，有她在娘身邊，我倒也放心。」

收拾完衣物，紫蝶又給喬錦書斟了一杯茶，道：「只是奴婢不明白立夏怎麼想的，竟是嫁到鄰縣的小商戶人家去了。」

穀雨聽了，接話道：「我倒覺得立夏是想明白了，那商戶人家雖不如咱們喬家富貴，可是和咱們家以前比倒不差什麼，雖說是填房又有兒子，可到底是正室，一般的使奴喚婢當家作主，豈不比做老爺的通房要好？」

紫蝶聽了便默不作聲。

聽得樓下有腳步聲，湘荷探頭看了一下，道：「姑奶奶，是姑爺上樓了。」

喬錦書聽了，便穿了鞋起身，顧瀚揚進來看見喬錦書衣衫單薄，便道：「天寒涼，雖說燒著火龍也別只在窗下坐著。方才和妳爹、二叔說些生意上的事，不覺就過了時辰，歇了吧。」

穀雨、紫蝶伺候二人歇下，便退了出來，在東次間炕上歇了。

突然想起什麼，喬錦書拉顧瀚揚的手道：「爺，今日饅頭抓的什麼東西，你說等他長大了給他。」

顧瀚揚側身凝視著偎在自己身邊的小人兒，修長的手指扶過那精緻的小臉，柔聲道：「不過是個荷包，逗他玩罷了。」

「錦兒看爺說得認真，不像只是個荷包，你還是告訴錦兒吧，不然心裡總是不安。」喬錦書不依的攥緊了顧瀚揚的衣襬道。

只要是關係到她的家人，她總是不依不饒的，今日若不告訴了她，這小東西只怕不得安生的，看著這張認真的小臉，不禁啞然失笑道：「錦兒，妳真想知道嗎？」

喬錦書鄭重的頷首。

「那不過是太子表哥給我的印信罷了。」顧瀚揚輕聲道。

喬錦書驟然變色道：「爺，我家饅頭、包子以後不要做這麼麻煩的事，我只願他們小富即安，一生順遂，不奢求富貴榮華。」

追名逐利，富貴榮華，多少人一生捨了性命去貪圖，這小東西卻是避之唯恐不及，只是自她嫁了自己的那日起，又豈是能躲得開這些麻煩的呢？若現在告訴她，也不過白添煩惱於事無補，自己只能替她擋得一時是一時罷了，遂笑道：「爺知道了，睡吧，明日還要早起呢。」

睡眼矇矓間喬錦書覺得那雙作怪的手又探進了自己的衣服裡，便壓了那手，埋怨道：「爺，這可是在錦兒娘家的閨房呢。」

顧瀚揚在那翹起的屁股上拍了幾下，道：「既知道是在妳娘家，還不起來去給爹娘請安，這般憊懶，爺倒不介意多陪妳睡會兒。」

喬錦書哀怨的看了那神清氣爽的男人一眼，無奈的喚了穀雨進來伺候，兩人梳洗完，顧瀚揚道：「等下請了安，便辭了爹娘吧。」

喬錦書嘟著嘴道：「爺，說話不算話，說了要陪錦兒住幾天的，可這才一晚上呢，就要走了嗎？」

顧瀚揚也不多話，只率先下樓，喬錦書恨恨的瞪了那背影幾眼，跟著下樓。

一時早膳畢，二人便辭了喬楠楓、吳氏，吳氏雖說不捨，卻見顧瀚揚肯陪自己的女兒在家裡住一晚，總算體貼，心裡也寬慰不少。

出了門，天上飄起了小雪，路上的行人都腳步匆匆，喬錦書只覺得車子起伏不止，便掀了車簾往外一看，好像已經出了縣城，詫異的看向顧瀚揚道：「這不是回府的路，我們去哪裡？」

顧瀚揚探手放下車簾道：「風大，小心著涼。既是出來了，便帶妳玩幾天可好？」

喬錦書一聽，便耷拉著張小臉道：「既是出來玩，倒不如讓錦兒在家多住兩天呢。」

看著喬錦書意興闌珊的小臉，顧瀚揚心裡有些忐忑，車子停了，清風在車外道：「大少爺、錦大少奶奶，到了。」

穀雨捧了件石榴紅的披風進了車裡，要伺候喬錦書穿上。

看著穀雨手裡的石榴紅底彩雲妝花緞雪貂披風，又看看顧瀚揚身上的煙灰色底彩雲妝花緞雪貂披風，喬錦書笑道：「情侶裝？」

顧瀚揚蹙眉道：「嗯？什麼？」

喬錦書飛快的穿了披風，朝著顧瀚揚做了個鬼臉，閃身由穀雨扶著下了車，才回頭道：「爺沒聽見便算了。」

顧瀚揚寵溺的搖搖頭，飛快的跟了上去，道：「這路滑，看妳一會兒摔倒。」說著便拉那小手握在手中往前走去。

看著相握的兩隻手，喬錦書眉眼彎彎，顧瀚揚看著身邊笑得志得意滿的小人兒，便伸手把她攏進自己的披風裡。

繞過幾個山包（注），便看見高處有一個小巧的園子，喬錦書驚異的道：「這處園子倒是安靜，若是夏天來時豈不更好？」

顧瀚揚也不說話，只是牽了她往前走。到了門前看見幾個穿著下人裝束卻體形強健的大漢守在門前，看見他們過來，幾人皆單膝跪下行禮。

穿過青石甬道，便看見一座青磚萬字影壁，轉過影壁，外院是一座小小的三間正房，旁邊各有兩間廂房，一般的抄手遊廊相連，並不見特別之處，從遊廊側門出去有一座白石拱橋，下了橋便是內院的垂花門了，垂花門前也有人侍立著。

進了垂花門，喬錦書看著院子便呆住了。寒風中，雪花輕舞，滿園的梅花臨風開放，只有邊角處有幾棵香樟樹。

紅梅肆意絢爛著自己的美豔，雪花像戀人般靜靜依偎著，絢爛之中綠萼梅羞澀的仰著笑臉，風兒都好似怕驚動了它們，無影無蹤，只有雪地上滿樹的梅花，開成一團團紅雲綠霧，在眼前漫漫的瀰散開來，那一縷縷的清香被苦寒久久的熬煎，越發的沁人心脾。凝視著眼前的一幕，喬錦書的心也如梅花般綻放，那清澈的雙眼，珠淚盈盈道：「顧瀚揚，我好喜歡呢。」說完轉身便往梅林深處奔去。

注：山包，即小山。

顧瀚揚忙上前攜了手，道：「錦兒勿亂闖，這梅林我按五行八卦排了個井陣。」

喬錦書疑惑的望著眼前飄逸如風的人。

顧瀚揚有些狼狽的笑道：「只怕我不能陪妳來時妳不安全罷了。」說完便拉著小人兒往梅林深處去。

梅林深處，紅花白梅交相輝映，顧瀚揚看著眼前的小人兒仰著如玉般的小臉，盈盈笑語花間蕩漾，那冰封的心軟軟的、軟軟的融化……伸手抱了那小東西騰空而起，煙灰色的雪貂披風掩映著一抹石榴紅在梅花中激揚而出，在梅枝間凌空輕點，便落在了香樟樹上。喬錦書閉了眼攬著顧瀚揚的頸脖，臉上不見一絲驚慌，彷彿眼前的人帶她往何處都欣然同行。

看著那如花瓣的粉唇，顧瀚揚靜靜的凝視著，默默的、默默的靠近，輕輕的吻上那嬌嫩的唇瓣。不過剎那的呆滯，喬錦書便輕啟雙唇，全心全意的感受著這溫馨的纏綿。

克制著自己內心的衝動，顧瀚揚輕輕推開喬錦書，指了下面道：「錦兒往下看。」

喬錦書睜開眼，紅梅和綠萼梅交錯著，好像置身花海，再仔細看，那綠萼梅竟是按照一個「錦」字排列的，喬錦書被眼前的一幕驚呆了，不敢置信的喊道：「顧瀚揚，你快看，那是『錦』字，是嗎？」

顧瀚揚緊緊的擁著懷裡的人，繾綣的道：「是個『錦』字，這裡是獨屬於錦兒的悅梅苑，我成人之時，錦兒尚牙牙學語，並不知有一日能遇見妳，清揚園中已經環肥燕瘦。往事成書，我並不欲塗抹遮掩，只是來者可追，然我身邊的日子也許驚濤駭浪，也許平淡如水，錦兒可願與我臨風比肩？」

看著平日裡惜字如金，漠然不馴的人，今日裡難得的柔情如水，喬錦書潸然淚下道：「顧瀚揚你知道嗎？那日在十里荷塘，簫聲寂寂，我腦海裡只有一句話，情不知所起，一往而深。所以顧瀚揚，若得君心似我心，定不負相思意。」

寒風婉轉，梅花無語，只有人兒如玉，看著香樟樹高處那相依相偎的一對。

明月對著木著臉站在自己身邊的清風道：「我也要趕快把我表妹娶過門才是。」

清風斜睨了他一眼，道：「情深如海，你以為是娶個妻子便有的嗎？」

不遠處紫蝶呆呆的看著高處，喃喃自語道：「咱們大少爺真是世間最英偉的男子。」

穀雨聽了，擦了擦眼淚道：「嗯，真為我家大少奶奶高興。」

顧瀚揚擁著喬錦書飄然而落，道：「錦兒，日後妳若自己來時便沿著綠萼梅走錦字筆畫自不會迷路，這事且不要和人說起，知道嗎？」

喬錦書微微頷首，顧瀚揚便牽了她往梅林深處去，在「錦」字的盡頭有一棟三間相連，帶耳房的木屋，匾上書著「暖屋」兩字。

進門是一個小小的廳，屋裡燒了幾個炭盆暖烘烘的，倒也名副其實。東、西間以圓形拱門和紗簾相隔，東面是臥房，面向門有一張架子床，箱籠、妝檯一應俱全，床後面隔出了一個淨室。西面鋪著雪白的地毯，地毯中央是一個木質雕花矮几，旁邊擺了個書櫃，美人觚裡插著幾枝綠萼梅，三間木屋淡雅溫馨。

顧瀚揚笑道：「今日咱們便歇在這裡可好？」

喬錦書又打量了一下幾間小屋，才問道：「好是好，可是我餓了，這裡什麼也沒有，我們吃什麼呢？」

顧瀚揚好笑的看著這小東西，攜了手出了大廳，往旁邊的耳房去，耳房裡也燒了炭盆，窗下設了桌椅，桌上放了許多食盒，讓喬錦書坐在了桌邊。顧瀚揚自己提了食盒，錦衣素袍屈身在火盆邊席地而坐，順手從食盒裡拿出醃製好的鹿肉，又從靴子裡摸出把短刀，須臾間那肉像雪花一樣飛落在盤子裡，然後用竹筷穿了架在火盆上烤著。

喬錦書看得目瞪口呆，也學著顧瀚揚席地而坐道：「爺，你還會這些呢？」

顧瀚揚魅笑著看了喬錦書一眼，道：「怎麼，不喊顧瀚揚了？」

嘟了嘴滿臉緋紅，喬錦書羞澀的道：「若喊成習慣，讓人聽了總是不好嘛。」

顧瀚揚微笑不語，從火盆裡取了烤好的鹿肉，遞給喬錦書道：「慢著些，別燙了。」

喬錦書接過來咬了一口，滿嘴餘香道：「爺，好吃，你怎麼會這些呢？」

顧瀚揚看著火焰，低聲道：「三歲那年我被家僕帶到家裡的荷花池邊玩耍，不知怎的一下便滑落荷塘裡，在我落水的剎那間，我聽到身後平日裡最親切最熟悉的聲音說道『瑞兒，娘一定會讓你坐上那個位置的』，後來二嬸生下的堂弟，名字便叫顧瀚瑞。」

「昏迷了整整一個月我才醒過來，雖然保住了性命，可是腿傷了筋骨，落下終身殘疾。好了以後，家裡的堂姊、堂哥便常常欺負我，就連有臉面的家僕背地裡也戲弄我，我常常渾身是傷。娘為了護著我總被祖母喝斥，爹也常與祖母起紛爭，祖母因此更是厭惡我，後來我便不敢和娘說了，只有盧嬤嬤每每流著淚給我療傷。

「我五歲那年，祖父從秦玉關邊塞回京了，在我又一次被家僕戲弄後衝到祖父的書房，求祖父教我習武。祖父看著我的左腿心疼的道，『揚兒，便是常人習武都要經過許多艱辛，你更會艱難百倍，你可能忍受？我顧家可沒有半途而廢的人。』我堅決的點頭。

「祖父便為我找了最好的師父，剛開始練習蹲馬步，左腿便疼得徹夜難眠，可是第二日卯時便要起來繼續蹲，師父從不容情，雖然吃了許多苦，但是堂哥堂姊們再也不能輕易欺負我了，僕人也收斂了。

「八歲那年祖父問我可願意去秦玉關歷練，娘知道了哭著哀求祖父不要送我去，爹更是滿心擔憂，我還是堅決的向祖父點點頭。

「就這樣被扔上了家將的馬背，與我同去的除了清風和明月，還有我的師父和先生，只要有空便要習文學武不能間斷。在秦玉關邊塞，我從最低等的哨卒做起，那裡冰天雪地，烤肉便是最好的吃食了，若是打起仗來沒有火，便是有什麼就吃什麼了。

「整整七年，腥風血雨，我從哨卒做到了三品的游擊將軍，祖父才允我返回京城。」

說到這裡顧瀚揚的臉色變幻莫測，好似記起了什麼更加不堪的往事般，喬錦書看著心疼不已，忙舉了手裡的烤肉道：「爺也嚐嚐。」

顧瀚揚接過烤肉，揉了揉喬錦書黑鴉鴉的青絲，又從牆邊拿過一個泥罈，隨手敲開，倒了一碗出來，那甜甜的香味瀰散開來。

喬錦書歡喜的道：「這個便是桃花釀嗎？」

「這個可是十年的桃花釀，入口綿柔，後勁可不小，妳慢著些喝。」顧瀚揚邊遞給喬錦書邊道。

接過來嚐了一口，只覺得唇齒留香，沒有一點酒的味道，喬錦書便大口喝了起來，連喝了三碗，便有些臉熱心跳，賴在顧瀚揚身上只喊著還要。

顧瀚揚搖搖頭，滅了火，抱起喬錦書進了暖屋，又去淨室端了水給喬錦書擦洗，安置在床上。等他自己梳洗完上床時，喬錦書猶拉著他喊著還要，實在糾纏不過，便去耳房取了酒罈過來，自己喝了一口餵給那小東西。也許是醉了的緣故，那小東西粉嫩的舌頭竟然在自己的唇舌間輕輕掃過，顧瀚揚哪裡禁得住這般挑逗，溫潤熾熱的唇緊緊的壓了上去，輾轉廝磨，唇舌來往間，胸口漸漸發熱發燙，手便探入肚兜裡……

越來越粗重的呼吸聲夾雜著嬌柔的呻吟聲，溫暖的小屋，滿室生春。

梅林裡，顧瀚揚白衣飄飄，翩然若仙，劍指凌雲，收住身體，吁了口氣往屋裡走去，看見喬錦書穿著淡紫色睡衣站在窗前，想來剛才是在窗前頭看自己習武的，如今被自己撞破，便有些澀澀的緋紅了臉。

顧瀚揚也不點破，只柔聲道：「剛才落日來傳信，說爹找我有急事，本來還想在這裡多住幾天，看來是不成了，快些收拾了，我們好回府。」
喬錦書應了收拾起來，二人匆匆返回府裡。
顧瀚揚疾步走入顧謙默的書房，躬身行禮道：「爹，何事這般著急？」
顧謙默抽出封信遞過去道：「太子妃陶娘娘產下一子，母子俱安。」
接過信一目十行，顧瀚揚閱畢，欣喜道：「如今太子終是可以鬆口氣了。」
顧謙默搖搖頭道：「未必，太子為了保陶妃母子安全，竟然藉口祈福，送陶妃入熙年寺半年，才在寺中產下一子，可見太子如今在宮中是如何的如履薄冰。現在太子妃產子的消息一日傳出，秦貴妃和三皇子只怕更會再生事端。」
顧瀚揚聽了沈思半晌道：「我會速從凌煙源派人入京，一來打探消息，二來也敲打敲打秦貴妃和三皇子，讓他們不能輕舉妄動。」
顧謙默微微頷首道：「這樣一來，凌煙源恐怕就要露出水面了。」
「依爹所言，太子都朝不保夕了，再隱藏下去還有何益？不過如此一來，慶陽只怕也不得安靜了。」顧瀚揚苦笑著道。
「自妹妹產下太子那日起，太子便不只是顧家的君主，更是顧家的家人，咱們又焉能獨善其身？」顧謙默低聲道。
聽了顧謙默的話，顧瀚揚微微頷首道：「爹，兒子知道，這就去調派人手，手裡的生意也會再理理，囤積些錢糧，以備不時之需。」說完就要告辭。

顧謙默喊住他道：「威信侯府還在往瑞雪閣送蘭花香嗎？」

顧瀚揚厭惡的蹙眉道：「那是他們的事，既然一個願送，一個又願意用，兒子便懶怠管他們的事。」

顧謙默點點頭，思忖片刻道：「嗯，只是別弄進了錦繡閣才好。」

說起那個小東西，顧瀚揚不自覺的嘴角微揚道：「錦兒年紀雖小，心思卻細膩，又有一身醫術，那些東西倒奈何不了她。」

看著兒子最近這些日子的變化，顧謙默也甚是欣慰，遂笑道：「你如今大約也不再是了無牽掛了，自己的事自己安排吧。」

顧瀚揚頷首稱是，躬身告退。

第二十八章 漣漪

桃紅和晚霞正在換洗床被，春喜行色匆匆進了裡間，晚霞邊把紫色繡蘭草的枕套套上邊道：「大少奶奶在琴房，妳去那邊回話吧。」

桃紅聽了眼神微閃，看了晚霞道：「這裡已是差不多了，妳一個人料理了吧。大少奶奶最愛喝二回的六安茶，此刻怕正是時候了，我端了過去。」

晚霞點頭道：「妳只管去吧，我一個盡可以了。」

桃紅遂和春喜走了出來，端上泡好的六安茶往西邊琴房去。

秦暮雪柳眉微蹙，面露憂色，百無聊賴的撥著琴弦。

綠柳看著自己的主子悶悶不樂，心裡也是擔憂，便勸道：「大少奶奶，您若是悶了，奴婢陪您出去走走吧。」

秦暮雪安撫的朝綠柳笑笑，又低頭撫琴，知道表哥喜樂理，擅琴弦，自己便拚命的在這些上下功夫，只指望夫妻琴瑟和諧。誰知等自己真的嫁了過來，不要說夫唱婦隨，便是聽也沒聽表哥彈奏過，只有偶然路過外書房，聽到那裡傳出金戈鐵馬，琴聲錚錚，等自己進去時，表哥倒停了彈奏說有事，想來不過是敷衍吧。

表哥只怕還是記恨那年的事吧，不過，她也只是個女兒家，家裡大人要行此計策她焉能阻止得了，更何況當時傳太子妃陶娘娘有意下嫁親妹，自己心裡也著實亂了方寸，便也就聽了家裡的。

只是這所有的一切也不過是為了兩人能在一起啊，這麼些年她殷勤的伺候，小心的討好，倒還不能得他諒解嗎？

桃紅和春喜進了門，看見秦暮雪雙眼噙著淚撫琴，有些不敢打擾，便在一邊站了。看見她們進來，秦暮雪停了琴，輕輕拭了拭淚，道：「什麼事？說吧。」

春喜上前蹲身行禮道：「回大少奶奶，咱們大少爺回來了，此刻去了老爺的書房，錦繡閣的那位也是一同回來的，現在獨自回了錦繡閣。這兩日，先是去了錦繡閣那位的娘家，住了一日便離開了，至於又去了哪裡還沒打探清楚。」

秦暮雪微微頷首道：「那去處也沒什麼要緊，能打探到固然好，沒有也不礙的。」

春喜應了，在一邊侍立。

桃紅忙上前奉上茶，道：「大少奶奶，這六安茶二回正是時候。」

接了茶啜了一口，秦暮雪道：「正是這個味，我有這一盞盡夠了，剩的妳們也嚐嚐吧，這可是宮裡來的呢。」說完又沈思起來。

我與表哥總是少年夫妻許多年，喬錦書，妳一來便要獨占了表哥嗎？我原也不是那極不容人的，只是表哥的心我再是不能讓的，既然妳有了這個心思，就怪不得我要容妳不得了。

秦暮雪低頭思忖著。

放下茶盞，秦暮雪笑著看了桃紅道：「這幾日妳要多去漣漪軒走動走動，總不能真的讓錦繡閣獨大吧，若真的等到都停了藥，那時只怕真沒有我們瑞雪閣的位置了。」

桃紅聽了，忙躬身應了。

看見喬錦書遠遠的走進來，張嬤嬤便迎上去道：「錦大少奶奶回來了，今日請安回來得倒早，沒和夫人說話嗎？」

喬錦書邊解披風邊道：「夫人有家事要處理，我便早些回來了。今日在夫人那裡嚐了杯雨前茶還不錯，妳讓湘荷用我前些日子收的竹葉上的雪水泡一杯來。」

轉身找了幾本醫書，又讓穀雨放好紙墨筆硯，喬錦書便埋頭細細的翻看起來。今日去給顧夫人把脈，發現情況比自己預計的要好很多，看來藥方要調整一下，這樣養上一段時間，大約就可以排毒了。

湘荷端了茶進來，道：「大少奶奶，幾位姨娘來請安了。」

喬錦書放下筆，暗自嘆了口氣。自己不喜歡她們來請安，早就吩咐除了大請安的日子都不必來，以前她們倒也聽了，自從悅梅苑回來後，倒是每日必定要來上這麼一回，人家遵禮而行，總不能打了出去，故而道：「請了進來吧。」

遲姨娘一貫爽朗溫和的笑著走了進來，許姨娘恭謹又有些怯懦的緊跟著，魏姨娘離了她們幾步遠，一臉的淡漠。

等她們行了禮，喬錦書便吩咐穀雨端了杌子給她們，又讓湘荷把方才泡的竹葉雨前茶端了上來。

遲姨娘啜了一口便笑道：「錦大少奶奶這茶和我們平日喝的雨前不同，是竹葉水吧。」

喬錦書聽了笑道：「看來妳也是個有雅興的。」

聽了喬錦書的話，遲姨娘掩嘴直笑，過了片刻方道：「錦大少奶奶高抬妾身了，妾身就是個錙銖必較的俗人，只是我娘喜歡夏收荷露，冬藏梅雪，我見多了罷了。」

「這衣食住行原本就是日常最離不得的，若這樣便是俗人，那竟是沒有雅的了。」喬錦書笑道。

遲姨娘聽了，歡喜的道：「若是錦大少奶奶不嫌棄妾身這個俗人，妾身倒是願意日日裡來伺候，也好讓這錦繡閣的藥香熏熏，去去俗氣倒是極好。」

說得屋裡的人都笑了，唯有魏姨娘還是淡淡的，許姨娘附和笑了，又一副欲言又止的模樣，喬錦書見了便道：「許姨娘有什麼事嗎？」

許姨娘囁嚅了下，從袖袋裡取了幾方手帕道：「婢妾繡了幾方帕子孝敬錦大少奶奶，也不知合不合意。」

穀雨接了過來，粗略看了一下，一方淺藍色的，一方艾綠色的，一方鴨卵青的，都繡著各式荷花，見沒什麼便遞給了喬錦書。喬錦書接了帕子，那活計做得確實鮮亮，眉頭微不可見地蹙了蹙，方順手放在炕內側，笑道：「許姨娘的繡工真是精緻極了，我看著這荷花繡的和爺內衣上的倒是極像呢，莫非都是許姨娘的手工？」

許姨娘聽了，有些羞澀的低頭回道：「婢妾是自小伺候爺的，爺的內衣都不愛穿針線房的，婢妾便自己做，這麼多年婢妾成了習慣，便年年做著，倒讓錦大少奶奶見笑了。」

喬錦書笑道：「既是爺喜歡的，少不得要辛苦妳了。」

「婢妾原就是伺候大少爺和兩位大少奶奶的，哪裡說得什麼辛苦了？錦大少奶奶有事只管吩咐就是。」

魏姨娘聽了嘴角一撇，噙著抹不屑的冷笑，便起身向喬錦書行禮道：「婢妾有些不適，錦大少奶奶恕婢妾無狀，先行告退了。」

喬錦書微微頷首，魏姨娘便轉身退了出去。

遲姨娘看了喬錦書的面色一眼，方有些遲疑的道：「錦大少奶奶可別在意，魏妹妹並不是不敬您，只是她向來就這性子，我們在漣漪軒一起住了幾年，也沒說上幾句話呢。」

許姨娘也忙連連點頭道：「正是呢，就算到了瑞雪閣也是一般模樣，只是雪大少奶奶也不在意，凡是有了什麼賞的，倒是她那裡最重，想來總是一般的官家出身，總是多照拂些的。」

喬錦書微微一笑，端了茶盞道：「這茶正好，涼了就沒味了。」

遲姨娘是個極會察言觀色的，便拉了許姨娘告辭。

許姨娘回了漣漪軒西廂，也不叫人伺候，只自己坐在臨窗的炕上發呆。綠玉進來忙上前行禮，道：「姨娘，怎麼啦，可是錦大少奶奶不喜帕子，給您臉色瞧了？」

「沒有的事，錦大少奶奶是極和善的，我剛才只是想著要過年了，上次雪大少奶奶賞的那疋銀紅的細紗給妳做個比甲過年穿是極好的，剩下的妳送給遲姨娘身邊的彩霞、彩鳳，還有魏姨娘身邊的紫藤，過年喜氣些。」許姨娘笑道。

綠玉忙道：「姨娘手裡的東西也不多，這細紗姨娘自己留著也是極好的。」

許姨娘聽了嘆了口氣，拉了綠玉的手道：「妳是我從養拙齋帶了來的，跟了我這樣沒大用的主子，妳平日裡不知為我費神周旋了多少，這細紗妳給她們分了，妳多少也得些體面，平日裡也好些，去吧。」

綠玉感激的點點頭，退了出去，許姨娘看著綠玉的背影斂了笑容，不知道又想些什麼。

聽到外面有人說話，魏姨娘放下手裡的筆道：「紫藤，誰來了？」

紫藤穿了件深紫色的比甲，身形高䠷，見魏姨娘問話，忙進來蹲身行禮道：「是西廂的綠玉送了些細紗來，說她主子賞她的，正好給她和奴婢還有遲姨娘跟前的彩霞、彩鳳，一人做身比甲過年穿。」

魏姨娘聽了，微微頷首道：「她倒有心。」

紫藤忙笑道：「許姨娘為人是極好的。」

魏姨娘聽了，不以為然的冷笑了下，道：「她為人怎樣我倒不清楚，只是到底是奴婢出身，上不得檯面的，心思多了些。」

紫藤是魏姨娘從魏府帶來的，自是知道自家主子的性情，見她這樣說也不敢隨意接話，便默不作聲的站在邊上。

看了下紫藤手裡的銀紅細紗，魏姨娘又溫和的道：「我首飾盒裡那只粉紫色珠花和這個顏色相配，妳自己去拿了，過年時一起搭配著倒好。」

紫藤忙行禮道謝。

魏姨娘又道：「我要抄經書，這裡不用妳伺候，妳下去吧。」

紫藤躬身退下。

湘荷打起軟簾，顧瀚揚緩緩走了進來，一身銀白色鴨卵青繡著五福同喜的鑲領長棉袍，高貴儒雅，氣韻天成，看見喬錦書在看書，便道：「今日我在梧桐苑宴客，看見一碟芸豆烏梅糕，讓他們給妳送了回來，妳可喜歡？」

喬錦書接過紫蝶手裡的熱巾帕，遞給顧瀚揚道：「嗯，看到了，錦兒喜歡那甜裡帶點微酸的口味，吃了些，還給爺留了，要不要嚐嚐？」

顧瀚揚擦了擦手道：「爺不愛甜的，妳若喜歡，讓他們做了送進來就是。」然後在炕沿坐了，突然臉色驟變，面色冷凝，對屋裡伺候的人喝道：「都下去。」

平日裡顧瀚揚就面色肅然，不多話，穀雨、紫蝶等在他面前都是恭謹小心的，現在見他突然變了臉，越發害怕，都戰戰兢兢的。

穀雨壯著膽子還看了喬錦書一眼，喬錦書也是滿臉錯愕，但還是看著穀雨點點頭，穀雨這才帶著大家小心翼翼往門口走去。

顧瀚揚看著穀雨，又喝道：「穀雨在門外守著，不許人進來。」

穀雨忙在門外應了。

顧瀚揚沈沈的抬起臉，看了喬錦書道：「妳屋裡哪來的這股子香味？」

聽了這話，喬錦書倒吁了口氣，心裡了然，從炕內側拿過許姨娘給的幾方巾帕，道：「是這個上面的香味吧。」

聞了香味，正是從那幾方手帕上傳來的，顧瀚揚劈手奪了過來扔在屋角，有些緊張的拉了喬錦書的手，在自己身邊坐下，道：「錦兒，妳哪裡來的這些個東西，除了這些，屋裡還有沒有？」

看著顧瀚揚眉宇間不易覺察的害怕，喬錦書偎進他懷裡淺笑著道：「爺，這麼會子工夫不礙事的，這些是許姨娘今天來請安時說繡了給我用的，當時我已經覺察了，只是奇怪許姨娘怎麼有這樣的東西。」

顧瀚揚聽了才鬆了口氣，沈默了半晌，方道：「這個便是暮雪用的蘭花香。」

喬錦書聽了，訝異的看著顧瀚揚。

看著這雙清澈的眼眸，顧瀚揚心底有一絲深深的無力感，雖心疼她年紀尚小就要經歷這紛擾複雜，卻從沒後悔把她帶到自己身邊，若是光陰流轉，自己仍會這般決定。
遂安撫的親了親她的髮髻道：「這不是爺給她用的，爺還不會這般對自己的內宅女人，是威信侯府送來的，爺只是沒有阻止罷了。如今妳既知道了，這樣的東西妳是一絲一毫也不能讓它進入錦繡閣的，知道嗎？」
喬錦書笑道：「以錦兒的醫術，這樣的東西奈何不了錦兒的，爺放心便是。」
幽深的雙眸如泉水湧動，把小東西拉到懷裡，唇在頸項間流連，那純淨的梅花香味若有若無，顧瀚揚沈聲道：「以錦兒，妳早些歇息，爺今夜有事處理。」說完喚了穀雨、紫蝶進來伺候，自己轉身出去。
看著顧瀚揚的背影，喬錦書陷入沈思，張嬤嬤不放心的上前輕聲喚道：「大少奶奶。」
看著張嬤嬤擔心的樣子，喬錦書莞爾一笑道：「嬤嬤，我無事。」又吩咐道：「妳們也早些歇息吧，嬤嬤陪我去暖閣說話。」
今日是紫蝶和湘荷值夜，二人收拾了在外間炕上睡了。
張嬤嬤伺候著喬錦書卸了首飾，散了髮髻梳洗了，方在炕沿坐道：「大少奶奶，可是有了什麼煩心的事？」
喬錦書一身碧青色梅花暗紋的對襟睡衣，頭髮鬆鬆的用一支薄荷綠簪子綰了個家常髻，倚著水綠色的千禧同春大迎枕，柔聲道：「嬤嬤，今日許姨娘送我的那幾方絹帕裡，那方藍色的有雪大少奶奶常用的蘭花香。」

張嬤嬤一聽蹙眉道：「這小蹄子也是個心思不安分的。」

喬錦書聽了搖搖頭道：「這還不是最要緊的，要緊的是這蘭花香中含有麝香，但這蘭花香不是爺賞用的，卻是威信侯府送來的。」

張嬤嬤聽了道：「老奴以前在京裡學士府見過、聽過這樣的事多了，那至親骨肉為了些利益互相殘害，性命相搏的不在少數。這蘭花送上這許多年，咱們大少爺又睜隻眼閉隻眼的，看來瑞雪閣的那位主子，只怕早已無法生育了。」

喬錦書聽了笑道：「這做香的手段極高，麝香分量並不重，若是停了再調理個幾年也未可說。」

張嬤嬤聽了急忙道：「大少奶奶，妳萬萬不可有這樣的心思。」

看著張嬤嬤焦急的模樣，喬錦書安撫的笑道：「嬤嬤，當日她想害我不成，便要取穀雨的性命，我還沒愚笨到要以德報怨的地步呢。」

張嬤嬤安心的點頭道：「這才是正理，只是許氏的心思極重，老奴倒要好好打聽一下才是。」

喬錦書聽了，從箱籠裡取了包銀子遞給張嬤嬤道：「我也正是這樣想的，爺不是個多情心軟的，伺候過的丫鬟不知凡幾，卻只有她留了下來，還抬了姨娘，可見是個不簡單的。我原本並不在意，只是她既上門送禮，我也該好好招呼才是。」

張嬤嬤接了銀子頷首。

顧瀚揚回養拙齋沐浴後換了身衣服，方信步往漣漪軒來，小丫頭子看見顧瀚揚往西廂房這邊來，高興得什麼也顧不得便奔進房裡報信。許姨娘聽了，扔了手裡的東西，扶著綠玉忙亂的迎了出來，怯生生的蹲下行禮，歡喜得噙著淚道：「婢妾不知道爺來了，迎得遲了，爺莫怪。」

顧瀚揚虛扶一把道：「起來吧。」說著起身往裡間走去，許氏忙起身跟了上去，吩咐綠玉泡雲霧茶來。

許氏接過茶，親手放在炕桌上，又恭謹的侍立在炕邊，顧瀚揚端起茶啜了一口，劍眉微蹙，許氏見了忙道：「這還是去年盧嬤嬤送來的，婢妾用竹盒細細的收了，只怕仍是有些走味。」

顧瀚揚聽了並不說話，只低頭喝茶，許氏盯著那俊逸無匹的側臉，恍如夢中，這個男人竟真的成了自己一生的依靠。許氏松蕊思緒萬千，自從十三歲跟了他，多少年了，可是每每見了還是如初見般心慌意亂。

看了一眼恭謹的侍立在炕邊的許氏，顧瀚揚放下茶盞道：「說了多少次妳不必站著，去坐下吧。」

許氏應了，搬了個杌子在炕邊坐了。

顧瀚揚打量了她一眼，道：「妳身上這件胭脂紅的小襖還是去年過生日養拙齋送過來的吧，怎麼也不見做件新的，可是沒有好的衣料？」

許氏聽了心裡一動，忙恭謹的道：「雪大少奶奶前些日子賞了一疋杭緞，那杭緞是極好的，婢妾捨不得製衣，前幾日裁了，繡了幾塊絹帕孝敬了雪大少奶奶和錦大少奶奶。」

顧瀚揚聽了溫聲道：「既是賞妳的，妳就自己裁衣便是，孝敬的東西不拘什麼料子，只要心意到就好。這幾日妳不必去請安了，先給爺趕製幾雙鞋子出來吧，爺養拙齋還有事要處理。」說完起身要走。

許氏忙起身跪在顧瀚揚腳邊，抬起那張清新如三月野花的臉，柔聲道：「爺，這些日子天氣寒涼，您這腳要格外當心才是。」

看著腳邊的女人，顧瀚揚嘆了口氣，沈聲道：「爺既留了妳，妳這一生都是爺的女人，妳好自為之。」

看著已經走出屋子的男人，許氏臉上亦喜亦悲，不辨歡喜，綠玉忙進來扶起許氏道：「姨娘的法子果然好，爺看見那絹帕就想起姨娘了。」

許氏微微頷首道：「我累了，伺候我歇了吧。」

清風進來，躬身回稟道：「爺，盧嬤嬤在外面。」

顧瀚揚在几案後抬起頭，揉揉眼道：「讓她進來吧。」

盧嬤嬤進來，一板一眼的行禮如儀，顧瀚揚笑道：「嬤嬤坐吧。」

盧嬤嬤道謝，在旁邊的椅子上坐下道：「大少爺，如今養拙齋只有素蕊一個伺候，老奴看著二等裡的染菊不錯，要不升了上來伺候？」

顧瀚揚忖了片刻道：「嬤嬤，以後這養拙齋值夜就由清風、明月來吧，前些日子素蕊的爹許莊頭也和我求了情，說素蕊大了想求我放了她出去，不如就趁年前把素蕊打發出去，只是別虧待了便是。」

盧嬤嬤應了。

顧瀚揚又道：「轉過年錦兒就及笄了，等她及笄了，清揚園的藥便都停了吧。」

盧嬤嬤聽了，那古板的臉上抑制不住喜悅，顫巍巍的站了起來，道：「大少爺，您決定了嗎，您選定小主子的母親人選了嗎？老奴每日裡煎著那些藥，心裡都是揪著疼啊，您都快而立之年了，膝下還沒有一兒半女的，老奴這心裡難受啊。」

顧瀚揚忙走過去扶了盧嬤嬤坐下，道：「我的心思嬤嬤都是知道的，只是今日許氏送了幾塊絹帕去錦繡閣，有一塊有蘭花香。那許氏也算爺虧欠了她，她是最早伺候我的，當時還沒有認識一品大師，就讓她喝了府醫配的避子藥，誰知她的身體不適合那避子藥，以至於再也不能生育了。這是爺虧欠了她，只要她安分，這一生的安穩日子總是有的，如今我讓她做鞋，暫且把她困在屋裡了。」

盧嬤嬤聽了，面色凝重道：「這許氏平日裡是個沒聲沒響的，老奴倒疏忽了，這幾日老奴便把錦繡閣的人再梳理一遍，讓那些東西一絲也進不去。」

素蕊打量著這間自己住了幾年的小屋，窗邊兩張簡單的架子床，兩個床頭矮櫃，對面兩個紅漆木箱搭著便是梳妝檯了。當年幾個小女孩揣著滿心的秘密住了這養拙齋，芙蓉、牡丹、芍藥、素蕊、松蕊、連蕊，六個姑娘性子各異，卻都是花一般鮮活妍麗，如今都如浮雲般流散了。

掩了內心的酸澀，素蕊拿起盧嬤嬤給的那個荷包，轉身去了漣漪軒。

漣漪軒西廂房，冬日的陽光透過窗櫺打在許姨娘身上，那影子落在空蕩蕩的屋裡，顯得特別單調。

看著自己的堂姊松蕊穿了件墨綠色暗紋繡球小襖，下面是煙灰色素緞棉裙，頭上綰了個飛星髻，插著那支幾年前爺賞的海棠花樣的玉簪，低了頭正納鞋底，那烏鴉鴉青絲落在細長白淨的脖頸邊，襯得纖細的脖子越發的瓷白，更顯得瘦弱了。素蕊有些心疼，走了上前，道：「姊姊。」

許姨娘抬起頭，看見是自己的堂妹，臉上露出幾分真心的笑容，放下手裡的針線忙道：「好多日子妳都不來了，還以為妳生我的氣呢，快坐呀，昨日得了盤綠豆糕，想著妳愛吃，我都給妳收著呢。」說著也不使喚人，自己起身去屋裡拿了盤綠豆糕出來，又泡了茶端到炕桌上，笑盈盈的看著素蕊。

素蕊鼻子有些發酸，拈了塊綠豆糕又放下，遲疑了下，道：「麥苗姊姊，豆芽要走了。」

聽著自己的堂妹用著進府以前的名字，許姨娘的心沈甸甸的，臉色陰了下來道：「怎麼，妳要出府了？」

素蕊點點頭道：「爹求了爺，趁著府裡年前放人，便把我也打發了出去，正好回家過年，我都好些年沒和爹娘一起過年了。」

許姨娘聽了，冷冷一笑道：「叔叔怎麼會求爺打發妳，他巴不得我們一輩子跟著爺他才體面，是不是妳自己的主意？」

知道瞞不過自己這個玲瓏剔透的堂姊，素蕊點頭道：「是，是我帶信求爹的。」

許姨娘瞪著雙眼，抓住素蕊的手，指甲都掐進素蕊的肉裡，狠狠的道：「我們當日說好了要一起留下來伺候爺一輩子的，妳怎麼忘了，現在想留我一個人在這裡嗎？」

素蕊滿臉苦笑道：「姊姊，現在和以前不同了，爺心裡有了錦繡閣的那位主子。」

「那又怎樣，不過是爺圖新鮮罷了，等過些日子，爺又會變得和以前一樣的，若不然，只要她沒了也是一樣。」許姨娘陰沈沈的道。

看著變得令自己都有些害怕的堂姊，素蕊掙脫了手，懇求道：「姊姊收了手吧，牡丹出事的前天晚上，我看見一個穿著墨綠比甲身形有些像綠玉的人，在背人處和牡丹說話，只怕看見的人都會以為那個是綠玉。可是我卻看明白了，那個不是綠玉，妳做了些什麼，妳自己總是知道的，如今我多說無益，妳自己保重吧。妳明知道盧嬤嬤自從出了芍藥的事越發的仔細，妳還教牡丹用芍藥當年用過的法子，不是要她的命嗎？」

許氏松蕊冷笑道：「最笨的法子就是最好的法子，不過是她自己笨，怪不得別人。」

看著越發陰沈的堂姊，素蕊沈默了片刻道：「我也想過做爺的女人，一輩子守著爺，可我如今改了主意，我不想像姊姊這樣守著這華麗的屋子，形單影隻的過一輩子，我只想做田頭山野的豆芽，守著爹娘安分的過活，爺就當是我心裡的一個夢吧。

「麥苗姊姊，妳既已償了心願，就守著這屋子安分的過日子吧。豆芽要走了，這一百兩銀子是爺賞的，妳留著用吧！」說完拿出盧嬤嬤給的荷包放在炕桌上，轉身要出去。

看著自己相依為命的堂妹就要離開，許姨娘變得有些無措，壓低了聲音狠狠的道：「素蕊，妳若真要出府，我便把妳當年幫我找絕子藥的事告訴爺和盧嬤嬤。」

素蕊轉過身，苦笑著道：「許姨娘，妳若果真想要素蕊的命，便拿去吧。」說著蹲下去深深一福，轉身走了出去。

第二十九章　受傷

清風從月亮門匆匆走進外書房，見明月在書房門口徘徊，便問道：「爺還沒吃東西嗎？」

明月蹙眉搖頭道：「還是早上在錦繡閣用了早膳的，此刻不要說吃，連水都沒喝過。」

看著那在啟源水陸地圖前徘徊沈思的主子，清風壓低了聲音道：「咱們主子的脾氣你還不知道嗎？上次因著娶平妻的事，秦侯爺硬生生從咱們爺手裡搶走了北面口岸的所有權，逼得咱們爺不得不從南面行貨。南面路經蠻夷之地，咱們已經損失不少了，這次太子那邊急等銀子用，爺等著這批貨的銀子周轉呢，船不在三江口靠岸，他是不會安心的。」

明月氣哼哼的道：「我竟不知道秦侯爺是什麼心思，他嫡親孫女是咱們主子的妻子，他卻這般為難咱們主子。」

斜睨了一眼不忿的明月，清風冷笑道：「見微知著你懂嗎？」

明月瞪了清風一眼道：「我沒你看的書多，不懂那麼多書袋子。」

清風一副「我就知道你不懂」的模樣看著明月。

明月不服氣的低聲叫道：「你還當我真的不知道啊，你不過是說，看著雪大少奶奶的為人，就知道秦府的門風罷了。」

兩人正小聲鬥嘴，落日板著臉從門外走了進來，道：「爺在屋裡嗎？」

「落日進來。」顧瀚揚在屋裡道。

落日進屋，單膝跪下，滿臉焦急的道：「爺，長河派人送信，貨在梅縣交界的水路出了事。」

顧瀚揚一身玄色長袍，面沈如水，肅然道：「清風，你騎上烏雲速去凌煙源調動人馬，我和落日帶人先去梅縣。」

通往梅縣的路上，五人五騎疾馳而來，為首的男子年近三十，五官如玉，面色冷峻的看著身旁的男子，簡潔的道：「落日，棄馬。」說完縱身而起，腳點馬頭，入林而去，身後的男子紛紛棄馬緊跟其後。

這些日子不論多遲，顧瀚揚都會回到錦繡閣，夜色已深，喬錦書內心越來越不安，湘荷面色不豫的走了進來道：「大少奶奶，爺不在外書房，只有明月在，他不肯說爺的去向。」

喬錦書微微頷首，指了桌上的吃食道：「收了吧，妳和穀雨也去歇著。」

湘荷擔憂的看了看喬錦書，道：「大少奶奶好歹也吃點吧。」

喬錦書搖搖頭道：「下去吧。」

靜謐的夜晚，昏黃的燈下，如畫的容顏，長河闖進錦繡閣看到的便是這美好的一幕。聽到屋裡有動靜，喬錦書睫毛微顫，睜眼看到一身勁裝的長河，眼神微凝，聞到空氣中有些微的血腥味，驀地起身道：「長河，你稍等。」

聽到裡屋有箱籠翻動的動靜，長河有些詫異的看著裡屋，片刻只見喬錦書提了個比平時大夫所用稍大的醫箱出來，沈靜的道：「帶我去吧。」

長河心悅誠服的躬身道：「大少奶奶，是長河僭越了。」說完雙手輕擊。門外閃進一個勁裝女子，躬身抱拳對長河道：「頭兒，請吩咐。」

長河微微點頭，指了喬錦書，道：「這是錦大少奶奶，妳帶她去外書房。」

那女子應聲，走近喬錦書道：「錦大少奶奶，櫻桃冒犯了。」說著攜起喬錦書要穿窗而出，喬錦書回頭道：「若是人多，帶上穀雨，她可幫忙。」

外書房，落日渾身血跡的走來走去，看見櫻桃攜著喬錦書進來，落日急忙迎了上去道：「錦大少奶奶。」

喬錦書微微頷首，邊往裡走邊道：「你們爺傷在哪兒？」

落日回道：「胸口，刀有毒。」

書房臥室，顧瀚揚還是那身玄衣，血跡斑駁，雙眼緊閉，面色蒼白，喬錦書走上前，手指搭在顧瀚揚的手腕，須臾鬆了口氣道：「還好，可解。」

屋裡的人聽了都鬆了口氣，長河忙解了穀雨的睡穴，看著滿屋子的人，和躺在床上昏迷的顧瀚揚，穀雨只愣怔片刻，便上前道：「大少奶奶，穀雨幫您。」

喬錦書點頭道：「取了箱子裡的止血藥去給其他人包紮，若有中毒的，扶來我把脈後再用藥。」

長河、穀雨應了下去。

喬錦書先餵了顧瀚揚一粒解毒的丸藥，才讓清風、明月給顧瀚揚脫了衣服，那刀傷在右胸下，並不深，因有毒才使得顧瀚揚昏迷了。

用烈酒仔細的清洗了傷口，又把解毒丸碾碎撒在傷處包紮了，這才鬆了口氣，寫了個方子遞給清風道：「爺一時三刻便會清醒，你煎煮了備著。」

這裡又給顧瀚揚搭脈，長河、穀雨帶著一個灰色長袍，年過四十的男子走了進來，那男子對著喬錦書深施一禮道：「在下辛月七，見過錦大少奶奶，大少奶奶的止血藥效果極好，不知能否將藥方賜教。」

喬錦書聽了一愣，正不知如何答話時，床上傳來顧瀚揚微弱的聲音道：「錦兒，那是我的大夫，妳給他吧。」

看見顧瀚揚醒了，喬錦書顧不及答話，忙道：「爺，有沒有哪裡不適？」

顧瀚揚有些虛弱的搖頭道：「爺沒事。」

辛月七看見顧瀚揚醒了，也奔過去把脈，然後雙眼閃著希冀的亮光道：「還有這解毒丸。」

顧瀚揚醒了，喬錦書也心情輕鬆了，便笑道：「辛大夫別急，等會兒我便把這止血、解毒，還有消炎的方子和丸藥的製作法子都寫了給你。」

「還包括丸藥的製作方法嗎？」辛月七訝異的追問了一句。

喬錦書不以為意的道：「自然是，丸藥才能應急，不然等你煎煮製作好了，只怕也救不了人了吧。」

又深深的看了喬錦書一眼，辛月七方道：「我聽聞錦大少奶奶家裡是開藥鋪的，這丸藥……」

此時喬錦書方明白辛月七話裡的意思，便淡淡的笑道：「可以賺錢的藥丸多不勝數，這三種丸藥在你手裡可以救命，我豈會本末倒置？」

辛月七鄭重的理了理長袍跪下，對著喬錦書就是一禮道：「辛月七替邊關無數的兄弟謝謝大少奶奶了。」

喬錦書忙伸手虛扶道：「辛大夫你也是醫者，當知道這不過是我們醫者本分罷了，當不得辛大夫如此大禮的。」

辛月七默然無語，又深深一揖。

清風端了藥進來，喬錦書接了過來，大家便躬身退下。

休養了幾日，顧瀚揚的傷漸漸的好了。這日喬錦書端著才煎好的藥走進外書房，看見顧瀚揚只穿著白色中衣端坐在几案後看著桌上的弓箭發呆，便嗔怪道：「爺，才好些，怎麼不愛惜身體呢？」

顧瀚揚聞言抬頭，看見喬錦書站在門口，一臉嬌嗔，不由得嘴角含笑，招手道：「錦兒過來。」接過藥碗，把喬錦書拉到自己腿上坐下道：「辛苦妳了，不但照顧爺，還要照顧其他受傷的人。」

喬錦書莞爾一笑道：「不過把脈開藥罷了，哪裡就累到了。爺看著弓箭做什麼？」

顧瀚揚把頭靠在椅背上，緩緩道：「這次遇見苗匪，他們的弓弩可以連發兩枝，射程也比我們的弓箭遠了許多，我們吃了大虧，是大家拚了性命拖延時間，才等到我們去增援，十幾人喪命，他們都是跟著我在秦玉關出生入死的兄弟。」

聽著背後微微顫抖的聲音，喬錦書忍著心疼不忍回首，低頭看著桌上的弓箭，想起前世自己因為玩遊戲對弓箭起了興趣，便特意去找個諸葛亮的連發弩來看，自己還記得些，也許可以幫到他，沈思片刻後，道：「爺，苗人的弓弩我小時候在祖母房裡的一本書上看到過，還記得些，錦兒畫給爺看看？」

顧瀚揚是知道喬錦書那名義上祖母的母親是苗人的事，遂急坐起來道：「錦兒畫來看看。」

喬錦書起身鋪好紙筆，回憶著自己記得的諸葛亮連發弩的圖，一時想起那弓弩連發十二枝射程也太遠，比起這裡用的弓箭只怕太過驚世駭俗，因此故意在銷釘、鏈結幾處故意畫錯了幾個地方，然後遞給顧瀚揚。

顧瀚揚接過圖看了，道：「這與苗人的弓弩好像不同，依圖紙看應該可以連發五枝以上，射程還無法判斷。」

喬錦書笑道：「這個錦兒可就不懂了，爺且試試，若不對了再改改，若是行，豈不好？」

顧瀚揚微微頷首道：「錦兒說的是，爺去和匠人商量著做來看看，錦兒回錦繡閣去吧。」

喬錦書有些擔心的道：「爺的傷口還沒完全癒合，可要小心了。」

顧瀚揚邊喚清風進來伺候更衣邊道：「知道了，小東西真囉嗦呢。」

才走進清揚園，便看見張嬤嬤在錦繡閣門前探頭往外看，看見喬錦書過來忙迎上去見禮，喬錦書忙笑道：「外面風大，嬤嬤怎的就出來了。」

「大少奶奶幾日沒回來了，雖說是大少爺腿疾犯了，接了您去照顧大少爺，可老奴到底不放心。」張嬤嬤笑道。

喬錦書微笑不語，走進錦繡閣，張嬤嬤忙著跟了進去，吩咐妙筆準備熱水伺候喬錦書沐浴，自己便興沖沖的去小廚房準備喬錦書愛吃的。

曉荷園東次間起居室，顧夫人倚著迎枕聽了萬嬤嬤的話，笑道：「這孩子真當我是個傻的嗎？腿疾復發?!分明是受了傷。」

萬嬤嬤邊給顧夫人捏背邊道：「大少爺原是一片孝心，如今既沒事了，您就裝作不知道吧。」

顧夫人點點頭道：「嗯，瀚揚是個有分寸的，如今身邊又有了錦兒，我越發的放心些了，盧嬤嬤那裡說什麼了嗎？」

「您還不知道那老貨，若是大少爺吩咐了，她再不會透露一星半點兒的，不過我看她的表情也猜得到，您盼著抱孫子的事只怕有八成了。」萬嬤嬤欣喜的道。

顧夫人聽了歡喜的道：「這便好，下個月便是錦兒及笄禮了，成親的時候匆匆忙忙總是失禮了的，這及笄我一定要給她好好操辦一下才成。」

「您放心，都包在老奴身上了。」萬嬤嬤笑道。

主僕兩人忙著商量起來。

一個短衣大漢走進大廳，行禮道：「主子，王老大說，弓弩製好了，請主子去。」顧瀚揚疾步走了出去，短衣大漢忙跟了上去。

一間簡單的房舍前，一個瘦小的老者拿了張弓弩正左右端詳，看見顧瀚揚過來忙起身施禮：「主子，製好了，您請看。」

顧瀚揚接過弓弩，雖說和平日裡用的有些不同，但卻很稱手，高興道：「長河在三十丈、六十丈……」遲疑了一下又接著道：「九十丈處各放一個箭靶。」

看著長河的手勢，顧瀚揚抬手便射，那箭瞬間透靶而去，片刻見長河滿臉驚喜的舉著箭矢從遠處躍來道：「爺，射程竟然有一百五十丈。」

顧瀚揚也深覺意外，忙道：「力道如何？」

「九十丈處取人性命毫無疑問，一百五十丈處最多傷及皮膚。」長河道。

沈吟片刻顧瀚揚道：「苗人的弓箭最多不出六十丈，咱們這個已經勝出很多，一百五十丈既然不能取人性命，不如用來毒攻，只是還是不能連發。」

王老大聽了有些著急的道：「主子，屬下看這個弓弩最大的優勢不是射程和力道，反而像是連發，好像是專為連發設計的，如果不能連發極是可惜，屬下要再想想。」說完拿過顧瀚揚手裡的弓弩，也不理人便往屋裡走去。

顧瀚揚忙對長河道：「去，告訴清風，爺這幾日不回府了，陪著王老大。」猶豫了會兒又道：「我看源裡的枸杞芽極好，你送些到曉荷園和錦繡閣去。」

長河忍笑應了，轉身去告訴清風，明月在邊上道：「長河你肯定聽錯了，夫人不愛吃任何發芽的東西，爺知道的。」

清風覺得好笑，不過是錦繡閣的主子愛吃罷了，爺為了給她送去就拿夫人做幌子，回去少不得要被夫人笑了。敲了明月的頭一下，道：「你就笨死吧。」

明月不服氣的道：「我若笨，也是被你每日敲打的。」

過幾日王老大終於做出了連發的弓弩。

官道上，長河拍馬追在顧瀚揚身後歡喜的道：「爺，那弓弩太厲害了，竟然可以連發八枝，若是用到秦玉關邊塞，咱們可是會所向無敵的。」
顧瀚揚臉上也是掩不住的喜悅，但還是囑咐道：「這事不可洩漏。」
長河鄭重道：「奴才知道。」

剛下馬，便有小廝過來道：「夫人吩咐了，若大少爺回來時，馬上去曉荷園回話。」
顧瀚揚想起前幾日送枸杞芽到曉荷園的事，心裡忍不住抽搐，又要被娘取笑了，極不情願的往曉荷園去。
看見兒子還是一副冷峻的樣子，顧夫人戲謔的笑道：「瀚揚這幾日可是忙過了頭，連娘的喜好也忘了。」
顧瀚揚不緩不急，躬身行禮道：「兒子給娘請安。」
顧夫人忙扶了起來，拉到自己身邊坐了道：「身上還帶著傷吧，行這樣的大禮做什麼，娘哪裡會怪你，只有歡喜的。只是你已經快三十了，到底是怎樣的？」
看著整日為自己憂心的娘，顧瀚揚深深的嘆了口氣道：「兒子的心思是從沒有瞞過娘的，一直以來兒子厭煩了後院女人之間的爭鬥，便發誓不要庶出的子女，我兒子的母親可以不是我愛的女人，但一定得品行端方才可，我的孩子也要出自一母同胞。如今難得錦兒是個心思純良的，又能與兒子心意相通，兒子便不作他想了。」
顧夫人聽了心裡歡喜，道：「既如此，怎的不停了錦繡閣的藥？」

顧瀚揚無奈的笑道：「一品大師叮囑的，說錦兒年紀尚小，得及笄才能生育，不然有了一個差錯，他要和兒子撕扯不清的。這些日子送往錦繡閣的藥都是一品大師單獨給錦兒開的，裡面又加了無數好藥，等過些日子，帶錦兒上山看看她師傅便是了。」

躊躇了半晌，顧夫人還是試探道：「暮雪那裡……」

顧瀚揚臉色微沈，思忖半晌，想來若不和娘說清楚，娘總會不忍，遂低聲道：「娘，我被下軟骨散那日，暮雪是清醒的，兒子不敢說她是否合謀，但是肯定是知情的。」

顧夫人聽了如五雷轟頂，現在自己想到那日的情景還心痛如絞，何況兒子親身經歷，拍了拍兒子的手點頭道：「娘知道了，既然錦兒是你的妻子，我將來孫子的母親，成婚禮已是虧待了她，這及笄必得熱鬧隆重些才是。」

顧瀚揚聽了忙阻止道：「娘，不可。此刻後宮是秦太后當家，秦貴妃和三皇子在宮裡正當道，太子的處境不好，我們顧家不宜過於張揚，及笄禮簡單熱鬧就好，只要咱們真心疼她，總強過那些虛華的東西。」

顧夫人微微頷首。

天色暮黑，顧瀚揚進了清揚園，小丫鬟忙報了穀雨，穀雨興奮的進去報信，喬錦書聽到剛想迎出來，顧瀚揚已經掀簾而入，喬錦書忙行禮道：「爺，傷口可好了？」

顧瀚揚解了披風遞給紫蝶，方轉身溫柔的笑道：「爺沒事，已經大好了，錦兒且安心，讓人備熱水，爺沐浴了和妳細說。」

幾天沒睡，渾身疲乏，泡了個澡鬆快了許多，顧瀚揚看著身上的細棉布牙白竹葉暗紋中衣道：「新做的嗎？」

織雲忙道：「是錦大少奶奶親手做的，說棉布比絲綢的要舒適。」

顧瀚揚點點頭，走了出來。

他半乾的頭髮散在寬闊的肩上，白色中衣鬆鬆的掛在勻稱而略顯消瘦的身上，俊美的容顏帶著一絲疲憊，幽深的雙眸波光流轉，此刻正溫柔的看著自己。正倚在迎枕上看書的喬錦書有了片刻的愣怔，忙坐起身道：「爺，頭髮濕著容易頭疼，快些烘乾。」

顧瀚揚聽了，懶散的走了過去，依著迎枕輕輕躺下，把頭枕在喬錦書的腿上，慵懶的道：「爺累了，想睡會兒，錦兒給爺烘吧。」

接過弄巧手裡的琺瑯掐絲手爐，喬錦書屏退了眾人，握著那烏黑的髮絲一點點的在手爐上烘著，慢慢的有絲絲霧氣瀰漫開來。看著眼前這張俊美中混和著邪魅的臉，不知融化了多少紅顏，而這消瘦略帶殘疾的身軀又獨自承擔了多少，不論如何的風雨如晦，總是漠然冷峻的容顏，喬錦書的心微微泛疼。

不知睡了多久，顧瀚揚睜開眼，便看見一張美得如精靈般溫柔的臉，清澈的雙眸疼惜的凝視著自己。抬手輕輕拉下那美麗的容顏，含住那如花的唇瓣，溫柔的吮吸輾轉，細細的品嚐，胸口漸漸炙熱起來，那處緊繃得生疼，顧瀚揚溫柔的把那小東西擁在身下，啞聲道：「小東西，這些日子可想爺了？」

或許是受了月亮的蠱惑，或許是心疼眼前的男人，喬錦書沒有了往日的羞澀，抬手勾住眼前人的脖頸，如呻吟般的道：「顧瀚揚，我想你呢。」

只是這麼簡簡單單的一句話，顧瀚揚的心便如春花綻放，那修長的手指揮開兩人間所有的障礙，溫熱的肌膚緊緊相貼，手下如凝脂般的觸感，山巒起伏處芳草萋萋，如春水蕩漾。身下的人兒，嬌媚柔順，婉轉承歡，顧瀚揚只覺得所有的歡喜愉悅都在那一處，只恨不得從此再不分開。

彷彿承受不了那炙熱，喬錦書引頸輕泣道：「顧瀚揚！」聽著這嬌柔的呼聲，顧瀚揚只覺所有的愉悅在一剎那炸開。

喬錦書彷彿連抬手指的力氣都沒有，依偎在這溫柔的懷裡，一動也不想動。

看著身邊睡得香甜的小東西，顧瀚揚輕輕的起身去晨練，出了門天色微白，二月的風清爽宜人，一個念頭在心裡發芽，顧瀚揚怎麼也壓抑不住，叫來清風吩咐道：「速去，讓盧嬤嬤停了錦繡閣的避子藥，換成補藥。」

看著清風遠去的身影，心下安然，揮劍起舞，謫仙般的身姿引清風駐足。

爐火的微光映得盧嬤嬤那張古板的臉竟有了微微的笑容，看得廚房裡的一干婆子有些不知所措，唯有盧嬤嬤身邊伺候的喜兒掩嘴直笑。

接過藥碗，喬錦書有片刻的詫異，隨即莞爾，自己一身的醫術難道還保不住自己嗎？欣然飲藥，然後吩咐穀雨，取兩個紫色的荷包給盧嬤嬤。

盧嬤嬤並不推辭，歡喜的接了，躬身施禮帶著喜兒告退。

張嬤嬤和屋裡伺候的丫鬟都有些摸不著頭緒，不過自家主子歡喜自然也跟著歡喜。

顧瀚揚晨練完正碰上盧嬤嬤回去，看見顧瀚揚，盧嬤嬤噙著淚給顧瀚揚磕頭道喜，顧瀚揚忙彎腰扶了起來，道：「嬤嬤千萬不可如此，以後要辛苦嬤嬤了。」

盧嬤嬤正色道：「大少爺放心，一切交給老奴吧。」

顧瀚揚進門，看見早膳已經擺好，梳洗換衣在炕沿坐了，屏退下人，方道：「錦兒，妳畫的那圖，爺這幾日便做出來了，大約連妳自己也沒想到吧，那竟是一把射程一百五十丈，可以連發八枝的弓弩箭圖呢。」

喬錦書聽了腹誹道——大爺，那是急中華優秀之大成上無古人、後無來者的諸葛亮大神的大作好不好？人家射程近三百丈，連發十二箭矢，你不過一半，還沾沾自喜！不過也是自己故意畫錯誤導的緣故，既然你滿意了，我就不再驚世駭俗了。

她心裡天馬行空想著，面上卻不顯，只笑道：「錦兒不過照葫蘆畫瓢，要是能用自然好。」

顧瀚揚看著那漫不經心的小東西，欣喜的道：「妳不知道，有了這連發弩，秦玉關邊塞便更多了一重保障，為我朝穩固有多大的裨益呢。」復疼愛的搖搖頭道：「也是，這些事總不用妳操心，妳只要待在家裡看妳的醫書便好，爺今日還有許多事，午膳不回來了，妳自己用吧。」顧瀚揚笑道。

春喜端著早膳進了東次間，猶疑半晌還是道：「大少奶奶，奴婢剛才去取早膳，看見盧嬤嬤在錦繡閣門前給大少爺下跪呢。」

秦暮雪聽了，筷子一頓，心裡狐疑起來，爺對盧嬤嬤敬重有加，是何事以至於盧嬤嬤都要下跪呢？何況是在錦繡閣門前，遂看著一邊的綠柳吩咐道：「綠柳妳自己去打探一下這事。」

綠柳應了。

第三十章　及笄

漣漪軒正房的東次間，暹姨娘看著手裡的帳冊微微搖頭。

彩霞端了茶進來，忙道：「姨娘看了半天了，歇會子吧，咱們院子裡的石榴樹抽出綠芽了，咱們也去掛幾個荷包祈福吧。」

彩鳳也在旁邊笑道：「正是，奴婢這幾日聽說爺好像要給清揚園停藥呢，這可是天大的好消息。瑞雪閣的石榴樹上都掛滿了，遠遠看著花紅柳綠的好看極了，姨娘，咱們也去祈福。」

暹姨娘合上帳冊，看著自己這兩個忠心耿耿的丫頭，嘴角牽出一絲苦笑。「爺若不來，停不停藥，有什麼不同？」

一句話說得彩鳳、彩霞都怏怏的，暹姨娘見了反覺得好笑，遂道：「爺不來漣漪軒也不是這一日兩日的事，我是商家女自是會計較得失，如今我是暹氏家族最受人敬重的姑奶奶，兄長繼承了家業，娘也受人尊敬，我可不覺得愁苦。我雖用不著，倒是要給妳們倆去掛兩個才是。」說得兩人訕訕的跟著走了出來。

院裡的石榴樹下，綠玉和紫藤都穿著一色的銀紅比甲站在一處掛荷包，暹姨娘見了笑道：「這綠玉和紫藤穿著一樣的衣服，背影看著越發的像一個人了。」

兩人聽到聲音忙轉身行禮，紫藤笑道：「姨娘抬舉奴婢了，奴婢哪有綠玉姊姊好看呢。」

遲姨娘聽了打量綠玉一眼，眉眼彎彎，倒真是出落得眉清目秀，便笑道：「綠玉十六了吧，倒真是大姑娘了，前些日子聽說妳老子娘求了盧嬤嬤，說等過了十八就求府裡放人呢，可是家裡有什麼打算了呀？」

一句話說得綠玉紅了臉，指了旁邊的紫藤道：「都是妳這小蹄子胡說，惹來姨娘這些話出來，我只和妳算帳便是。」說完便要打。

紫藤見了跑了開去，兩人在院子裡追打起來。

魏姨娘難得的走了出來，笑道：「原是紫藤的不是，妳只管打，我再不護著她的。」綠玉聽了越發的追著要打紫藤，紫藤跑不過綠玉，只得一迭連聲的告饒。「綠玉姑娘，綠玉姊姊，綠玉姑奶奶，下次不敢了。」

惹得滿院子的人都笑了起來，魏姨娘難得的跟著嬉笑，遲姨娘看著魏姨娘笑得有幾分明媚的臉，道：「妹妹笑起來真好看，該多笑笑才是。」

魏姨娘聽了倒斂了笑容，朝著遲姨娘微微施禮道：「姊姊，妹妹不過覺得沒什麼值得笑的事吧。」說完也不理人，轉身進了裡屋，紫藤見了忙跟了上去。

遲姨娘嘆了口氣，又看了看許姨娘的西廂房那邊，一片安靜，連晃動的影子也不見。

穀雨舉了手裡的荷包笑道：「咱們院子裡倒沒有石榴樹，奴婢看大少爺養拙齋裡有幾棵長得極好，奴婢去那裡掛了，給大少奶奶祈福。」

張嬤嬤聽了，笑著啐了她一口道：「妳個厚臉皮的，哪有個掛個荷包倒掛去爺們的院子裡的，妳不害臊，也不顧著咱們大少奶奶的臉面嗎？」

穀雨倒不以為意，笑道：「有什麼害臊的，只要能為咱們大少奶奶祈福，便是老爺的外書房我也敢去掛。」

說得屋裡的人都笑了，弄巧笑道：「大少奶奶，日後若穀雨姊姊有錯時，再不必罰她銀子，只要罰她一天不說話便是，奴婢看她一定極難受。」

喬錦書聽了也笑了，嗔笑著看了弄巧道：「罷了，再不用說別人，除了紫蝶、妙筆，妳和纖雲、湘荷也都不差什麼，都是愛說的。」

張嬤嬤笑道：「正是，天天嘰嘰喳喳的，吵得人煩。」又看了穀雨道：「出了清揚園，左邊拐角那裡的梧桐樹後面有幾棵石榴樹長得極好，去那裡掛吧，好好給咱們大少奶奶祈福，兩個不夠，要掛六個才好。」

喬錦書聽了，心裡朝天翻了無數白眼，笑道：「我再不信這些的，現在天氣好，妳們幾個出去走走倒是正經的，看見有什麼新開的花，給我摘些插瓶吧，讓紫蝶、妙筆伺候著，我也好安靜的看幾頁書。」

穀雨幾個聽了便嬉笑著出門，張嬤嬤放下軟簾退了出去。

紫蝶在炕沿邊的杌子上坐著做針線，妙筆跪坐在炕上研磨，喬錦書低頭看著書，微風吹，拂起鬢角的幾縷秀髮，一室的靜謐。

入畫正伺候顧夫人喝藥，細語在旁邊端了水盂伺候著，看見萬嬤嬤進來，顧夫人漱了口道：「妳又這樣風風火火的，為什麼事呢？」

萬嬤嬤行了禮道：「外院的小廝來說，大理寺的張大人攜眷祭祖，來拜見咱們家老爺，張夫人帶了小姐也來見夫人。」

顧夫人聽了，便扶了關嬤嬤起身，道：「總是三品大員的夫人，還是去大廳見吧。」剛在大廳落坐，淡月便進來回稟，張夫人和張小姐求見夫人。

顧夫人頷首道：「請她們進來吧。」

過了片刻走進來一個三十七、八歲的婦人，面容溫和，步履從容，身後跟著一個十七、八歲的姑娘，柳眉星目，大方端莊。

張夫人帶著女兒叩拜道：「妾身張氏攜小女玉鳳見過襄遠郡主。」

顧夫人示意萬嬤嬤扶起道：「不必行此大禮，遠離京城，我早忘了自己的封號了，你們稱我顧夫人便可，坐吧。」

張夫人恭謹道：「是，顧夫人。」說著在左邊上首坐了，張玉鳳緊挨著自己的母親落坐。

道。

顧夫人笑吟吟道：「京城此時還是冰天雪地，慶陽已是春天，不知張夫人習慣嗎？」

「妾身夫家便是此處人，妾身在慶陽也住了許多年，倒覺得比京城舒適呢。」張夫人道。

張玉鳳聽著兩人說話有些坐立不安，顧夫人見了忙道：「玉鳳若是無聊，我叫人請人來陪妳說話可好？」

張玉鳳聽了，忙起身行了個福禮道：「顧夫人，玉鳳想見喬家大姑娘可以嗎？」

顧夫人聽了，有些詫異道：「怎麼？妳們認識嗎？」

張玉鳳搖頭道：「不認識，不過我喜歡她，想見見。」

顧夫人聽了有些不解，便看了張夫人。

張夫人溺愛的瞪了張玉鳳一眼道：「小女被老爺和我寵壞了，夫人莫怪，說來咱們倒是有些緣分的，喬家的曦園原來是我公公婆婆的屋子，我隨著老爺四處遷徙，玉鳳便一直陪在她祖父祖母身邊替我們盡孝。那喬家大姑娘的閨房原先是玉鳳住的，此次回來玉鳳去看了下，覺得愛護得極好，屋裡的佈置也喜歡得緊，說那喬姑娘一定是個和她一樣心性的，便一定要見見，後又聽說喬家姑娘嫁入了府上，今日知道我來，便一定要跟了來。」

顧夫人聽了覺得這張家姑娘爽直可愛，心性簡單，心裡喜歡，便招手讓她近前，拉她的手笑道：「妳說的再沒錯，錦兒和妳的性子倒真有些一樣的地方，我讓人帶妳去她住的錦繡閣，和她說話可好？」

張玉鳳欣喜的點頭，顧夫人便支使淡月帶了她去錦繡閣。

喬錦書聽了湘荷的話，剛想起身去大廳待客，卻見丫鬟打起了軟簾。一個笑容燦爛，活潑端方的女孩走進來，笑著道：「妳便是疏影閣的主人嗎，我可是前主人呢。」

看著這個一臉歡笑的女孩，喬錦書沒來由的就喜歡上她，遂笑道：「是張姑娘嗎？我是喬錦書。」

張玉鳳上前拉了手道：「妳真好看，我家的嫂嫂們也個個不俗，倒沒有一個及得上妳的。我知道妳叫錦兒，妳叫我玉鳳吧，我今年十七了，妳多大？」

喬錦書笑道：「過幾日我就十五了。」

「那妳要叫我姊姊，我以後叫妳錦兒妹妹了。」張玉鳳忙道。

喬錦書笑著應了，兩人攜手在炕上坐了，喬錦書吩咐縠雨道，去看看小廚房有什麼新做的點心端些來，再去樹根下取一罈子竹葉水出來泡雨前茶。

張玉鳳聽了忙道：「我不愛喝茶，妹妹有花茶嗎？」

「有的，菊花、梅花、荷花，姊姊愛喝哪種？」喬錦書笑道。

「就荷花茶吧，我愛它清淡無味。」張玉鳳道。

待荷花茶送上來時，端起茶啜了一口，張玉鳳有些驚訝的道：「咦，加了蜜糖，怎麼卻沒有搶走荷花的香味呢？」

喬錦書笑道：「別的蜜自然會搶了荷香，這可是我們家自己收的荷花蜜，不但不會搶了荷花的香氣，還越發的添了幾分味呢，姊姊若是喜歡，走的時候帶一罈走吧。」

張玉鳳又啜了一口，細細的品嚐了，微微頷首道：「果然是妹妹說的一樣，真是極好。」像似想到了什麼，張玉鳳有些氣鼓的道：「慶陽哪裡都好，只有妳家二叔不好。」

喬錦書不解的問道：「我二叔怎麼得罪姊姊了？」

張玉鳳的丫鬟喜鵲在邊上道：「這倒怪不了喬家二爺，原是我家姑娘連名姓也沒報，便要往曦園裡闖，正好碰上喬家二爺出門，自然嗆上了。後來喬二爺知道了姑娘的身分，還賠了禮，又請了喬太太出來陪著觀看了園子。」

張玉鳳不滿的瞪了喜鵲一眼道：「妳們怎麼都和娘說的一樣，他一點也沒錯，都是我的錯嗎？」

喬錦書忙拉了張玉鳳的手道：「姊姊別生氣，我二叔這個人不惹他時，是極溫和好說話的，若嗆上了也是個極不講理的，想來說話也定是衝撞了姊姊的。」

張玉鳳這才笑道：「還是妹妹的話我愛聽，娘也是一味的說我的不是，我極不服氣呢。」

聽這話，喬錦書思忖這張夫人也是個溫和知禮的，並不以勢壓人，對這家人又多了幾分好感，遂笑道：「既是二叔得罪了姊姊，現在二叔管著我們家的松鶴會所呢，便讓他細細的做上一桌全魚宴，給姊姊陪罪，我陪著姊姊去吃怎樣？」

一說到吃的，張玉鳳黝黑的眼眸像星星一樣閃亮，忙連聲應了，惹得屋裡的丫鬟都掩嘴直笑。

緣分總是很奇怪，有人跋山涉水也不可及，有人卻可一見如故。

一大早，穀雨幾個便把喬錦書拉起來梳洗、沐浴，換了件素色暗紋錦緞衣裙，便伺候著往家廟東邊的東房而來。

喬錦書在東房後面的更衣室裡安靜的等候，不一刻萬嬤嬤進來說時辰到了，便親自動手伺候著喬錦書換了一套黑布朱紅滾著領邊的童子短褂褲，散著頭髮站在門邊。悠揚的古樂聲起，顧夫人溫和莊重的聲音傳來，宣佈及笄禮開始。

萬嬤嬤點頭示意，喬錦書心裡默唸著已經演示了幾遍的禮儀，在樂聲中神態安寧的走入東房正堂。

顧夫人端坐在主人的位置，溫和肅穆，右首邊是壓抑著喜悅，滿臉慈愛的吳氏。

黑色禮服的司儀揚唱道，請贊者（注）大理寺卿張府大少奶奶何氏女，只見左首邊走出一位豔麗端莊年約二十出頭的女子，以盥洗手，在西面就位。

喬錦書端莊的行至中央，向來賓行揖禮，然後跪坐在及笄席上，贊者張府大少奶奶上前為她梳頭，然後將梳子放到席子的南面，退回自己的位置。

司儀復唱道：「請正賓成南峰康慈仙人就位，」

喬錦書聽了，驚愕的看向右邊，一位身著淺黃緇衣的慈祥老者在顧夫人的陪同下往東面去，康慈仙人按輩分是自己師傅的師姑，還是當今聖上的親姊姊，只因傾心佛學，便在成南峰清修，多少人想求見一面而不得，顧夫人竟然為自己去請了她來，這份疼愛，令喬錦書感動不已。聽了康慈仙人的名號，滿室的來賓個個動容，肅然行禮。

顧夫人恭謹的陪在康慈仙人的身後，康慈仙人以盥洗手，復歸位。

司儀再唱道：「初加開始。」

喬錦書收斂心神在草薦上向東跪坐，有司韓府大少奶奶蓮步輕移，低眉垂目用托盤奉上蜜蠟銀簪。

康慈仙人接了過來吟誦：「令月吉日，始加元服。棄爾幼志，順爾成德。壽考惟祺，介爾景福。」然後跪坐下來為喬錦書梳頭加簪，贊者張府大少奶奶彎腰正簪。

喬錦書緩緩而起，向正賓致禮並接受正賓的祝福，然後步入更衣室內，贊者和有司取過意味著女子成人的裙褂，緊隨而入。

進了更衣室，張府大少奶奶攙了喬錦書的手道：「妹妹果然是如玉鳳妹妹所言，嫻靜清雅，秉凌波之姿。」

韓家大少奶奶也淺笑附和。

喬錦書微笑著施禮道：「二位嫂嫂謬讚了，錦兒還要謝謝二位嫂嫂，今日不棄為錦兒執禮。」

注：贊者，執行禮儀的人。

二人皆笑言客氣，親手幫喬錦書脫下身上的童子褂褲，換上了牙白底水藍纏枝梅花鑲領的錦緞長袍和牙白素緞馬面裙，又進入東房。

隨著喬錦書蜜蠟銀簪、素色衣裙而入，樂聲二度再起，宛如雲影浮動，大氣悠揚，喬錦書面向來賓舒展衣裙，然後跪拜父母謝養育之恩，叩首起身。

此時司儀在樂聲中唱道，一加禮畢，行二加禮。

喬錦書仍在房子中央的草蓆上向東而跪坐，正賓康慈仙人在顧夫人的陪同下，以盥洗手，接過有司奉上的五福同喜的髮釵吟誦道：「吉月令辰，乃申爾服。敬爾威儀，淑慎爾德。眉壽萬年，永受胡福。」然後再次為她插戴上髮釵。

喬錦書仍是緩緩起身躬身致謝，進入更衣室，贊者、有司緊隨其後。

二人取出與髮釵相配的藍色縷金梅花紋樣的窄袖禮服，幫喬錦書換上，再進入東房。

喬錦書金釵禮服進入東房，樂聲三起，恢宏冉冉，喬錦書二次向來賓舒展衣裙，然後跪拜長者前輩以示尊敬，叩首起身。

司儀唱道：「二加禮畢，行三加禮。」

喬錦書仍向東而坐，康慈仙人以盥洗手，接過有司奉上的赤金鑲紅寶石海棠花冠吟誦：「以歲之正，以月之令。咸加爾服。兄弟具在，以成厥德。黃耇無疆，受天之慶。」然後為她戴上花冠。

喬錦書起身躬身致禮，進入更衣室，贊者、有司捧禮服隨入。

展開禮服，張家大少奶奶忍不住嘆道：「好精美的雲錦禮服，且不說做工如何的精緻，便只是這大紅萬字紋雲錦，據說要三年才能織就一疋，就是在皇宮內院也是極珍貴的。」

喬錦書聽了也暗自詫異，這並不是喬家送來的那件，想來是顧夫人為自己日後壯勢立威吧，內心感動，面上仍是淡淡的笑道：「想來是婆母寬厚。」

張家大少奶奶見她仍是不亢不卑，心裡也暗自讚嘆。

喬錦書走入東屋，祝福的樂聲齊鳴，鳳凰于飛，翽翽其羽，看著頭戴赤金鑲紅寶石海棠花冠，身穿大紅萬字紋牡丹提花的雲錦寬袖曳地禮服，眉目如畫，翩翩若仙的女子，大家都有片刻的愣怔。

康慈仙人讚嘆的向顧夫人道：「聰敏靈秀如此集於一人之身，瀚揚是個有福的。」

顧夫人也是萬分歡喜，謙遜的道：「總是佛祖庇佑吧。」

喬錦書大紅禮服曳地，面向北而大禮跪拜，以示忠君愛國之心，叩首起身。

司儀唱道：「三加禮畢。」

康慈仙人微微頷首，向顧夫人道：「方外之人，不染俗禮，貧尼告辭了。」

顧夫人知道康慈仙人的性子，也不虛留，便要送了出來。康慈仙人搖頭指了喬錦書道：「讓我師姪孫送吧。」

喬錦書聽了，忙恭敬的緊隨其後，一路上康慈仙人並不說話，只在前面緩緩而行，喬錦書也不多言，亦步亦趨緊隨其後，到了大門口康慈仙人才點頭道：「癡兒，是個沈穩的，妳要記住萬事有緣，來之安之，謹守自持，莫忘本心。」說完帶著侍人飄然而去。

看著自己主子越來越陰沈的臉色，桃紅的聲音越來越小，不敢再說。

秦暮雪臉色陰沈，柔聲道：「康慈仙人都來了嗎?!我當日早知道娘庫房裡有一疋萬字大紅雲錦，妹妹嫁進來時，想跟娘討了做身衣服，也好給妹妹添添喜慶，娘倒捨不得，原是要留著給妹妹呢。既然妹妹這麼得娘的心，咱們倒不可輕忽了。」

看著窗外石榴樹的葉子在風裡輕揚，秦暮雪嘆了口氣，自言自語道：「妹妹，這不是我的本意，妳也莫怪。」遂問劉嬤嬤道：「柳嬤嬤那裡安排好了嗎？」

劉嬤嬤忙道：「安排在採買上管事了。」

秦暮雪滿意的點點頭。「讓她多留些心，若錦繡閣飲食有什麼不同了，便多關照些，總不能一味的辛苦盧嬤嬤一個吧。」

劉嬤嬤陰狠的點頭道：「老奴省得。」

春天的薔薇園枝繁葉茂，顧嫣然帶著自己的大丫鬟同喜、同福從旁邊走過，同福看了看園子道：「今日天氣倒好，二姑娘要去撲蝶嗎？」

顧嫣然穿著墨綠色繡金鑲領肉粉色縷金撒花緞面袷衣、朱砂紅的馬面裙，一臉歡快的笑容，聽了同福的話往薔薇園望了望道：「改日吧，這幾日姨娘身子不好，我去看看她。」

看見顧嫣然走進惜柔園，小丫鬟忙上前行禮，顧嫣然揮揮手，自己輕輕打起軟簾，看見自己的姨娘唐氏正倚著迎枕養神，顧嫣然走過去在邊上輕輕坐了。唐氏睜開眼看見自己的女兒，忙憐惜的攏了手道：「外面風還涼著，也不讓她們給妳加件披風，就這麼著出來了呀。」

顧嫣然笑道：「我不冷，那披風拖曳著，我嫌棄得緊。」

唐姨娘嗔怪的看了一眼，笑道：「那也罷了，總是個長不大的孩子一般，今日這麼早，沒去上學嗎？」

顧嫣然笑道：「今日先生有事，早些下學了。我聽說姨娘身子不爽，過來和姨娘說會子話。」

唐姨娘聽了揮揮手，屋裡的下人都退了出去，看著屋裡只剩自己母女兩個，顧嫣然收斂了一臉的天真，面上出現了超出年齡的成熟氣息，自己去炕桌邊斟了盞茶，啜了一口道：「爹最近都沒來姨娘這裡嗎？」

「妳爹原本就甚少流連後院，如今夫人的身子好了起來，便在曉荷園歇得多了些。田姊姊自己帶著奕哥兒，妳爹倒常去看看，惜柔園也不過就是幾頓飯的情面罷了。」唐姨娘懶懶的道。

白嫩的手指點了茶水，不知道在炕桌上畫些什麼，顧嫣然才道：「我這幾日去給夫人請安，看她的臉色好像有了幾分紅潤，和以前的白中透著青紫不同。」

唐姨娘聽了雙眉緊鎖道：「我聽說那夫人當年中的毒極其霸道，也不過是幾年的壽數。」

顧嫣然搖頭道：「能不能解毒，我且不知，不過我日日觀察，夫人最近的臉色與以往確實不同，只怕還是不能小覷了這個新來的錦兒嫂子的醫術。」

捏了捏身邊的迎枕，唐姨娘道：「姨娘自己倒也沒了什麼念想，只一想到將來嫣兒要頂著個庶女的名分出嫁，心裡便難受至極。」

聽姨娘說起自己的嫁娶之事，顧嫣然倒沒有羞澀，只托了臉，歪著頭看了自己的姨娘道：「我今年才九歲，還有幾年呢，總有機會的。」

唐姨娘微微頷首。「妳外祖家讓人帶了信來，說三皇子要娶承恩伯家的嫡長女為妃呢。」

顧嫣然挑了眉看著窗外道：「是那個以端莊賢淑，才學橫溢譽滿京城的馮曲薇嗎？我聽說她相貌平平，三皇子哥哥會喜歡嗎？」

唐姨娘微微笑了笑，道：「妳外祖託人找了個宮裡告老的嬤嬤，雖不能親自教妳，但是把規矩禮儀都寫成了教程一份分給妳，妳自己好好的學，有不懂的就寫了信，由妳外祖傳遞。如今教程寄了來，在娘的暖閣裡。」

顧嫣然起身朝著唐姨娘施禮道：「姨娘，女兒將來一定讓妳受人尊敬。」說完往暖閣裡去。

第三十一章　設計

啟源朝皇城，金黃色的琉璃瓦在陽光下熠熠生輝，層層樓閣，簷牙高啄，格外輝煌。在秦太后的福壽宮外，匆匆走來一個年約六旬、動作利索的老嬤嬤，見她氣沖沖的走進內院。

宮女們正陪著秦太后說笑，看見陳嬤嬤臉色不豫，秦太后看著這個從小伺候自己的嬤嬤忙問道：「芸娘，誰又惹惱了妳，妳只管罰就是，何苦和她們置氣，倒傷了自己。」

陳嬤嬤上前行禮道：「老奴方才去太醫院詢問太后娘娘的藥方，路過了秦貴妃娘娘的榮熙宮，見皇上從裡面黑口黑面的出來。老奴心裡覺得不安，一打聽，原來秦貴妃娘娘因為康慈仙人給顧家那孩子的平妻及笄做正賓，和皇上念叨起顧家和太子的事，惹惱了皇上。」

秦太后聽了，那微挑的鳳眼閃過一絲凌厲，慍怒的道：「這個秦沅蜜心大眼拙，成事不足，敗事有餘，沒有一點及得上舞蜜，總是姨娘養下的，到底成不了氣候。」

陳嬤嬤道：「如今安陽王顧家為了太子韜光養晦，收斂鋒芒，咱們家老侯爺倒好，在外面威風八面，貴妃娘娘又總是意氣用事，老奴常常憂心啊。」

秦太后屏退了下人，嘆了口氣道：「為了秦家，哀家把一對兒女的心都傷透了。雖說琴兒去成南峰清修是為著駙馬早喪，何嘗又不是為我太過偏心秦家的緣故？皇上為了顧希和的事也是怨恨上了哀家，如今見了哀家也不過面子上的情分，哀家老了，太子和三皇子都是哀家的嫡親孫子，咱們就看著吧。」

「您若真的能這樣想，好好養著鳳體，倒能看著皇長孫娶媳婦。」陳嬤嬤笑道。

秦太后親暱的啐了一口道：「妳這老貨，哀家還不知道妳的心思，皇上是妳帶大的，妳心疼他吧。」

陳嬤嬤聽了也不辯解，只呵呵一笑。

妙筆進來給喬錦書添了茶，道：「咱們清揚園廚房採買上的管事嬤嬤好像換了。」

穀雨聽了道：「我說呢，咱們家少奶奶愛吃的幾道菜總沒見到，大少奶奶又不讓去問，原來是這個緣故。換了哪裡的人，原來的黃嬤嬤去了哪裡呀？」

妙筆忙道：「說是換了原來瑞雪閣的管事柳嬤嬤，黃嬤嬤管了廚房的雜事。」

喬錦書聽了，這才放下手裡魚戲蓮葉的絡子道：「什麼時候的事，咱們竟是一點也不知道。」

「聽廚房粗使的茶香說是大少奶奶及笄前後換的，是瑞雪閣的劉嬤嬤來說是雪大少奶奶的意思，盧嬤嬤也不好過分阻攔便換了。」妙筆道。

聽了妙筆的話，喬錦書覺得這秦暮雪真不愧是豪門大戶教養出來的，對人心測算得淋漓盡致，趁著自己及笄的時候，利用顧瀚揚的一絲內疚，把自己的人安排進了廚房最重要的位置，就算柳嬤嬤不動手腳，自己也難免心生疑慮，日日不安了。

若她以為這樣便讓她如願，就辜負了自己兩世為人了，遂笑道：「妙筆，妳和茶香倒相投。」

妙筆笑道：「那日奴婢去給大少奶奶取膳食，無意中說了句家鄉話，倒被茶香聽到了，原來茶香和奴婢竟是老鄉，一樣的從小離了家，此後比別人倒多了些情分。」

喬錦書笑道：「既然這樣，妳去打聽下柳嬤嬤家裡有些什麼人，都在哪處當差，柳嬤嬤和什麼人來往多些，都細細的打聽了，只不要露了形跡才好。」

妙筆聽了，笑道：「奴婢省得。」

晚上顧瀚揚回來，心情極好，喬錦書想起穀雨回來說許姨娘在石榴樹下哭的事，便試探著說了。顧瀚揚聽了垂了眼睛默不作聲，思忖著錦兒心思通透，但年紀小心軟，像暮雪那般與她明火執仗，倒不怕她吃虧，唯有那用軟功夫的她卻防不到，遂低聲道：「錦兒，那許氏在爺身邊多年，是否知道蘭花香的事，唯有她自己心裡清楚，爺把她困在屋裡，不過是在她頭上懸了一把刀，讓她警醒。若妳此刻放軟了態度，便是替她取刀，她便不怕了。」

喬錦書聽了心裡了然，知道顧瀚揚是教自己內宅事物呢，內心感激，遂道：「爺，錦兒明白，只是問問吧。」

顧瀚揚點點頭道：「累了，歇了吧。」

喬錦書壓住那作怪的手道：「爺，你方才說累了的。」

誰知顧瀚揚竟幽怨的睨了喬錦書道：「嗯，爺在外面辛苦了一天，好不容易鬆快些，錦兒竟不體貼嗎？」

這廝是什麼表情，竟然連怨婦都學上了，老天劈了我吧！喬錦書頓時愕然，卻不覺鬆了手。

顧瀚揚眼角微挑，邪魅的笑著壓了下來。

早上看著笑得志得意滿，神清氣爽的男人，再看看自己滿身的紅紫，喬錦書恨不得去床腳啃小枕頭。

穀雨進來伺候著喬錦書去了淨室，梨花木的浴桶中，漂著舒展開的梅花花瓣，淡淡的幽香隨著霧氣散了開來，梅香中帶著絲絲藥香，喬錦書疑惑的問道：「怎麼用了藥浴呢？」

「喔，張嬤嬤說這些日子爺天天宿在錦繡閣，大少奶奶定是辛苦的，用這舒緩的藥泡泡，人會鬆快些。」穀雨正色道。

喬錦書看著穀雨那張一本正經的臉，咬牙道：「穀雨姑娘，妳要記住妳是個待嫁的女孩，說話要要注意些。」

穀雨頭也不抬的幫喬錦書寬衣，嘴裡回道：「奴婢雖未嫁，伺候大少爺、大少奶奶也有一段日子了，有什麼不知道的，既知道了，做什麼要裝作不知道？」

喬錦書恨恨的道：「妳這樣說容易讓人誤會的。」

「只要奴婢自己不誤會，別人誤會，奴婢可懶得管。」穀雨道。

喬錦書無力的把頭搭在浴桶上悶聲道：「穀雨，擦背吧。」

聞到一股雞絲竹筍的清香味，喬錦書歡喜，急忙走向炕桌，張嬤嬤見了慌忙過來攙扶道：「我的大少奶奶，妳倒是慢些呀，那吃的誰還和您搶不成。」

喬錦書看著自己被拉住的胳膊，無奈的道：「嬤嬤，我平日也是這般的呀，妳今天怎麼一驚一乍的。」

正說著，盧嬤嬤帶著身邊的喜兒端了藥進來，喬錦書笑著接了飲盡。

看著盧嬤嬤走出門，張嬤嬤把盧嬤嬤拉到一邊，不知道低聲說了些什麼，盧嬤嬤眼睛一亮，道：「那妳可要當心了，園子裡的事儘管找我，這閣裡的事妳可要打起精神些。」

張嬤嬤正色道：「這個自然。」

盧嬤嬤出了錦繡閣，嘴角一直彎著，喜兒見了在旁邊道：「嬤嬤，還沒有準信兒的事，妳倒高興成這樣。」

盧嬤嬤摸摸喜兒的頭道：「有個信兒也是喜，府裡好長時間沒這麼高興的事了，我呀要去和妳萬奶奶說說話去。」

早膳畢，喬錦書帶了穀雨、湘荷去曉荷園給顧夫人請脈。

見顧夫人正和萬嬤嬤說話，兩人都笑得歡快，喬錦書忙上前請安，顧夫人忙阻止道：「罷了，天氣漸熱，以後這些個行禮的事，錦兒都免了吧。」

喬錦書聽了有些不解，這顧府的規矩還真體貼，天氣熱了連行禮都免，但還是聽話的在旁邊的椅子上坐了。

顧夫人仔細打量著給自己把脈的喬錦書，滿臉笑意，喬錦書把完脈，看顧夫人不停的打量自己，有些疑惑的道：「娘，錦兒今日有什麼不妥之處嗎？」

顧夫人搖搖頭，道：「娘只是看著錦兒歡喜罷了。」

喬錦書微微一笑，道：「娘，錦兒給您調整了方子，吃了這三個月的藥，錦兒便可以以針引毒，給您排毒了。」

看顧夫人和萬嬤嬤都只看著自己笑，喬錦書有些不解，以為她們沒聽明白，便又說了一遍，這次萬嬤嬤聽清楚了，忙驚喜道：「錦大少奶奶，您的意思，再過三個月，我家夫人身上的毒便可解了是嗎？」

喬錦書點頭道：「正是，不過這三個月極要緊，不論飲食還是湯藥，都不能有差錯。」

萬嬤嬤連連點頭道：「老奴省得，定會萬分當心的。」

顧夫人也拉了萬嬤嬤的手，歡喜的道：「果然是個帶福運來的，連我的毒都可解了，不是嗎？」

出了曉荷園，喬錦書心裡犯嘀咕，今日好像大家都有些暈乎，看來是苦夏，自己還是回去開副涼茶讓人煎了，各院子都送些才是。

回了錦繡閣，紫蝶忙迎了上來，扶著自己在炕上坐了，纖雲忙不迭的給自己脫鞋，弄巧在一邊打扇，看著這殷勤得有些怪異的三人，喬錦書忖著，莫非三人剛才做了什麼錯事。想著三人都是穩重的，左不過打了東西什麼的，便托了腮歪著頭看著三人道：「說吧，可是砸了什麼東西，主子我不會怪妳們的。」

三人聽了都無辜的抬起頭，互相看了一眼，都搖頭道：「奴婢們沒有砸東西啊。」

喬錦書仔細的打量了屋裡的人一圈，指著那看著還算正常的妙筆道：「妳跟我進暖閣。」

在暖閣炕上坐了，死死的盯著妙筆道：「妳現在告訴我，外面的人都怎麼了？」

妙筆囁嚅了半晌，方紅著臉道：「大少奶奶昨日就該換洗了，到今日還沒信兒呢。」

「我小日子一向都不怎麼準的，她們都這樣小心做什麼？」喬錦書不以為意的道。

妙筆看著自己這個遲鈍的主子，咬咬牙低聲道：「可是您現在沒喝避子藥，爺又日日歇在錦繡閣呀。」

喬錦書頓時不淡定了，自己確實沒把這件事放在心上，然而在這個時代，這確實是件不得不小心翼翼的事。

想到這兒輕輕揮手，妙筆躬身退下，想了想還是把右手輕輕的搭在左腕上，嘴角慢慢上揚，左手輕輕的撫上小腹，想著外面那些小心過度的人，自己還是再等上半個月，等有看準信兒再告訴她們吧。

看見小丫鬟在門外張望，綠柳走了出來悄聲道：「什麼事？」

柳嬤嬤在旁邊道：「咱們家大少奶奶午休起了嗎？我有事要回。」

「嬤嬤稍等，我去看看。」綠柳道。

恐柳嬤嬤有要緊的事，綠柳便輕聲的喚醒了秦暮雪。

聽說柳嬤嬤來了，秦暮雪知道柳嬤嬤是個仔細的，沒有事定不會過來，便道：「讓她進來吧。」

柳嬤嬤恭謹的行禮道：「最近錦繡閣的口味變得有些清淡，但是依老奴看，倒不像個有事的，大約是天氣熱的緣故。」

秦暮雪聽了沈吟半晌道：「往日裡她愛些什麼？」

「平日裡口味偏愛香辣些的，愛吃魚，那竹筍雞絲極愛。其他倒沒什麼特別的。」柳嬤嬤想了想道。

撥了撥茶盞裡的茶葉，秦暮雪道：「嬤嬤且再注意幾天，若有事我再找人喚妳。」

柳嬤嬤聽了躬身告退。

等柳嬤嬤走了，秦暮雪吩咐春喜去喚劉嬤嬤過來，劉嬤嬤聽說雪大少奶奶有事，忙放下手裡的事，幾步趕到東次間。

劉嬤嬤聽了秦暮雪的話，道：「大少奶奶不可大意，這口味變了便是有些個意思了。這女人孕相是各不相同，錦繡閣那位自己是擅醫術的，想來是月分淺才不肯說出來的。咱們不如趁這個機會，讓她吃個啞巴虧才是。」

秦暮雪微微頷首。「嬤嬤和我想到一處去了，只是她擅醫術，辨藥的功夫格外厲害，如今柳嬤嬤在廚房，要在她的膳食裡動手腳並不難，難的是怎樣才能讓她不覺察的吃下去。」

綠柳聽了在邊上道：「如果她聞不到又嚐不出味，不就可以了嗎？」

劉嬤嬤聽了，啐了一口道：「沒用的小蹄子，盡說些不著邊的話，難不成能堵了她的鼻子，割了她的舌頭不成。」

秦暮雪卻眼睛一亮，微微一笑道：「依我看綠柳說的極是。」

這些日子只要背著人，喬錦書總偷偷給自己把脈，心裡越來越覺得這事十有八九了，只等滿了四十五天就有十足的把握了，那時家裡不知道怎樣的歡喜，想著不知不覺就笑了。

湘荷走了進來，看著喬錦書道：「大少奶奶遇見什麼好事了，這幾日總是自己一個人笑。」

喬錦書瞋了她一眼道：「不過是想著昨日看的書才笑的吧，有什麼事還瞞得過妳們嗎？」

湘荷聽了笑道：「也是，瑞雪閣的晚霞來求見大少奶奶，好像很著急的樣子。」

喬錦書聽了一怔，還是道：「讓她進來吧。」

晚霞神色不安的走了進來，在喬錦書跟前跪下道：「求錦大少奶奶去看看我們雪大少奶奶吧，我們雪大少奶奶此刻極不好。」

喬錦書聽了忙道：「可有去請陳大夫來？」

「我們雪大少奶奶此刻極難受，婢子們急得亂了方寸，請錦大少奶奶過去看看吧。」晚霞哭著道。

喬錦書聽了遲疑起來，想起瑞雪閣的蘭花香便不肯接話，晚霞見了再三苦苦哀求，一再說秦暮雪極為難受。

想著那屋裡即使有一絲蘭花香也是瞞不過自己的，若有蘭花香的味道，自己到時再想法子不進去就是，起身扶了湘荷往瑞雪閣來。

晚霞跟在身後，微不可見的鬆了口氣。

進來瑞雪閣的暖閣，見秦暮雪面色蒼白的臥在臨窗的炕上，屋裡並沒有蘭花香的味道，倒是有一股濃郁的檀香味。看見喬錦書進來，秦暮雪掙扎著想坐起來。

喬錦書忙上前扶了道：「姊姊躺著吧，妹妹給妳看看。」說著搭了脈手指輕觸，過了片刻，道：「姊姊想來是夜不安枕，白日裡又心事過重引起心悸吧，不礙事的，休息片刻就好了。」

秦暮雪聽了，慘白的臉上牽出一縷微笑道：「總聽人說妹妹醫術高超，原還不信，今日才知竟是真的，真是謝謝妹妹了。」說完又拉了喬錦書的手道：「我這幾日心裡煩悶得很，此刻見了妹妹，不知怎的倒是安心了些，若是妹妹不棄，就陪我坐會子吧。」

綠柳也在邊上跪了道：「錦大少奶奶是個極善解人意的，陪我們雪大少奶奶說會子話吧。」

喬錦書看著這一對主僕心裡異常的不安，但是屋裡確實沒有一絲的異常，除了那過於濃郁的檀香味，可是那檀香中又沒有任何不妥，這些東西是再瞞不過自己的，秦暮雪又死死的拉著自己，便是想走只怕也不能。遂在炕沿坐了道：「既然姊姊不嫌棄，妹妹便陪姊姊說會兒話吧。」

秦暮雪聽了方笑了，吩咐道：「綠柳快去把今年新得的雲霧茶給我們泡了來。」

綠柳應著去了。

喬錦書端了茶，聞了聞香又放下道：「這雲霧的味道極是特別，只我剛在屋裡用了盞菊花，此刻倒是不想喝，白白拂了姊姊的好意。」

秦暮雪見了也不以為意，笑道：「這雲霧雖然極是難得，想來妹妹屋裡也是不少的，倒不必客氣，咱們姊妹說說話便是。」

兩人便說起了茶的講究，喬錦書只覺得這檀香的味道好像把自己包圍了一樣，便道：「姊姊平日裡都喜歡熏檀香嗎？」

「哪裡是喜歡這勞什子，不過是點來靜靜心罷了。」秦暮雪嘆了口氣道。

大約過了半個時辰，實在耐不住這檀香味，喬錦書便起身道：「姊姊此刻好了許多，妹妹屋裡還有事，便告辭了。」

秦暮雪也不強留，只再三的道謝，遣了綠柳送了出來。

剛出了屋門，穀雨和湘荷忙神色不安的迎了上來道：「錦大少奶奶可好？」

綠柳在旁邊笑道：「看兩位妹妹著急的，我們雪大少奶奶還能吃了妳們錦大少奶奶不成？剛才不讓妹妹們進去實在是失禮，不過我們雪大少奶奶實在不舒爽，怕妹妹們進去了倒不妥，可千萬別見怪。」

喬錦書淡笑道：「不礙事。」

回了屋裡，張嬤嬤也過來探問，喬錦書搖搖頭道：「只泡了一盞茶，那茶我聞了就是雲霧，沒有任何東西，為了謹慎我一口沒喝，屋裡也沒有異常的，只有檀香味我不喜，但是檀香中好像是沒有異常。」

喬錦書又低頭想了想，道：「雖說怪異但沒有異常，這事就別和爺說起了，不然倒顯得我們錦繡閣小家子氣了。」

屋裡的人見喬錦書好好的，都應了。

顧瀚揚還是知道了這事，又細細的盤問了一通，見喬錦書確實沒事，方安了心。

過了幾日喬錦書突然得了熱傷風，鼻塞咽疼，人也沒了胃口，喬錦書實在擔心肚子，又不敢用藥，越發的難受，只想吃竹筍雞絲，不巧廚房沒有，過了一日方送了過來。喬錦書見了便眉開眼笑，不覺中竟是吃了半盤下去。

穀雨見了，忙端起那盤竹筍雞絲道：「大少奶奶別一頓吃膩著了，下次就不香了。」又低頭聞了聞道：「也就很普通呀，不知道大少奶奶怎麼這麼愛吃。」說完又聞了聞，狐疑道：「這菜和平日的味道有些不同。」

喬錦書聽了道：「妳又弄鬼，我怎麼沒聞出來？」

妙筆聽了，在一旁掩嘴直笑道：「大少奶奶，您這幾日哪裡聞得出什麼味道呀？昨日芫荽菜的餃子您都聞不到呢。」

妙筆話音方落，或者是初為人母的敏感，想起秦暮雪的相請，自己莫名其妙的感冒，和今日與以往不同的竹筍雞絲，喬錦書頓時臉色遽變，手捂著肚子道：「紫蝶去請張嬤嬤來，穀雨去我屋裡取那棗紅色纏枝梅花荷包裡的藥丸來。」

就著穀雨手裡吃了藥丸，喬錦書臉色慘澹的看了張嬤嬤道：「嬤嬤，我有了身孕，原想著等過了四十五天得了準信兒才告訴妳們的，誰知道我傷風了聞不到味，嘴裡也嚐不出，便吃了些不妥的東西，只怕有些不好了。」

張嬤嬤一聽也是滿臉惶恐，還是強自鎮定，拉了喬錦書的手道：「大少奶奶莫慌，有老奴在，此刻您想想有什麼法子能保住胎兒才是。」

喬錦書如醍醐灌頂，忙端過那盤竹筍雞絲看了看，又用清水洗乾淨仔細的挑選了些東西出來，若不細看會以為是雞絲，但還是與雞絲不同。咬咬牙放進嘴裡去嘗試，張嬤嬤慌忙阻止道：「大少奶奶不可。」

喬錦書滿臉苦澀道：「嬤嬤我若不嚐便無法確定是什麼，也救不了孩子，我必得嚐嚐。」說完放進嘴裡仔細的咀嚼，小心翼翼的不讓自己嚥下去，一會兒吐了出來，穀雨忙端水過來漱口。

拿過紙筆開了方子，遞給張嬤嬤道：「嬤嬤，速去仁心堂抓藥，府裡的藥用不得，她們既然給我下藥，恐怕府裡的藥也動了手腳。」

正說話，盧嬤嬤一臉肅然，走了進來問張嬤嬤道：「何事？妳讓人這麼急著請我。」

張嬤嬤忙大略說了，盧嬤嬤接過藥方道：「抓藥的事交給老奴，張嬤嬤守好妳家主子，千萬不可再出差錯。」說完也不待張嬤嬤回應，便轉身出去。

不過一盞茶的工夫，喬錦書感覺有些熱熱的東西從身體裡慢慢流了出來，滿臉無助的抓了張嬤嬤道：「嬤嬤不好了，我只怕見紅了，可怎麼辦呀？」

張嬤嬤穩了穩心神，忙道：「大少奶奶不慌，老奴伺候您躺平了，人放鬆些。」

一屋子人圍著喬錦書束手無策時，顧瀚揚滿臉狠戾衝了進來，陳大夫緊隨其後，顧瀚揚把手裡的藥包遞給穀雨，指了穀雨、湘荷道：「妳二人快去煎藥，所用器皿都讓陳大夫細細查看，給爺盯死了，一眼都別眨，若再有差錯，爺讓你們三個陪葬。」

吩咐完才轉身看了喬錦書，慌張的道：「錦兒，沒事吧？」

喬錦書看到顧瀚揚，眼淚忍不住落了下來，哽咽道：「爺，是錦兒自以為是，沒好好保護咱們的孩子。」

顧瀚揚心疼道：「錦兒不怕，有爺在，沒事的，這事是爺大意了，錦兒無故生病，爺就該細細的查才是，若咱們的孩子沒事還罷，若有事饒得了哪個！」

陳大夫陪著縠雨、湘荷端了藥進來，看著喬錦書喝了才上前把脈。過了片刻，心裡唸了無數句佛，幸好這錦大少奶奶自己通醫術，不然依了這位爺的性子，自己這小命只怕就搭上了，還會累及家人，想到這兒吁了口氣道：「爺，幸好錦大少奶奶及時救護，小主子無恙了，只是錦大少奶奶要臥床一段時間才行。」

喬錦書聽了忙自己搭脈，過了片刻終於吁了口氣，朝顧瀚揚點點頭，顧瀚揚這才緩緩面色，屏退了眾人。

第三十二章　緣起

顧瀚揚進了錦繡閣的大門，看見喬錦書身邊的大丫鬟妙筆帶了小丫鬟在那兒用柳枝編東西，便道：「妳們做什麼，妳們大少奶奶呢？」

妙筆見了忙放下手裡的東西，恭謹的道：「回大少爺，我們大少奶奶在炕上躺著呢，奴婢編些花籃給她玩。」

「嗯。」顧瀚揚點點頭，走進東次間，穀雨、紫蝶在旁邊伺候著，喬錦書頭上鬆鬆綰了個髻，穿著件家常的粉紅底子白梅縷金提花錦緞褂子，粉藍長裙，正靠在迎枕上，懷裡放著個黃梨花木描金的珠寶匣子，正望著窗櫺發呆，見著自己進來也沒覺察。

顧瀚揚見了有些心疼，到底還是個孩子，便指了她懷裡的珠寶盒子道：「錦兒，這是做什麼呢？」

喬錦書見顧瀚揚問珠寶盒子，便嘟了嘴睨著穀雨道：「爺只問穀雨便是。」

穀雨見顧瀚揚板了臉看著自己，心裡有些害怕，囁嚅了半晌道：「我家大少奶奶平日裡除了看醫書，弄藥材，空了編編絡子，再沒別的喜好，這些個現在張嬤嬤都不許我家大少奶奶做，奴婢想來想去我家主子也就只喜歡銀子，故而搬了這珠寶匣子給她玩。」

喬錦書不服氣的瞪了穀雨道：「妳家主子我也沒有財迷得這麼不含蓄好吧。」

穀雨忙贊同的點頭道：「是啊，因此奴婢也沒有搬銀錢匣子給您玩，搬的是珠寶匣子呀。」

看著這一對活寶主僕，顧瀚揚陰霾了兩日的心也輕鬆了些，遂對穀雨道：「既是妳家主子喜歡珠寶，妳便去找清風開了庫房，給妳家主子挑些好玩珠寶來賞玩。」

穀雨、紫蝶忙應了，躬身退下。

喬錦書不依道：「爺你還縱著她，她以後越發的得意了。」

顧瀚揚拉了喬錦書的手道：「不怕，若錦兒喜歡，多少爺都給妳賺回來。」

兩人說笑了幾句，看著喬錦書神色尚好，顧瀚揚便正色道：「錦兒，這事爺看關鍵在妳傷風上，若妳不得傷風，想來那藥也是瞞妳不過的，妳仔細想想妳傷風前後有什麼異常。」

喬錦書聽了，忖了片刻道：「爺，並不是錦兒疑心生事，這兩日我細細的想了多次，只有姊姊的丫鬟請我過去這事蹊蹺。想來姊姊身體一直不好，有個病痛她貼身伺候的丫鬟早該有數的，怎麼會倉皇到跑來錦繡閣求我？且我過去時發現姊姊臉色雖差，但並無大礙。」

顧瀚揚微微頷首。「那日妳過去可有什麼異常？」

喬錦書搖頭道：「這正是錦兒想不通的地方，那日姊姊只上了一盞雲霧茶，那茶我聞了，並沒異常，只是屋子裡的檀香濃郁，可是若那檀香有問題，姊姊和我同在屋裡，她怎麼沒病呢？」

顧瀚揚道：「這也是爺費解的地方，妳再把那日屋裡的情形細細的說一遍，一處都不要遺漏了才好。」

聽了喬錦書的話，顧瀚揚仍是百思不得其解，錦兒細心連水也不曾沾唇，那檀香裡若有藥再瞞不過錦兒去。突然顧瀚揚想到了什麼，道：「錦兒，妳再仔細的說一遍那檀香熏爐。」

喬錦書又仔細的描述了一遍檀香熏爐的外形和位置。

顧瀚揚有些明白了，道：「錦兒，只怕還是出在檀香上了，暮雪屋裡熏香一貫的放在羅漢椅邊上的丁香几案上，那日因何置於炕內側呢？妳說檀香味濃郁，暮雪一向不喜濃香，即便偶爾想熏檀香也不會用那麼濃郁的，更何況把香爐置於身側，再說妳離得遠尚且覺得味道濃得難忍，她坐在邊上為何不覺呢？」

喬錦書原就是玲瓏剔透，顧瀚揚這麼一說，哪裡還有個不明白的？變色道：「窗子。」

顧瀚揚讚許的點頭道：「正是窗子，妳說那日窗子微啟，那香爐置於窗下上風口，暮雪也坐在上風口，因此不曾染病，唯有妳坐於下風口，才得染病。她很仔細，連妳的丫鬟也不讓進去，便是怕丫鬟侍立妳身後，一同染病便不好說了。那熏爐裡雖沒有藥，卻一定有污穢之物。」

喬錦書腦中迅速的閃過感冒傳染的途徑，顫聲道：「那必定是重傷風者用過的貼身之物。」

顧瀚揚頷首道：「嗯，饒是妳醫術再高，那無色無味的傳染物妳怎麼防呢？」

喬錦書愴然淚下道：「善游者溺於水，錦兒太自以為是了，差點連自己的孩子也保不住。」

看著傷心的喬錦書，顧瀚揚心疼不已道：「錦兒年紀尚小，哪裡知道這大宅門裡無所不用其極的黑手。」

喬錦書擦了淚，搖頭道：「年紀小不是藉口，錦兒出嫁前，娘再三囑咐為母要強，才能護得住自己的孩子，不可一味的心軟。錦兒是忘記了娘的囑咐才有此一難，日後必定以此為戒，傷我孩子的一個也不會放過。」

顧瀚揚握緊了喬錦書的手道：「放心，爺一定不會放過她們的。」

桃紅匆匆走進屋裡，躬身行禮道：「大少奶奶，爺請您去院子裡。」

秦暮雪微微頷首，扶著綠柳走了出來。

在清揚園的院子裡擺著兩張黑漆檀木太師椅，顧瀚揚穿著一件黑色團雲暗紋縷金直裰，越發顯得冷峻，滿臉戾氣端坐於右邊的太師椅上，身後立著清風、明月、長河、落日，院子裡站了不少男女僕人，地上擺了幾樣家法刑杖。

秦暮雪見了這陣勢，心微微緊縮，掩了心慌，上前給顧瀚揚行禮道：「可是傷害妹妹的人找到了？」

顧瀚揚面無表情的頷首道：「正是，只是這畢竟是內院之事，因此讓妳一同決斷。」

秦暮雪內心苦澀，微笑落坐，顧瀚揚朝清風略微點頭，清風大喝道：「帶人。」

卻見柳嬤嬤一身狼狽，被兩個勁裝男丁押上來，看著地上的家法和顧瀚揚陰沈的臉色，柳嬤嬤的腳微微打顫，復又想到雪大少奶奶許下的好處和大筆的安家費，心想只要自己咬緊牙關死不開口，最多也就是要了自己的一條命。自己的兩個兒子和孫子孫女從此以後再不必為奴，還可以過上安穩富足的日子，想到這兒穩穩心神，在顧瀚揚身前哆嗦著跪下。

顧瀚揚看著柳嬤嬤變幻的臉色，嘴角浮起一絲冷漠的笑容，看了看跪在地上的柳嬤嬤道：「看在妳是雪大少奶奶陪房的分上，爺給妳個恩典，許妳現在說實話。」

柳嬤嬤偷偷覷了秦暮雪身後的綠柳一眼，見綠柳微不可見的點頭，心終於安穩了，遂道：「爺，老奴不懂爺的意思。」說完露出一副死也不說的表情。

秦暮雪見了，心裡安然。

顧瀚揚卻只是微微頷首道：「妳既不肯說，那爺便不勉強，只是等下妳若想說時也不能了。」說完吩咐道：「來人，堵了柳嬤嬤的嘴，押跪在旁邊，把外面的人不論老少都帶上來。」

柳嬤嬤有些不安的看著清揚園的門口，見她的丈夫和兩個兒子、兒媳還有孫子、孫女一大家子十來口人都被押了上來，心裡便害怕了起來，使勁掙扎著想說什麼，奈何嘴被堵了，看押的男丁手勁極大，讓她動彈不得。

顧瀚揚看著柳嬤嬤的丈夫，道：「你也是個積年的奴才，平日裡很有些面子的，這為奴的規矩想來不必爺再細說。柳嬤嬤是清揚園廚房的採買，買進墮胎之物使得錦大少奶奶險些流產，爺原本未想過牽連家人，只讓她說實話。她不肯說，既如此，她動爺的家人，爺便也如法炮製，你們受苦時別怨怪爺，都是她作的孽。」

那柳嬤嬤的家人聽了，一齊看向柳嬤嬤，有憤恨的，有怨怪的，有害怕的，柳嬤嬤五味雜陳，又分辯不得。

顧瀚揚冷冷一笑，道：「來人，先每人重責二十大板再行處理。」

秦暮雪滿臉駭然，平日裡只聽人說顧瀚揚手段凌厲，卻沒見過，今日才覺惶恐。

柳嬤嬤聽了，心疼難忍，看著秦暮雪，眼裡含著哀求。

秦暮雪看著柳嬤嬤的樣子，畢竟是自己的陪房嬤嬤，心裡總有幾分不忍，遂強笑著道：「爺，那柳嬤嬤只是個僕婦，哪裡認得什麼藥材，想來也是誤買，就算有罪也罪不及家人呀，不如我把柳嬤嬤交給妹妹，任她處置吧。」

柳嬤嬤也忙不迭的點頭。

喬錦書坐在兩個婆子抬著的藤椅上，緩緩而道：「那妹妹便多謝姊姊了，只是她既然要傷我的孩子，我便要和她學了。」

顧瀚揚見了忙起身，溫和的道：「交給爺處理便是了，妳怎麼又出來了？」

喬錦書笑道：「爺，錦兒既嫁給了爺，有些事一味的躲避總不成的，錦兒日後也要能護著爺，能護著咱們的家人、孩子才是。」

顧瀚揚微微頷首，扶著藤椅落在自己太師椅的左邊。

喬錦書微微一笑，指了柳嬤嬤家人中，最小的那個男孩道：「便從他開始，先重責二十。」

柳嬤嬤聽了如亂箭穿心，昨日自己的小孫子還在自己的懷裡撒嬌呢，惡狠狠的瞪著喬錦書，恨不能上前咬上一口。

秦暮雪冷笑道：「妹妹也是要做母親的人了，也太過狠心，那只是個無知幼童，何其無辜。」

喬錦書冷然看著秦暮雪道：「那妹妹的孩子還在腹中便遭此暗算，豈不是更無辜。」

秦暮雪無語，只憤憤的瞪著喬錦書。

喬錦書轉頭看著旁邊的婆子道：「把那小孩拉出來，重責手心二十戒尺。」

柳嬤嬤聽了這才鬆了口氣，癱坐在地上。

兩個婆子得了令，上前把那孩子從人群中拉了出來，那孩子不過四、五歲的年紀，雖然生在奴僕之家，卻也是像少爺般從小奶娘抱著、丫鬟伺候著，沒受過半點苦的，此刻早嚇得大哭起來。那兩個婆子強把他的手拉直了，戒尺狠狠揮下，不一刻手便紅腫了起來，孩子的哭聲越發的淒慘了。

柳嬤嬤不得言語，只不停的掙扎著給喬錦書磕頭。

喬錦書冷聲道：「嬤嬤可是心疼？那妳便明白那日我吃下妳買的墮胎藥後是如何的心情

了。」

柳嬤嬤聞言，知道事不可挽回，只能在喉嚨裡發出母獸般的呼號。

顧瀚揚一揮手，道：「成人男子杖二十，十四以下杖十板，然後皆賣到軍營給兵丁為奴。」

一時杖畢，押了出去。

喬錦書讓人把柳嬤嬤拉到自己跟前，低了頭在她耳邊道：「嬤嬤是否想一死了之，可是死太便宜妳了，我要讓妳口不能言，日日看著妳的親人因妳而受盡折磨。」說完一招手。

張嬤嬤端了碗藥過來，掏出柳嬤嬤口裡的破布，把一碗藥都餵進柳嬤嬤的嘴裡，然後把她推到她家人一處。

據說在被發賣到軍營的途中，柳嬤嬤哀嚎著跟在家人的身後，可她的家人都不理睬她，不幾日便餓死在了路上，連安葬的人都沒有。

事情傳回顧府，下人們都驚心，特別是心裡有些打算的。

聽了劉嬤嬤的話，秦暮雪沒有了平日的清淡溫和，憤恨的道：「表哥這般做法，以後誰還敢為咱們瑞雪閣做事，不怕落個柳嬤嬤的下場嗎？何必逼我至此，便是此事是我做的又如何，我一個正室打發一個平妻的孩子還是什麼大罪不成，這在大門大戶裡比比皆是。」

劉嬤嬤忙搖手道：「好大少奶奶，小聲些吧，何苦授人以柄呢？」

秦暮雪聽了越發氣苦，眼淚簌簌落下，正難受時，桃紅走了進來，道：「大少奶奶，咱們鋪子裡的元掌櫃傳話進來了。」

秦暮雪擦了淚道：「說吧，什麼事？」

「元掌櫃說，咱們莊子上得熱傷風的那個婆子和她的家人一夜之間全沒了蹤影，死活不知，還有昨日晚上晚霞起來不知怎的摔斷了腿，只怕要在床上躺上一段日子了。」桃紅小聲道。

「晚霞怎麼會好生生的摔斷了腿呢？」秦暮雪蹙眉道。

劉嬤嬤看著地上的青磚紋理不知想些什麼，過了半晌方道：「那日是晚霞去請錦繡閣那位的。」

秦暮雪有些木然的坐在羅漢椅上，兩行清淚無聲滑落。

夏季的薔薇園繁花似錦，芍藥灼灼其華，紫薇淡雅宜人，看著滿園子豔色紛呈，喬錦書的心情也輕快起來。

有個婆子極有眼色的上前回稟道：「錦大少奶奶，咱們家的大姑娘和二姑娘都在那邊的弦風亭賞花呢，錦大少奶奶要不要也過去坐坐？」

聽說顧盈然和顧嫣然都在，喬錦書心中一喜，吩咐穀雨賞了那婆子一個荷包，忙往弦風亭去。

弦風亭面向十里荷塘，雖是炎熱的夏季也有風徐徐吹來，最是清爽宜人，顧盈然和顧嫣然正指揮著丫鬟們坐了船在採蓮蓬、荷花。
看見喬錦書進來，兩人都起身行禮，顧盈然上前攜了喬錦書的手道：「可好些了，聽豔紅說妳喜歡我做的茉莉花糕，我今日又摘了些，等做好了給妳送去。」
喬錦書笑道：「多謝想著，妳既說了，我可就等著吃呢。」
顧嫣然也忙親自扶了喬錦書在琴棋凳上坐了，伸手摸摸喬錦書的肚子笑道：「你乖乖的別吵我錦兒嫂子，等你出來了，我便陪你玩。」
顧盈然掩嘴笑道：「妳這可真是對牛彈琴了。」
顧嫣然不依道：「我姨娘說寶寶在肚子裡是能聽見的，我小時候若是姨娘哼歌，我聽了便安靜許多，不然總是在姨娘肚子裡拳打腳踢的。」
聽了這話，顧盈然再撐不住大笑了道：「可見從小便是個不省心的，妳再不必辯解了。」
顧嫣然一時錯愕，想要分說，可這話分明是自己說出來的，只得嘟了嘴扭頭不看顧盈然。
喬錦書看那可愛的樣子，歡喜的摸了她的頭道：「姊姊和妳玩笑呢，生氣可就不好看了。」
顧嫣然也笑了，起身拉了顧盈然道：「姊姊，我不吃茉莉花糕，我要吃荷花糕，剛才摘了許多荷花，妳做荷花糕給我吃。」

顧盈然笑道：「那荷花糕做起來極繁瑣，唯有妳人刁鑽，吃的東西也是磨人的。」

三人正在說笑，田姨娘屋裡的婆子來找顧盈然，顧盈然便起身告辭，三人便散了。

顧盈然去了倚恬園，見自己的嫂子梁如蘭正和田姨娘說話，想來是和二哥生氣吧，遂進去行禮道：「姨娘使人找我什麼事？」

田姨娘道：「倒沒什麼急事，不過這兩日倒騰箱籠找出了幾疋顏色的錦緞，想著給妳做幾身夏衫，問問妳喜歡不喜歡。」

「那就多謝姨娘了，我和嫂子一人做兩件吧。今日摘了極好的茉莉花，等我做了茉莉花糕，嫂子帶些給奕哥兒去。」

梁如蘭笑著應了，顧盈然便又使人去清洗了些荷花，一起做花糕。

田姨娘看著顧盈然出去了，方道：「妳的性子到底烈了些，早知道他這樣流連花街柳巷，倒不如當日就容了丁香那小蹄子，也可絆住瀚鴻些。」

梁如蘭拭了拭淚，道：「姨娘，我不後悔的，那些丫鬟若是為了貪圖爺身上的富貴扒上爺的，我倒也容得，若一味的和爺只談情愛，我便是一點也容不下的。丁香那小蹄子一門心思的愛戀爺，我的夫君心裡憑什麼要與別的女人有情有愛的，我再容不下的。」

田姨娘聽了嘆了口氣道：「咱們女人家啊，出嫁了無非是靠了夫君，若夫君指靠不上時便看著孩子吧。如今妳也有了奕哥兒，那孩子懂事聽話，瀚鴻啊，妳再由著他玩上幾年，等玩夠了，自然就守著妳和奕哥兒過日子了。」啜了口茶，又道：「如今奕哥兒也三歲了，妳好歹趁著年輕再生幾個。」

梁如蘭聽了便有些羞澀的道：「我哪裡不肯了，只這事總得聽老天的呀。」

田姨娘聽了，安慰的笑了笑。

聽說顧夫人找自己，喬錦書忙換了衣服便往曉荷園去，見了顧夫人剛想行禮，顧夫人忙攔了道：「頭三個月最是要緊的，妳又剛經了那起子事，切莫隨意彎腰，妳現在愛惜自己便是孝順我了。」

喬錦書聽了便笑著坐在椅子上，道：「娘找我可有事？」

顧夫人笑吟吟的拿了封信，道：「正是有事找妳，上次妳見過的大理寺張大人的夫人來信了，她看上妳二叔了，想把玉鳳許給妳二叔呢！」

喬錦書聽了也笑道：「這原是件好事，玉鳳姊姊的性子我也喜歡，只是張家是官家，怎會將女兒許給商戶人家呢？」

顧夫人道：「這原也是有些緣故的，那張大人本就是出身寒門，十年苦讀才有了功名，又克己奉公的才做到了大理寺卿的位置，與夫人生了三個兒子，唯有玉鳳一個女兒，從小視若珍寶。玉鳳性子單純，張夫人便不捨得將女兒嫁入豪門大宅，一來二去玉鳳的年紀便大了。這次祭祖見了妳二叔，覺得妳二叔這個人是個聰明有見識的，家裡又人口簡單，沒有些個複雜難處的事，便動了這個心思，當日已經露了些口風了，大約回去又和張大人商量了，這不便寫信託了我。」

喬錦書思忖了片刻，道：「這事，錦兒作不得主的，要回去和爹娘商量了才行，不過錦兒有些擔心，那張家是官家，我擔心二叔日後會有些委屈。」

顧夫人拍了拍喬錦書的手，道：「妳說這話可見真是小孩子了，那做岳父岳母的只有疼女婿的，再沒有對女婿不好的，一來是真的心疼，二來也是想著對女婿好些，女婿日後才會真心對自己的女兒好呀。再說如今喬家的生意在妳二叔手裡是越做越大，這慶陽縣周邊的縣府，哪處沒有你們喬家的生意？錦兒倒不必太過自謙了。」

喬錦書也覺得顧夫人說的在理，便道：「那這幾日我便回去和爹娘商量，儘快給張夫人回信。」

吳氏聽了也覺得張玉鳳是個品行端方的，張家也門風嚴謹，又和喬楠楓、喬楠柏兄弟商量了。喬楠柏也覺得張玉鳳是個心思單純的好女子，便同意了。吳氏委託自己嫁在京裡翰林院學士府的嫡姊做了媒人，把親定了下來，只等來年五月迎娶。

顧瀚揚知道了這事，倒好好的取笑了喬楠柏幾次，喬楠柏恨恨的說不得什麼，只趁著顧瀚揚不在的時候，在梧桐苑借了個廚師去自己的松鶴會所。顧瀚揚聽了也不氣惱，只笑道：「廚師便給你，只等著洞房那日和你算帳。」

眼見著喬錦書懷孕已經三個月，精神也好了許多。這日顧瀚揚歇在外院，紫蝶、妙筆值夜，張嬤嬤進來道：「今日我伺候大少奶奶歇息吧。」

喬錦書聽了便知道張嬤嬤只怕是有事要和自己說，便由張嬤嬤扶著去了暖閣歇息，伺候喬錦書躺在床上。

張嬤嬤這才自己在臨窗的炕上靠著迎枕和喬錦書說話，說了些家長裡短才壓低了聲音道：「大少奶奶，如今您懷孕了，爺還是日日在錦繡閣歇息，這本是極好的，只是，總這樣下去我怕夫人見怪，且您懷孕生養怕不得還要一年的工夫，不如在陪嫁的人裡選個人做爺的通房吧，至於日後是打發還是抬舉，都由著大少奶奶的心意。」

喬錦書聽了默不作聲。

張嬤嬤嘆氣道：「我知道大少奶奶的心思，只是這一年的工夫日子長了，與其讓瑞雪閣、漣漪軒鑽了空子，不如咱們自己的人伺候爺吧。」

見喬錦書還是不作聲，張嬤嬤還想再勸，就聽見喬錦書緩緩的嘆了口氣道：「嬤嬤的意思我懂，我也知道嬤嬤是為我著想，但這件事，夫人和爺不說，我是不會主動提出來的，我做不到往自己夫君的床上送女人，嬤嬤歇著吧。」

次日早起，妙筆看見紫蝶的眼圈發青，便道：「紫蝶姊姊昨日起身喝了茶倒睡不安穩了，以後晚上還是不要喝茶的好。」

紫蝶聽了笑道：「知道了，快起吧，大少奶奶要起身了。」

第三十三章 七夕

顧夫人喝了藥把碗遞給萬嬤嬤，看了坐在左邊的喬錦書嗔道：「這回的藥越發的苦，不知道妳這孩子給我吃了些什麼，嗓子裡都是苦的。」

喬錦書聽了掩嘴直笑，看了萬嬤嬤道：「妳看我娘越活越小了，竟然怕苦呢。」

萬嬤嬤聽了笑道：「老奴是知道夫人的，以前啊覺得日子無聊，什麼東西吃著都沒味道，藥苦不苦的也都不在意了。如今眼看著要抱孫子了，這日子也就覺得甜了，自然越發的顯得藥苦了，是不是？」

顧夫人笑道：「如今越發的連我也打趣上了，妳呀倒說對了，我如今只要看著錦兒，這一天就神清氣爽。」說完拉了喬錦書的手道：「錦兒，趁著年輕，生下這個再生上兩、三個，妳若嫌煩，娘給妳帶著，再不要妳操心的。」

喬錦書聽了，在心裡只翻白眼帶哀號，面上卻做出羞澀的樣子道：「娘，這事以後再說吧。」

顧夫人見喬錦書害羞，也不再提了，正色道：「我今日找妳來，原是有件事情要和妳商量的。」

喬錦書聽了，也收斂神情道：「娘有什麼，只管吩咐就是。」

顧夫人笑道：「妳如今住的錦繡閣是當日手忙腳亂收拾出來的，那些細微的地方總入不了眼的，本想著夏季把妳挪到萬向閣那裡，再好好把妳的錦繡閣收拾一下，如今竟是不必了。一來妳有了孕挪來挪去的不好，二來妳才有孕便遇上了那起子事，我心裡總不痛快，那錦繡閣就別住了。我和妳爹商量了，把曉荷園右邊的摘星樓收拾出來，讓妳搬過去，那裡寬敞，就是再生上三、五個也不顯得擠。」

喬錦書聽了欣喜，搬出了清揚園，於安胎來說自然是更好些，只是這摘星樓原是顧老爺為了顧夫人修建的，所有物事都依正室禮制而建，如今自己住進去恐怕多有閒話。

看了喬錦書欣喜中帶了幾分猶疑，顧夫人內心了然，便安慰道：「錦兒不需多慮，既是我同意妳住的，又和妳爹商量了，妳便只管住就是。」

終究是愛惜孩子的心占了上風，喬錦書欣然點頭。

顧夫人這才笑著拍拍喬錦書的手，道：「摘星樓裡面都是現成的，且現在不宜大興土木，如今只收拾一下，妳就可住進去了。想來有一個月的時間便足夠了，妳回去也好收拾一下自己的東西，免得到時手腳忙亂。」

兩人正說著話，梁如蘭帶了顧盈然和顧嫣然進來了。

顧夫人見了笑道：「妳們三個怎麼碰到一起了？」

梁如蘭笑道：「我是來回娘夏季添置衣衫的事，這兩個做什麼來，我可不知道了。」

顧盈然和顧嫣然挨著頭坐了只管笑，還是顧嫣然起身挨著顧夫人身邊站了，道：「娘，還有幾日便是七夕了，我想問問賞荷宴的事，不知道今年有什麼新鮮玩意兒呢？」

顧夫人疼愛的摸摸顧嫣然的頭，道：「有妳玩的，妳大哥哥弄了兩箱宮製的煙花，說是能開出各式花朵呢，妳錦兒嫂子又讓她娘的飄香齋做了幾款新式糕點。」

顧盈然和顧嫣然姊妹越發高興，便討論起七夕要怎樣的玩耍來。

晚上顧瀚揚回來，喬錦書便說起白天顧夫人說的話。

顧瀚揚聽道：「既是娘說的，妳依了便是，那摘星樓可是爺當日請了京裡的名匠設計建造出來的，夏觀星辰冬賞雪極好。」

那摘星樓是顧府一個最別致清雅的所在，平日裡輕易不得進去，只有過節時得了允許才能進去賞玩一番，現在聽說要收拾出來住人，大家都有些興奮和好奇。

秦暮雪聽了有些狐疑，有些擔憂，更有一絲期許，此刻正當盛夏，若是和表哥住了那裡，煮茶觀星，撫琴論詩，這一生也可圓滿了。

看著秦暮雪眼裡的嚮往之情，劉嬤嬤實在不忍點破她的念想，可是，若不點醒她，她會有更多難堪，遂道：「大少奶奶，依老奴看，這摘星樓收拾了，只怕是給錦繡閣那位的。」

「怎麼可能？那裡皆是正室規制，夫人怎麼會讓喬錦書住進去？就算不給我住，恐怕也是給爺住或者夫人自己住，若是爺住著，我總也可以去住上一些日子的。」秦暮雪不服氣的道。

劉嬤嬤輕輕搖頭，道：「大少奶奶，雖說規制是依照正室而建，可也沒有規矩說平妻住不得的，更何況今時不同往日呀，咱們家大少爺年近三十才得了這一胎，不要說咱們府裡的老爺和夫人是欣喜萬分，便是安陽王只怕也是歡喜至極的，畢竟這可是安陽王府的嫡長重孫呀。」

一句嫡長重孫便把秦暮雪那一丁點的期許擊得支離破碎，呆呆的在炕沿坐了。

劉嬷嬷見了，神情悲哀不忍。

幾日後便是七夕，相較往年顧府又熱鬧幾分，那樹叢中、牆根下都是捉喜蛛的丫鬟、婆子，荷塘西面的映荷閣僕人們穿梭不停。

院子裡花木繁盛，綠樹蓋頂，空氣清新，喬錦書便每日早上在院子裡散步，看著來往的婢僕都喜氣洋洋的，便和身邊的張嬷嬷道：「嬷嬷，我看著比過年還喜慶呢。」

弄巧見喬錦書今日散步的時間比往日久了些，便指揮著婆子搬了張椅子過來，正好聽到這話，便道：「大少奶奶說的沒錯，可不是比過年都喜慶嘛，這穿針乞巧不論是主子還是丫鬟、媳婦子，只要自己願意都可以報名參加的。而且各位主子都會拿出彩頭來，奴婢聽說夫人今年拿出的是一整套珠花首飾，大家可都卯著勁想要得這彩頭呢。」

湘荷聽了便和穀雨道：「那咱們也去報名吧。」

穀雨瞟了湘荷一眼，笑道：「罷了，我和妙筆平日裡還動動針線，唯有妳繡個帕子也要花上半年的工夫，還是不要去丟臉了。」

湘荷聽了也忍不住笑了。
妙筆聽了笑道：「我看紫蝶姊姊是想得頭彩的，昨日晚上還點了蠟燭在練穿針呢。」
喬錦書聽了，便看著紫蝶笑道：「若妳喜歡珠花首飾，下次送妳一套便是。」
紫蝶聽了有些不好意思，忙向喬錦書行禮道謝，又啐了妙筆一口，道：「我哪裡就那麼眼皮子淺了?不過是不想落了咱們錦繡閣的名頭罷了。」
穀雨聽了便笑道：「我今日才知道紫蝶竟是個女中豪傑呢。」
聽了穀雨的話，大家都笑了。
天氣炎熱，家宴便定於申時開席，喬錦書穿了件橘黃色鑲邊淺黃色紗質的長衫，橘黃抹胸，橘黃色的高腰裙，透出一種含蓄的美，由穀雨等伺候著往映荷閣去。剛出了清揚園，遠遠的看見顧瀚揚往這邊來了。
顧瀚揚迎上去道：「我正想去接妳。」說著二人便一同往映荷閣去。
今日的家宴格外隆重，各房都到了，那些有頭有臉的丫鬟、媳婦子也都有座，連平日裡不能坐席的姨娘們也都在邊上坐了。
喬錦書便打發身邊的大丫鬟去坐席，唯有穀雨不肯，一定要留下伺候，喬錦書知道穀雨的性子，便由著她。
一時晚膳畢，大家都到映荷閣坐了，傍晚的荷塘在燈光的掩映下露出幾分白日難見的溫柔，那荷花或羞澀低垂，或與蓮葉相依，輕輕淺淺隨風微動。

顧謙默見了，看著顧夫人微微一笑，在桌下執了顧夫人的右手，顧夫人見大家都在賞荷便由著他。

看著大家都在安靜的賞荷，顧嫣然不耐，便道：「那穿針乞巧的彩頭我是得不到的，可這競技我總要試試，雖說每年都是雪兒嫂子得的多，可今年又多了錦兒嫂子，說不定有更好玩的呢，我便來拋磚引玉吧。」

秦暮雪聽了顧嫣然的話便有幾分得意，又微微的看了喬錦書這邊一眼，道：「嫣然妹妹若是喜歡那彩頭，等嫂子得了便送給妳吧。」

顧嫣然聽了嘟嘴道：「那彩頭總要自己得的才開心，雪兒嫂子要送時，便把妳屋裡竹編的那套掌上舞的小人送我吧。」

那套竹編小人是京城來的，精巧可愛，秦暮雪極喜歡，本來有些不捨得的，但顧嫣然當著大家要了，便只有忍痛割愛了，便笑道：「若嫣然妹妹喜歡，等下便讓人給嫣然妹妹送去吧。」

顧盈然聽了，便笑道：「嫣然，妳還沒跳便得了彩頭，若不好好的跳支舞來，我是不依的。」

顧嫣然得了那竹編小人，自然歡喜，忙應了去後面換衣。

顧嫣然換了件大紅五彩撒花紗質舞裙，妍麗可愛，絲竹聲中，一隻蝶戀花舞得雖然少了些嫵媚，卻多了幾分靈動活潑。舞畢，顧老爺微笑著鼓掌，見到爹爹第一個鼓掌，顧嫣然自是得意非常。

顧盈然選了個中規中矩的作畫，自然也得了大家的讚賞。梁如蘭看了看顧瀚揚身邊笑意妍妍，面容端莊的秦暮雪，又看了看恬淡清歡的喬錦書，思忖半晌，還是站起來笑道：「雪兒嫂子，現在月色微現，清風如水，若是能加上雪兒嫂子的琴音，那可是難得的雅事。」

秦暮雪聽了，持重的笑道：「弟妹的琵琶如清韻泉流，極是難得，怎麼不先奏上一曲呢？」

梁如蘭聽了，朗聲笑道：「我的琵琶自娛自樂尚可，怎能和雪兒嫂子的琴相較，雪兒嫂子還是不要謙遜了，不然我會以為雪兒嫂子小氣，不肯演奏呢。」

秦暮雪掩嘴笑道：「既如此，我少不得要獻醜了，只盼大家不要笑話我才是。」說完看了綠柳一眼。

綠柳抱了那精雕細琢的綠綺琴，安放在几案上，又點燃了薰香，若有若無的荷花香嫋嫋而出。秦暮雪穿了件白底印花交領長衫，墨藍鑲珍珠的腰帶，靛青印花披帛，頭上斜插了支珍珠步搖，極是清雅，蓮步緩緩，輕盈的端坐在几案後，修長的食指輕勾慢撥，優雅的樂聲如清泉流瀉，婉轉連綿，悠揚悅耳。

曲終，眾人皆情不自禁的鼓掌，喬錦書也不由得暗自讚嘆，這秦暮雪的琴音實在是如空山流水，餘音嫋嫋。

顧瀚揚看著喬錦書由衷的臉色，心想這小傢伙倒不嫉妒，可她自己的簫聲也著實不俗，遂低頭在她耳邊低語了幾句，喬錦書聽了緋紅了臉，輕輕搖頭，顧瀚揚鍥而不捨的又不知說了些什麼，喬錦書方有些無奈的點點頭。

秦暮雪面露得色，姍姍回座，卻看見顧瀚揚和喬錦書二人耳鬢廝磨，竊竊私語，臉色頓時不豫，眼神微閃道：「錦兒妹妹出自書香門第，父親又是秀才出身，想來這琴棋書畫應是樣樣精通，絕不會辱沒了這書香門第的門風，如今姊姊的琴尚未撤，不如妹妹也彈上一曲。」

喬錦書聽了心中冷笑，真厲害，自己若說不會，或者是彈得不如她，豈不是就擔了個辱沒門風的名聲，連累家門嗎？要說這琴技自己倒真比不上秦暮雪，但那又如何。

「既然姊姊說得這麼嚴重，妹妹是少不得要獻醜了。」喬錦書淺笑道。

顧夫人聽了秦暮雪的話，已經雙眉微蹙極是不喜，此刻看喬錦書居然應下了，便有些擔心的望著她。

秦暮雪原本是想看喬錦書軟語推拒，或者求顧瀚揚說話的，到時自己再說上幾句定讓她出醜，見她竟是應下了，雖有幾分詫異，但並不慌張，自己的琴技這啟源朝又有幾人能及，一個商戶人家的女子，看她怎麼出醜。

想到這兒便坐下，面露不屑道：「既如此，姊姊便洗耳恭聽了。」

喬錦書不急不忙的在琴邊坐下，道：「既然今日是賞荷宴，我就奏一曲荷塘月色吧。」

說完那青蔥般的手指在琴弦上輕輕劃過，悠揚歡快的樂聲散滿整個映荷閣，喬錦書雙唇輕啟，婉轉的歌聲，打動著每一個人。

剪一段時光緩緩流淌，
流進了月色中微微蕩漾，
彈一首小荷淡淡的香，
美麗的琴音就落在我身旁，
螢火蟲點亮夜的星光，
誰為我添一件夢的衣裳，
推開那扇心窗遠遠的望，
誰採下那一朵昨日的憂傷，
我像隻魚兒在你的荷塘，
只為和你守候那皎白月光，
游過了四季荷花依然香，
等你宛在水中央。
螢火蟲點亮夜的星光，
誰為我添一件夢的衣裳，
推開那扇心窗遠遠的望，
誰採下那一朵昨日的憂傷，

我像隻魚兒在你的荷塘，
只為和你守候那皎白月光，
游過了四季荷花依然香，
等你宛在水中央。

曲終，喬錦書起身走到顧老爺和顧夫人的桌前，微微彎腰施禮道：「錦兒聽過這十里荷塘的故事，欽佩羨慕，今日就以這一曲荷塘月色送給爹娘，願爹娘攜手百年。」

顧謙默和顧夫人陶氏的事滿京城都流傳過，顧謙默從不忌諱，反以為榮。

聽了喬錦書的話，顧謙默想著剛才聽到的歌詞彷彿就是自己和顧夫人的故事，便有些動容，起身擊掌道：「好，好，好，琴聲優雅動人，歌聲歡快曼妙，那歌詞雖然似詩非詩、似詞非詞，卻打動人心，喬家有妳這樣的才女不愧被稱為書香門第，妳也不愧是我顧家佳媳。」

一席話說得秦暮雪臉色青紅紫白，尷尬至極，垂了眼默不作聲。

顧瀚揚施施然走上前，握了喬錦書的手道：「爹，錦兒送了一首曲子，爹總不能空話幾句就打發了吧，我可聽說您最近得了張十駿圖，送給兒子如何？」

顧謙默哈哈大笑道：「改日便掛到摘星樓去吧。」

顧夫人嗔怪道：「你這孩子連你爹的秋風也打，錦兒送的曲子與你何干。」

顧瀚揚滿不在乎的道：「夫妻怎分彼此，錦兒送的，自然也是兒子送的嘛。」

說完席中一片笑聲。

顧瀚鴻走上前，對著顧瀚揚深深作揖道：「大哥，歲月日長，您別的沒見長，這臉皮日漸深厚啊，弟弟佩服。」

顧瀚揚皮笑肉不笑的拍拍顧瀚鴻的肩膀，道：「好說好說。」說完攜了喬錦書的手歸座。

梁如蘭看著顧瀚鴻兄弟一團和氣也格外高興，便起身故作為難的道：「哎，珠玉在前，我這醜媳婦也見見公婆吧，我給大家彈一曲〈月下思〉。」說得大家哄堂大笑不止。

一曲終，大家自然又鼓掌，也取笑了她一番，顧嫣然就嚷著要顧瀚揚也表演一番，誰知才發現顧瀚揚和喬錦書不知何時都沒了蹤影，便不依的嚷道：「爹、娘，您看大哥哥又賴皮，年年都偷偷溜走，今年我再不依的。」

正說著，顧瀚揚走進來道：「小丫頭，我何時偷偷溜走了？」

顧嫣然見顧瀚揚沒走，便上前拉了他的衣服，道：「大哥，你都快要做爹了，今年總得表示一下。」

顧瀚揚敲了顧嫣然的頭，道：「小丫頭，就妳難纏，大哥便給妳彈一曲吧。」

聽到顧瀚揚說要彈琴，大家都很驚詫，雖然都知道，顧瀚揚的琴技曾經名動京城，卻難得聽他彈奏過，此刻都瞪了眼看著他。

秦暮雪更是雙眼晶亮的看著顧瀚揚，只盼著若是合奏一曲方好。

顧瀚揚也不理睬席間各人的神色，只招手讓清風把自己那漆黑墨亮的繞梁琴放在几案上。就這麼一襲銀絲鑲領的白色長衫，銀絲腰帶，緩緩而坐，月色映著那玉雕般的俊顏，如清風朗月。琴未動，醉了多少人心。

顧瀚揚就這麼坐著，修長的雙手搭在弦上，並未有任何動作，眾人正詫異時，一縷簫聲，輕輕擊碎了月色，穿過荷葉，在水面蕩漾。此時，席中的顧瀚揚袍袖輕揚，和著那縷簫聲，琴聲輕起，宛如月亮高昇，一縷一縷似微雲，蕩滌心間，簫聲隨著琴聲，琴聲依著簫聲，一曲鳳求凰，震驚席間所有人。

月色下，一襲銀色底子刻絲印荷花長衫的女子，吹著簫，從湖心亭緩緩向這邊行來，步履從容，衣袂飄飄，美麗得如月下仙子，正是離席的喬錦書，行至顧瀚揚身邊屈身而坐，琴簫合璧，真如昆山玉碎鳳凰叫，芙蓉泣露香蘭笑。

看著這一對璧人，滿座皆驚，曲終仍是寂寂無聲。

還是顧瀚鴻最先反應過來，躬身行禮道：「此曲只應天上有，人間哪得幾回聞。」

眾人這才醒悟，鼓掌不止。顧夫人恐喬錦書累了，忙道：「錦兒今日邊走邊吹簫實是辛苦，如今就散了吧。」

梁如蘭也笑道：「是，咱們早些歇了，去體會繞梁三日的感覺。」

眾人大笑散席。

秦暮雪輾轉反側終不成眠，遂起身吩咐綠柳去叫劉嬤嬤過來。

劉嬤嬤也只是和衣坐在床上，聽綠柳說大少奶奶喚自己，忙跟了過來，在秦暮雪的床沿坐了，道：「大少奶奶您別發愁，無論什麼，總有老奴給您籌劃呢。」

秦暮雪聽了眼淚簌簌而下，道：「鳳求凰一曲，是男子向女子表達深切愛慕時彈奏的，我用盡所有心力，不得表哥一顧，她一個商戶人家的女子，憑什麼就得了表哥的心？我不甘心啊，嬤嬤，我真的不甘心。」

劉嬤嬤聽了安慰道：「她不過是依仗著肚子裡的孩子罷了，只要大少奶奶您也有了孩子，便可勝她一籌了，她終究也不過是個平妻。」

秦暮雪聽了越發的面露淒慘，道：「我這身體真是不爭氣，以往表哥隔三差五的總會來瑞雪閣歇上一日，我且不得有孕，如今表哥連瑞雪閣的門都不登，我哪裡來的孩子呀？」

「大少奶奶，您聽老奴說，您身體不好，一時也急不來，只耐心調養總有好的時候。這孩子嘛，不拘誰的，只要是爺的，養在您的名下便是您的孩子，只要有了這個孩子，我們便可與錦繡閣一鬥。」劉嬤嬤道。

劉嬤嬤的話讓秦暮雪驀然驚醒，急促的道：「嬤嬤說的極是，我這就想辦法讓桃紅懷上爺的孩子，若是爺膩了桃紅，麗兒也出脫了，越發動人，就把麗兒給了爺做通房。再不行，許姨娘的綠玉也有幾分姿色，只要能懷上爺的孩子，管她是誰。」

「大少奶奶，您說對了，只要能懷上爺的孩子，管她是誰，只要能為咱們所用就好，只是大少奶奶，爺現在怎麼會碰瑞雪閣的人呢，更別說許姨娘的丫鬟了。」劉嬤嬤陰陰的道。

秦暮雪亂了方寸，抓了劉嬤嬤的手道：「那可如何是好？嬤嬤給我想個法子才是。」

劉嬤嬤拍了拍秦暮雪的手，冷笑道：「爺不肯碰別的屋裡的人，錦繡閣的人他可是不厭棄的。」

秦暮雪驚異的道：「錦繡閣的人?!」

劉嬤嬤低下頭，在秦暮雪耳邊低語了幾句。

秦暮雪咬咬牙，狠狠的道：「嬤嬤，這個法子好，就依嬤嬤的。」

第三十四章　紫蝶

早晨起來看見穀雨、湘荷幾個面有得色，喜氣洋洋，喬錦書便笑道：「張嬤嬤，難道我們閣裡昨日掉了金子，只有我不知道嗎？」

張嬤嬤笑道：「回大少奶奶，金子沒掉，倒是掉了套珠花首飾，被我們紫蝶姑娘撿到了。」

喬錦書聽了也極歡喜，忙問紫蝶道：「那頭彩真的被妳奪了回來嗎？倒真是沒弱了我們錦繡閣的名頭呀。」

紫蝶還沒說話呢，湘荷便搶著把昨日穿針乞巧的事，一五一十細細的說了一遍，說道：「針線房的管事楊嬤嬤拉著紫蝶細問，只恨不得要調了紫蝶到針線房去，因著是錦繡閣的大丫鬟，才不得不放手。」說時她那表情繪聲繪影的，讓人好像看見楊嬤嬤對紫蝶愛惜又不得不快快放手的樣子，逗得一屋子人都笑了。

喬錦書聽了高興，便吩咐穀雨道：「我原也是給妳們備了些小禮物的，昨日裡一忙倒是忘記了，妳去我屋裡取了那一盒六支的瑪瑙簪子，那六支簪子樣式相同，顏色各異，妳們六個挑了自己喜歡的去。」

眾人歡喜的道謝，湘荷拉了紫蝶道：「妳又得了大少奶奶的賞，今日晚上那一頓是跑不了的。」

紫蝶笑著睨了湘荷一眼，道：「湘荷姑奶奶，少了別的人，我也不敢少了妳的，不然我這幾日耳根子還能得安靜嗎？」

說得大家又是一陣猛笑。

那日喬錦書猛然想起顧瀚揚說養拙齋後面空地上有幾株薄荷，便想著薄荷極好養，把它移到院子裡，一來可以驅蚊蟲，二來天氣熱泡茶也不錯，便吩咐紫蝶去移了過來，紫蝶應著去了。

路過漣漪軒，正好遇見魏姨娘的丫鬟紫藤，紫藤殷勤的上前見了個禮道：「紫蝶姊姊是要去爺的養拙齋嗎？」

紫蝶只微笑著回禮並不答話，直接走小路往養拙齋的後面去了。

紫藤看著紫蝶去的方向發了會兒愣，悄悄的啐了一口，眼神一轉，急忙去了瑞雪閣。

紫蝶繞到後面才發現那幾株薄荷生在一棵一人合抱的柳樹下，忙上前細細的挖了起來，到底是長久不做力氣活了，只挖了幾下便覺得有些累，便就靠著那柳樹根下坐了，望著天發呆。

不一會兒有兩個灑掃的婆子從旁邊走過來，一個稍胖的道：「歇會兒吧，大熱的天。」

另一個長臉的婆子道：「也好，只咱們成日裡最辛苦，月錢又少，那些在屋子裡伺候的才正經享福。」

兩人靠著離柳樹不遠的一處樹蔭坐了下來。

紫蝶聽見那稍胖的婆子問道：「妳知道錦大少奶奶懷孕了嗎？」

長臉的有些不屑的道：「都快成古話了，妳才知道呀。」

那個胖的就陪笑道：「我哪能像妳一樣有親戚在屋裡伺候的，有什麼消息都知道。」

那長臉的婆子便有些得意道：「那是，我還聽說因著錦大少奶奶有孕了，屋裡還沒有通房，雪大少奶奶正物色了要送去錦繡閣呢，據說看中了許姨娘跟前的綠玉，和瑞雪閣一個二等丫鬟麗兒。」

那稍胖的忙道：「錦大少奶奶怎麼不提了自己的心腹做通房，既固了寵，也可以不讓外面的人進了自己的院子呀，這懷孕期間可是最要緊的，身邊再不能有外人的。」

紫蝶聽她們說得有些不像樣了，便挪動了下身子。

那邊的婆子聽到動靜，忙住了聲過來，那長臉的婆子認得紫蝶，忙上前行禮，兩人就往前走。大約是那個長臉的婆子說了什麼，那個稍胖的婆子便回頭看了紫蝶幾眼道：「真可惜，她可比綠玉和麗兒強多了。」

那聲音隨風飄進了紫蝶的耳朵裡，紫蝶的心猛地跳了起來，臉也微微泛紅，過了片刻又搖搖頭，起身慢慢的挖起薄荷，過了一會子方連根挖了出來。

早膳畢，喬錦書想著顧夫人再有個幾日就可以排毒了，自己這幾日要越發的小心些，便帶了穀雨和湘荷往曉荷園去。

到了曉荷園顧夫人自然是歡喜，又說起了昨日吹簫和撫琴的事，還一再叮囑喬錦書這些日子要少做些勞神的事。

天氣炎熱，知道顧瀚揚又不回來，就留了喬錦書在曉荷園用膳，午休後又商量起摘星樓佈置的事情，最後竟說要佈置四間幼兒房。喬錦書看著顧夫人和萬嬤嬤眉飛色舞也插不上話，只在旁邊乾笑，等吃了晚膳，才讓婆子用軟轎抬了喬錦書送回錦繡閣。

雖說這一日也沒做什麼，喬錦書卻覺得有些疲乏，便對穀雨道：「我覺得有些累，妳伺候我沐浴了想早些歇息，今日誰值夜呢？」

穀雨應道：「今日紫蝶和妙筆值夜。」

喬錦書聽了點頭道：「妳讓她們收拾了也歇息吧，今日爺只怕不得回來了。」

穀雨一聽喬錦書說不舒服，便東問西問，喬錦書雖說面上嫌棄她囉嗦，心裡卻覺得暖暖的。穀雨一天到晚的心思都在自己身上，只要自己說一句不好，那便是坐臥不安的，這些年兩人名為主僕，那份感情不比家人差。

看著喬錦書斜睨著自己，穀雨便嘟了嘴道：「大少奶奶，您別嫌棄奴婢囉嗦，您現在是一絲一毫也不能大意的。」

喬錦書啐了她一口道：「我嫌棄妳囉嗦，妳就不說了嗎？穀雨姑奶奶妳此刻少說幾句，讓我安身的睡覺，不然一會兒沒瞌睡了倒越發的難受。」
穀雨聽了，才掩嘴笑了，又給喬錦書蓋好薄被，只留了兩盞微弱的燈，方輕手輕腳的退了出來，到了外間，又不知道小聲叮囑紫蝶和妙筆什麼。
喬錦書聽了嘴角微揚，眼皮也耷拉了下來。
自喬錦書懷孕出了那件事後，顧瀚揚便再沒讓她獨自在錦繡閣，若是以往自己便歇在凌煙源了，今日卻不知怎的，心裡就是不安穩，便帶了長河、落日往回趕。
等進了錦繡閣卻是燈火如星，安靜無聲，想來小傢伙已經睡下了，顧瀚揚放輕了腳步往東次間去。紫蝶聽見輕微的腳步聲，想著此刻來錦繡閣的除了大少爺再無別人，忙俐落的起身，妙筆感覺到紫蝶的動靜，也忙跟著起來，看見顧瀚揚已走了進來，忙跪下行禮。
顧瀚揚見二人都很警醒，微微頷首，輕聲道：「妳們大少奶奶睡了嗎？」
紫蝶忙小聲回道：「是。」
顧瀚揚暗忖，小傢伙今日這麼早睡了，定是困乏了，自己此刻進去吵醒她倒不好，想去養拙齋又不放心。想起西邊喬錦書書房有張紫檀獨板圍子的羅漢床，別人的羅漢床只不過能半躺著，這個小傢伙卻偏要自己給她做了張可以躺臥的，也是個憊懶的。想到這兒，不覺嘴角揚起，低聲道：「既如此，不必打擾妳們大少奶奶，我去她書房羅漢床歇了便是。」
紫蝶、妙筆應了，過去幫顧瀚揚鋪好了床，伺候顧瀚揚歇下，便退了出來，兩人又到東次間炕上躺了。

紫蝶翻來覆去翻了幾個身，對妙筆道：「爺晚上是喜歡喝茶的，剛才忘記了，我去泡了送過去。」

妙筆聽了，低聲笑道：「這樣就辛苦姊姊了，我可偷懶不起了。」

紫蝶點了妙筆一指道：「別淨想著貪睡，仔細些大少奶奶屋子裡的動靜。」

妙筆點頭道：「我省得，姊姊快去快回。」

因是初秋，紫蝶就穿了淺紫色底子淺粉色鑲領口、袖口的對襟睡衣褲，頭髮隨意披散著去泡了盞菊花茶，端去西邊的書房。

顧瀚揚本就是個極警覺的，何況剛躺下，遠遠的就聽見有腳步聲過來，便睜了眼，看見是紫蝶端茶過來，便輕輕的合上眼，並不理她。

過了片刻覺得人並未離去，方又睜開眼，看見紫蝶跪在地上舉了茶盞望著自己，滿臉紅暈露出幾分羞澀。看著她這樣，顧瀚揚臉上露出幾分冷漠，打量了地上的丫鬟一眼，又是個心大有算計的，倒也身形穠纖合度，五官嬌媚出眾，是個不錯的，若是以往便收用了也不值什麼，不過就是個玩意兒。只是一想到，那小傢伙懷了自己的孩子，此刻就睡在隔壁，那臉上的冷漠便收了起來，不自覺的看了隔壁一眼，嘴角露出溫和的微笑，伸手接了茶，屏退了紫蝶。

紫蝶低頭走了出來，思忖著，剛才大少爺開始是冷峻的，等看清自己又露出了極難得的笑容，那笑容在月色的襯托下，讓自己的心都醉了。後來又看了看大少奶奶這邊，方接了茶讓自己退下，想來大少爺一定是中意自己的，不然也不會露出那般溫和的笑容，沒有留下自己，也不過是為著怕吵了大少奶奶的緣故，畢竟大少奶奶如今可是懷孕了。看來自己以後一定是要伺候大少爺、大少奶奶一輩子的，自己更要越發謹慎小心的伺候大少奶奶，若是得了大少奶奶的青睞，自己以後的孩子說不定還可以養在大少奶奶的名下，那自己可就是大少奶奶之下的第一人了。

紫蝶越想越覺得滿天的星星都在看著自己笑，輕手輕腳的在妙筆身邊躺下。

妙筆看見紫蝶滿臉飛紅便奇怪道：「紫蝶姊姊這麼熱嗎？臉都熱得通紅的，我倒覺得還好啊。」

「不熱，我不過喝了盞熱茶，快些睡吧。」紫蝶有些不好意思的道。

晨起，顧瀚揚看著桌上都是自己愛吃的小菜，想來這小傢伙對自己也上心了許多，便笑著在炕上坐了，道：「昨日睡得那麼早，可是有哪裡不舒服？」

喬錦書有些不好意思的道：「昨日只是困倦了，並沒有哪裡不舒服，又以為爺不回來便睡得早些，爺睡在羅漢床上可是沒休息好？」

顧瀚揚笑道：「妳那羅漢床比別人的大上許多，極舒適。」猛然記起昨夜的事，想著怎樣提醒錦兒打發了那個丫頭才好，如今錦兒的身邊可容不得背主的。但錦兒又是個極重情護短的，自己要是沒來由的讓她打發自己的陪嫁丫鬟，她必是不依的，若告訴了她，又怕她氣苦，還是等自己想到辦法，晚上再和她細說吧。便和喬錦書道：「爺晚上回來有話和妳說，若妳不睏，便等著爺。」說完還睃了紫蝶一眼。

喬錦書聽了，嬌嗔道：「每日都是等爺的，只昨日沒等罷了，便這許多話。」

顧瀚揚寵溺的笑道：「並不是怪妳，若妳累了便歇息，若沒事就等著。」

喬錦書起身幫顧瀚揚整理了衣服，方笑道：「知道了，天氣熱，薄荷丸給了清風帶著呢，爺想著就含上幾粒。」

顧瀚揚微微頷首走了。

紫蝶今日是時時留心著顧瀚揚的舉動的，見顧瀚揚看了自己一眼，還吩咐大少奶奶等他回來說話，心裡便想著只怕是大少爺要和大少奶奶說要自己的事。若真是大少爺親自開了口，那自己便是極有面子的，想到這兒，走路都覺得輕飄飄的。

喬錦書看著紫蝶偶爾面露笑容又有些恍惚的樣子，只以為她是昨日得了那套珠花首飾高興的，想著且不要她在跟前伺候，免得失手打了東西倒不美了，她又是個仔細的，難免心裡不豫。便吩咐紫蝶和妙筆，趁著太陽天，帶了小丫鬟把自己的衣櫃翻曬了，紫蝶、妙筆領命去了。

這裡穀雨和湘荷想著有趣的事說給喬錦書聽，不知怎的竟是說到種藥上面去了。喬錦書一時興起，竟想著在自己在院子裡種些好養活的藥，又苦於不會打理，湘荷聽了，便高興道：「這個再不用問別人，問綠玉就可以了，她爹就是個藥農。」

喬錦書原也有些孩子性子，得了這句話，便要湘荷立時喊了綠玉來問問，湘荷便去漣漪軒喊綠玉。

綠玉聽了錦大少奶奶喚自己，不敢怠慢，回稟了許姨娘，便隨著湘荷來了錦繡閣。見了喬錦書還有幾分拘謹，回話也都是小心翼翼的，後來聽問起種藥的事，倒侃侃而談。

喬錦書見她說得仔細，又沒了開始的拘謹，反而添了幾分靈動，便笑道：「平日見妳都是不大愛說話的，只道妳是個沒嘴的葫蘆，誰知道說起種藥來，妳倒變得能說會道了。」

綠玉聽了立時緋紅了臉，有些不好意思，見喬錦書溫和並不擺架子，也就大大方方的回話道：「奴婢原沒什麼長處，所會的就是伺候主子罷了，也沒什麼可說的，這種藥是奴婢自小看大的，自然知道許多，也是錦大少奶奶親和，奴婢就話多了些。」

見到綠玉坦白可愛，喬錦書倒多了幾分歡喜，吩咐穀雨取了支松綠石的銀簪打賞了綠玉。喬錦書原就是個大方的，穀雨跟著她也學了幾分，看著綠玉平日裡也是難得得了這樣東西的，便特地挑了個好看些的首飾盒裝了給綠玉。

綠玉看到簪子已經滿心歡喜，連盒子都很精巧，更是高興，忙給喬錦書磕了幾個頭。

喬錦書忙讓穀雨扶起綠玉，道：「妳主子那裡伺候的人少，妳今日且回去，等以後有空時再來陪我說說話。」

綠玉忙應了，躬身退下。

出了門便碰上了紫蝶和妙筆，紫蝶見綠玉滿臉緋紅，手裡拿著個精巧的首飾盒子，比自己得的都好了幾分，不由得滿臉狐疑，想起那些個婆子說的話，咬咬牙便往屋裡走去。

進了東次間，紫蝶二話不說，便跪在喬錦書跟前，滿眼熱切的看著喬錦書道：「大少奶奶，奴婢願意一輩子伺候大少爺和您。」

原本要起身扶起紫蝶的喬錦書，聽了這話，便緩緩的坐了回去，有些呆怔，眼裡閃過一絲希冀的問道：「紫蝶妳說的一輩子伺候，可是說妳看上了府裡的誰，想我把妳許給他，然後做我的管事嬤嬤？」

紫蝶聽了，慌忙搖頭道：「不是，奴婢不是這個意思，奴婢是……」囁嚅著終究還是沒能說出口。

穀雨聽明白了，狠狠的瞪了紫蝶道：「紫蝶，妳知道妳說的是什麼嗎？」

喬錦書臉色微冷道：「那妳是什麼意思？妳且說明白了，不然我沒法為妳作主。」

紫蝶看喬錦書的意思，自己若不說出來只怕是不成的，便又再磕了頭道：「大少奶奶，您現在有孕，既然要為爺收綠玉做通房，為什麼不收了奴婢？奴婢總比她們要忠心可靠。」

「妳從哪裡聽說我要為爺收了綠玉？」喬錦書淡淡的問道。

紫蝶想想綠玉的表情覺得自己再沒猜錯的，便道：「方才綠玉出去時滿臉緋紅，又拿個極好的首飾盒，可不就是這個意思嗎？」

喬錦書的心越來越冷，道：「妳為什麼要做爺的通房？」

紫蝶忙道：「奴婢是為了大少奶奶您著想的，在您有孕的這段時間，奴婢一定盡心盡力伺候好爺，為您把爺留在錦繡閣的，絕不讓瑞雪閣和漣漪軒分您的寵。」

喬錦書聽了，垂了眼簾不知想些什麼，過了片刻方笑道：「好，這麼說妳只是為我固寵，再沒有別的想法是嗎？」

紫蝶聽了這話，喜悅之情把心漲得滿滿的，連連點頭道：「是，大少奶奶，奴婢一心為您的。」

「嗯，既然這樣，我便成全妳，不過在這之前妳要服下絕子丸，只要妳服了絕子丸，我今日便給妳開臉。」喬錦書說完，便吩咐穀雨：「去把我箱子裡，那褐色荷包裡的絕子丸拿一粒來給紫蝶服用。」

穀雨不屑的看了紫蝶一眼，轉身進暖閣取了兩顆藥丸過來。

紫蝶看了穀雨手裡的藥丸面色煞白，連連搖頭後退。

穀雨逼近道：「妳既然說了只是給我家大少奶奶固寵的，生不生孩子有什麼要緊，所以這兩丸妳都吃了吧，保險些的好。」

紫蝶嚇得面色遽變，哭著道：「大少奶奶，奴婢不會有二心的，奴婢就算生了孩子，也會養在您名下的。」

喬錦書冷漠的道：「如妳說，我的夫君由妳伺候，我的孩子由妳生，那我去做什麼？」

紫蝶張口結舌說不出話來，想了想咬牙道：「爺是喜歡奴婢的，爺是願意收奴婢的，求大少奶奶成全了奴婢吧。」

喬錦書一聽，心急遽下沈，但是馬上想到七夕晚上兩人心意相通，琴簫合奏，心慢慢的平靜了下來，道：「爺親口和妳說的嗎？」

紫蝶低了頭不說話，過了一會兒還是低聲道：「這樣的話，只可意會，哪能言傳。」

喬錦書再不說話，只看了紗簾外面。

顧瀚揚知道喬錦書發現自己了，原想著這事是她的陪嫁丫頭，由著她自己去處理，自己還是不插手的好，誰知那賤婢胡說，想來錦兒是有些生氣了，便打起軟簾走了進去。

看見顧瀚揚走進來，紫蝶竟像是得了靠山般抬起頭，委屈的抽泣起來。

顧瀚揚看都不看她一眼，只走近喬錦書，輕撫她的肩，柔聲道：「奴才不好，或打或賣隨妳喜歡，何苦生氣，傷了自己和咱們的孩兒呢？妳快些處理了，我還有事要和妳說呢。」說完便往裡間暖閣去。

紫蝶在顧瀚揚身後哭道：「爺，紫蝶願意一輩子伺候您，您收下奴婢吧，不然錦大少奶奶一定會發賣奴婢的。」

顧瀚揚聽了，腳步一頓，冷冷的道：「錦兒，賣了吧，馬上找牙婆來。」

紫蝶聽了如墜冰窖，癱坐在地上傻了一般，耳邊一遍一遍的只聽見顧瀚揚說的——「賣了吧……」

轂雨偏還笑著道：「紫蝶，這丸藥妳不吃，我可替妳吃了。」說完把那藥丸放進嘴裡嚼了幾下，嚥了下去，湘荷也搶過另外一粒吃了。

紫蝶呆呆的看著兩人，才知道那根本不是什麼絕子丸，只不過是大少奶奶試探自己罷了，深恨自己為什麼剛才不賭一下，吃了下去。

喬錦書看著紫蝶又不死心的樣子，漠然道：「妳不必後悔，即便妳剛才吃了，我也不會為爺收妳的。」然後朝外喊道：「張嬷嬷。」

張嬷嬷在外面早已經知道了裡面發生的事，聽見聲音忙進來道：「大少奶奶有什麼吩咐？」

「讓方婆子和齊婆子押了她去收拾東西，收拾完了立刻離府。」喬錦書道。

不一刻兩個剽悍的婆子進來，押了面無人色的紫蝶下去。

喬錦書嘆了口氣道：「穀雨，去把那個雕著桐花的盒子拿去給她。」

穀雨是管著喬錦書的首飾的，自然知道那些是什麼，氣憤的道：「大少奶奶，這樣的人，您幹麼還管她死活？」

「那些東西是我今日之前就備好的，給了她吧，只是要告訴她，今日出了府門，我和她主僕情意一刀兩斷，從此不要和人說起做過我的丫鬟。」又轉頭看著妙筆道：「妳再支五十兩銀子給她，算做她的路費了。」

喬錦書吩咐完，起身去暖閣，坐在炕沿也不作聲。

顧瀚揚訕訕的在喬錦書身邊坐了道：「錦兒，這事與我無關，妳可不許遷怒。」

喬錦書也不說話，只斜睨著顧瀚揚。

顧瀚揚有些不自在的擦了下鼻子道：「好，爺告訴妳，昨日晚上我回來時妳已經睡了，我怕吵了妳，又不放心妳獨自睡在錦繡閣，便想在妳書房的羅漢床上睡一晚，她和妙筆給我鋪了床便退下了。誰知過了一會兒，她又送茶進來，爺想著是妳的陪嫁丫鬟，知道爺晚上要喝茶的習慣，也沒理她，想著她放下茶便會退下了，誰知她竟是不退下，爺沒辦法便接了茶，把她打發了出去。今日早起想到這事，原想和妳說打發她出去的，又怕妳惱了我，便想著晚上回來和妳細說，誰知她這樣等不及，自己說了。也好，省了爺犯難。」

看著顧瀚揚破天荒的解釋了這一通，喬錦書覺得心裡甜甜的，遂玩笑道：「都是爺容色無匹惹的禍。」

顧瀚揚看喬錦書笑了，心裡也鬆了口氣，遂玩笑道：「妳竟敢取笑爺，看爺怎麼收拾妳這個小東西。」伸手便往喬錦書肋下去。

喬錦書怕癢，慌忙躲閃，突然感覺孩子在肚子裡踢自己，忙喊道：「爺，他動了，動了。」說著拉了顧瀚揚的手貼著自己的肚子。

天熱衣衫單薄，顧瀚揚清楚的感受到那歡快的踢打，也驚詫的道：「他真的會動了，會動了呢！」

兩人手拉手，貼著肚子傻傻的笑著，過了一會兒顧瀚揚把喬錦書抱在懷裡道：「錦兒，咱們是一家人，妳切不可因了外人便和爺生了嫌隙，要相信爺，知道嗎？」

喬錦書靠在顧瀚揚懷裡，輕輕的點頭。

過了幾日，顧夫人也知道了這事，便將喬錦書找了去，責怪道：「妳這孩子就是心軟，這樣的就該打一頓賣了才是。」

喬錦書聽了心裡有些難過，便道：「娘，她是我的陪嫁，以前在娘家的時候，伺候我也是細心謹慎的，後來來了咱們家，她伺候得也盡心盡意，只不過是心大了。就算這樣，她也不曾做出謀害我的事，想著主僕一場，給了她那些東西，若她從此安分了也可度日，只是從此再無情分，死活與我無關了。」

顧夫人聽道：「那也罷了，看在她並沒有去謀害妳的分上，由著她去吧，只是妳身邊的丫鬟少了一個，妳如今懷著孕，又要搬到摘星樓去，還要添些伺候的人才是。明日我讓萬嬤嬤找咱們府裡常用的人牙子來，妳自己仔細的挑些好的。」

喬錦書應了，次日人牙子帶了人來，果然都不錯，便挑了些得用的。

過幾日摘星樓收拾好了，顧瀚揚又稟了顧老爺和顧夫人，將名字改為錦繡樓，自己寫了匾額，命人做好掛了上去。顧夫人看了個好日子，喬錦書歡歡喜喜的搬了過去。

錦繡樓分三進，一進和三進都只有兩層，唯有二進是三層，那第三層的正屋便是手可摘星辰的摘星閣了，雖然已經改名錦繡樓，摘星閣的名字卻保留了下來。三層的東廂房做了顧瀚揚的書房，除了顧瀚揚和喬錦書，別人輕易不能上樓。

紫蝶被趕了出去，喬錦書又搬出了清揚園，顧瀚揚連書房也搬去了錦繡樓，養拙齋人去樓空，秦暮雪受了這一連串的打擊，原本端莊清雅的一個人竟是變得有些陰沈，見盧嬤嬤也跟著去了錦繡樓，就想把清揚園的管家權攬在手裡。誰知顧瀚揚又求了顧夫人把關嬤嬤派過來管了園子，秦暮雪越發的氣悶，每日裡便要三個姨娘來自己的屋子裡立規矩，有時候竟是整晚整晚的折騰得人不得睡，三個姨娘都叫苦不迭，又敢怒不敢言，唯有魏姨娘有些不屑。

秦暮雪原想著自己這麼折騰三位姨娘，顧瀚揚知道了總要找自己說話的，誰知道，顧瀚揚竟是不聞不問，秦暮雪就有些走火入魔的樣子，稍不如意還讓姨娘罰跪。除了許姨娘，那兩位都不是一般人家出身的，哪裡受過這般折磨，便告到了顧夫人跟前。

顧夫人氣惱不過，便找人請了秦暮雪去曉荷園，敲打了她幾句，秦暮雪見顧夫人真的有些生氣，心裡也是害怕的，回去便收斂了些許，清揚園便又安靜了起來，只是，沒有了以往的生機。

過了幾日，顧瀚揚也去瑞雪閣吃了一頓飯，不知道和秦暮雪說了些什麼，秦暮雪格外的沈靜起來。

第三十五章　解困

依著顧夫人的身體狀況是可以銀針排毒了，理論上來說是沒有任何疑問的，可喬錦書心裡總有幾分忐忑，自己畢竟沒有親自做過這樣的治療，便詢問顧瀚揚想上齊雲山去見見自己的師傅，也好商量一下。

顧瀚揚聽了喬錦書的話，眼裡閃過一絲為難，躊躇了半晌還是應了。

喬錦書見了，便有些疑惑。「爺怎麼好像不想去齊雲山呢？」

「哪有？爺不過擔心天氣熱，怕妳累著罷了。」顧瀚揚訕笑道。

這日，到了齊雲山。

看見一品大師正在菩提樹下打棋譜，喬錦書高興的上前行禮道：「師傅，錦兒來看您了。」

一品大師看見顧瀚揚陪著喬錦書來，原本是極高興的，待看清喬錦書的身形後，忙拉了喬錦書的手把脈，然後臉色一沈，瞪了顧瀚揚道：「哼，把老衲說的都當耳旁風了嗎？若我的徒弟有了一點不豫，你便休想好過。」

顧瀚揚尷尬的笑道：「我的妻兒我自然會護著，大師放心便是。」

一品大師哼了一聲，便不理他，只和喬錦書說話，喬錦書才有些明白此前顧瀚揚的躊躇，掩嘴直笑。

然後和一品大師說了顧夫人的病情，和自己的排毒法子，一品大師聽了喬錦書的話，又仔細的琢磨了行針的脈絡和穴位，及現在毒素集中的幾處穴位，方點頭道：「錦兒的法子可行，只是這個法子是有凶險的，其一，排毒時妳必須心靜、手穩，不能有任何事物令妳分心，否則極易導致毒血回流入心，那便再無可救。其二，顧夫人如今的毒被妳的藥物引致一處，其實也是存在危險的，凡有不當之物引發體內之毒，便必須立即排毒，不能延誤。妳回去了好好休息兩天，把自己的狀況調整好，馬上動手排毒，越快越好。好在這兩種情況都是能避免的，只要沒有外因干擾妳，這個是唯一可以救顧夫人性命的法子。」

喬錦書又和師傅說了些閒話，看時辰不早，便告辭下山，顧瀚揚臨走前又對著一品大師深深一揖道：「老和尚，我會保護好錦兒的，您放心便是。」

老和尚還是不豫的道：「哼，若我徒弟不好時，我一定找你顧家的麻煩。」

顧瀚揚只訕訕笑著，不作聲。

在回去的路上，喬錦書戲謔的看了顧瀚揚道：「爺，你怎麼得罪我師傅惹他不豫了？」

顧瀚揚好笑的把喬錦書擁在懷裡道：「錦兒明明知道，不過是爺之前答應了老和尚要等妳及笄方能有孕，卻提前停了妳的避子藥，老和尚眼尖看出來罷了。」

喬錦書又取笑了顧瀚揚幾句，顧瀚揚只抱了喬錦書不作聲，由著她說去。

兩人回了府，直接去了顧謙默的外書房，把事情又和顧謙默說了一遍。

顧謙默聽了，眼裡閃過深深的愧疚和隱痛，端茶盞的手微不可見的抖了一下，道：「好，錦兒，無論妳需要什麼藥，安陽王顧府竭盡所能也一定尋到，這兩日妳只管好好休息，曉荷園有我和瀚揚看著，絕無差錯。」

喬錦書這一刻深切的感受到平日裡儒雅溫和的顧老爺因著顧夫人的病所承受的切膚之痛，認真的望著顧謙默道：「爹您只管放心，錦兒定可保得住娘的。」

喬錦書這兩日除了去曉荷園請安哪裡都不去，只是養神，自己又配了藥泡手，務必要讓自己手指的靈活度和敏感度都保持在最好的狀態。顧瀚揚也吩咐了盧嬷嬷，錦繡樓的一應事物都由盧嬷嬷打理了，再不許一點雜事打擾喬錦書休息。

到了這日，喬錦書換了身舒適的衣服，身上一件首飾都沒有，連頭髮都是用絲帶繫住，那分淡雅出塵，如清晨荷葉上的露珠，看得顧瀚揚的心柔柔的，上前牽了喬錦書的手道：「走，錦兒，去曉荷園，想必娘已經準備好了。」

顧夫人早已經用喬錦書開的藥浸泡沐浴好了，此刻只穿了白色的中衣坐在床上和顧老爺說話。

見顧瀚揚和喬錦書走了進來要行禮，二人忙道：「免禮吧。」

喬錦書在床沿坐了，給顧夫人把脈，脈象平和，可見顧夫人此刻心情是輕鬆的，喬錦書笑道：「娘竟是一點都不緊張。」

顧夫人聽了，慈愛的笑道：「傻孩子，娘緊張什麼，這麼多年，娘見過的還少嗎？」

喬錦書笑著看了顧謙默和顧瀚揚，道：「爹、爺，錦兒要一個時辰左右的時間，這一個時辰任何事都不能打擾到娘和錦兒。」

顧瀚揚微微頷首道：「放心，有我呢。」說完和顧謙默走了出來。

到了院子裡，看著顧謙默心神不安的樣子，顧瀚揚安慰道：「爹，放心，前兩日錦兒和老和尚仔細研究過了，不會有事的，不如我們就在這院子裡坐了，我給爹泡壺好茶，咱父子倆安靜的坐會兒。」

顧謙默點點頭。

萬嬤嬤幫喬錦書用絲帶紮緊袖口，把雙手用白酒仔細擦拭，又把銀針仔細的消毒，放在高溫煮過的白紗布上，方笑道：「娘，錦兒要開始用針了。」

顧夫人點點頭，萬嬤嬤伺候著顧夫人脫了中衣，安靜的躺在床上。

院子裡顧瀚揚遠遠的看見顧嫣然帶了自己的丫鬟同福，從曉荷園路過，往荷塘那邊去，眉頭微不可見的蹙了蹙，看了穀雨和湘荷一眼。

穀雨微微欠身行禮，把自己手裡的青竹保溫桶塞到湘荷懷裡，走了出來，遠遠的看見顧嫣然帶著自己的丫鬟同福在荷塘邊拉扯，便不由自主的往荷塘邊走了幾步。想起自己大少奶奶說過的，不該管的事不許多事，何況大少奶奶此刻正在給夫人醫病，自己要守著大少奶奶不能離開，遂遠遠的朝荷塘方向行了個福禮，又轉回了曉荷園。

看見穀雨出來，顧嫣然臉上露出得逞的微笑，誰知穀雨只是看了看，行了個禮又進去了。顧嫣然見沒有把穀雨引出來，心裡極為氣憤，在草地上跺了幾腳，轉身使勁的在同福身上掐了幾把。同福知道自己的姑娘不過是想引了錦大少奶奶的丫鬟穀雨出來，好誣陷她推自家姑娘下水，然後再將穀雨打一頓，亂了錦大少奶奶的心神，不讓她安心給夫人治病罷了。此刻穀雨不上當便拿自己出氣，越發的不敢出聲喊疼。

顧嫣然不甘心的轉身走了，走了不遠，在石榴樹後面遇見了唐姨娘，顧嫣然洩氣的搖搖頭。

唐姨娘笑了笑，道：「姨娘便知道妳今日這事不成的，籌劃得太不仔細了。」又低頭在她耳邊說了幾句，牽了她的手慢慢往惜柔園去。

穀雨摸摸手邊的青竹保溫桶，看了湘荷一眼，轉身往小廚房去。

顧瀚揚見了，問湘荷道：「穀雨做什麼去？」

湘荷回稟道：「我家大少奶奶準備了給夫人的參湯和自己的安胎藥，以備急用，吩咐穀雨不能離手，若涼了也要立時熱好，此刻湯藥涼了，穀雨去熱了去。」

顧瀚揚點頭，掏出懷錶看了下，離一個時辰只差一刻鐘了，便又換了新茶葉重新泡了一壺，給自己和顧老爺各倒了一杯，二人都默不作聲的端起茶，慢慢啜飲。

茶湯的顏色又變淡了，顧夫人臥室的門還是緊緊的閉著，顧瀚揚臉上也露出了幾分不安，看了顧謙默一眼，起身往臥室方向去，顧謙默忙伸手拉住，搖搖頭。

這邊穀雨抱著保溫桶的手已經有些發白，湘荷也直直看著臥室門口，眼睛一眨不眨。

曉荷園的院子裡安靜得聽得見落葉飄落的聲音。

正在此刻，只聽見吱呀一聲，臥室的門開了，萬嬤嬤噙著淚，笑著奔了出來，跪在顧謙默的跟前磕頭道：「老爺，夫人好了！」

顧謙默抬腳便往臥室去，顧瀚揚扶起萬嬤嬤，也跟在顧謙默的身後進了臥室。

屋子裡，顧夫人還是白色中衣安靜的躺在床上，還是如常的淡淡地笑著看了喬錦書，只有那雙眼睛越見清亮溫和。

喬錦書一臉疲憊的倚在床邊，也是滿臉的欣喜。

顧謙默走進來，只奔床邊拉了顧夫人的手，聲音有些顫抖的道：「妳好了。」

顧夫人溫柔的道：「老爺，都好了。」

看見顧謙默進來，喬錦書忙站起來。看著喬錦書一臉疲憊，臉色有些發白，顧瀚揚心疼的扶了她在旁邊的羅漢椅上坐了。

顧謙默看見喬錦書的臉色不好，忙道：「瀚揚，快扶了錦兒回去休息，你娘這裡有我，你只管放心便是。」

顧瀚揚應了，扶了喬錦書出去，穀雨、湘荷忙迎上來，喬錦書笑道：「把參湯給萬嬤嬤，伺候夫人喝了，安胎藥倒了吧。」

穀雨聽了，忙歡喜的連連點頭。

休息了幾日，顧夫人便恢復了，臉色日漸紅潤，人也越來越精神。她原本就喜歡喬錦書，現在待喬錦書更是不同，顧府裡的奴僕只要提到錦繡樓沒有不尊敬著的。

天氣漸涼，喬錦書的肚子也越來越大，每日裡也有些懶怠動了，穀雨便學了以前春分的樣子，日日定要拉了喬錦書起來走路，還說是喬錦書以前自己說的，弄得喬錦書哭笑不得。

顧瀚揚倒是高興，也越來越看重穀雨、湘荷。

穀雨端了茶，正要走進起居室，看見樓下有一個婆子拉著張嬤嬤說話，邊說還邊往樓上看，便停下來往樓下看了看，也沒細究，便走了進去。

喬錦書正和妙筆在查這個月錦繡樓的帳目，看見穀雨進來，便道：「妳剛才在外面看什麼？」

穀雨給喬錦書斟了杯蘋果蜂蜜茶，道：「沒什麼，奴婢看見有人找張嬤嬤說話。」

正說著，張嬤嬤笑容滿面的走了進來，還打量了穀雨兩眼，看得穀雨有些不自在，道：「嬤嬤只管看著我做什麼？」

張嬤嬤也不理她，只看了喬錦書笑道：「老奴這些日子可是收了幾個紅包了，都是託了穀雨姑娘的福。」

穀雨聽了，有些不解道：「嬤嬤，託我什麼福呀？要託也是託大少奶奶的福呀。」

張嬤嬤也不說話，看了她只管笑，穀雨突然有些明白了，啐了一口就走了出去。

喬錦書看著不好意思走出去的穀雨，道：「誰看上我的穀雨了，我可不輕易給的。」

張嬤嬤笑道：「一個是外院總管事萬新同的小兒子，今年二十了，現在跟著咱們大少爺呢，還一個是田姨娘身邊文嬤嬤的姪子，今年二十五了，倒不是咱們府裡的，家裡開著小茶葉鋪，日子小康。」

喬錦書聽了點頭道：「穀雨暫時我是不會放出去了，嬤嬤去仔細的打聽一下這兩人也好，但這事我總要問問穀雨的意思。」

張嬤嬤聽了，連忙點頭道：「老奴省得。」

晚上喬錦書拉了穀雨陪自己睡，兩人睡在臨窗的炕上，窗外高遠的天空散落著幾顆星星，穀雨側身看了看望著自己的喬錦書，道：「大少奶奶，奴婢心裡的打算您是知道的，奴婢將來是要給大少奶奶做管事嬤嬤的，文嬤嬤的姪子便算了吧，一來他是田姨娘那邊的，奴婢不想將來的日子變得複雜，再說他也不是咱們府裡的人。至於那個萬管家的兒子，倒還可以，只是此刻卻不是考慮這些個的時候，過幾年再說吧。」

看著穀雨漫不經心的說著自己的事，眼裡那一閃而過的黯然卻沒瞞過喬錦書，想來穀雨是不滿意這兩人的，或者心裡有了別人？喬錦書拉著穀雨的手道：「妳是不是心裡有了別的打算，只管告訴我，我們總要想辦法試試的。」

穀雨笑道：「奴婢便知道自己那點心思是再瞞不過大少奶奶的，奴婢也不是不想說，但說出來總覺得會有些為難之處，如今且就這樣混著，等以後再說吧。」

喬錦書見穀雨不欲再說，便笑道：「是，穀雨姑娘，明日我就跟張嬤嬤說，那些人通通回了，只等咱們穀雨心裡的那人來求再說。」
穀雨嗔怪的笑道：「睡吧，太晚了，明日又該沒精神了。」
第二日喬錦書便和張嬤嬤說起這事，張嬤嬤聽了忙道：「老奴知道了，這便回了去。」
等到晚上顧瀚揚回來晚膳，吃了飯，看屋裡沒有別人，只有張嬤嬤，便問喬錦書道：
「妳怎麼不同意長河和穀雨的事情啊？我聽長河的意思，他們兩個自己都是有些中意的。」
喬錦書聽了一愣，忙看了張嬤嬤道：「長河有使人來求穀雨嗎？」
張嬤嬤不解的點頭道：「有啊，您不是不同意嗎？我已經回了他。」
喬錦書沒反應過來，愣怔的看著張嬤嬤道：「昨日妳不是說只有萬管家的小兒子和文嬤嬤的姪子嗎，哪有說長河啊？」
顧瀚揚聽了，已經忍俊不禁笑了起來。
張嬤嬤怕掃了喬錦書的面子，隱忍著道：「大少奶奶原來竟是不知道的嗎？那長河就是萬管家和萬嬤嬤的小兒子呀！」
喬錦書聽了，也噗的一聲笑了出來，笑得趴在炕桌上，半天才直起腰道：「這可不是我一人不知道，連穀雨也是不知道的，不信找了穀雨來問問。」
顧瀚揚也想早些解決了這事，立即使了小丫鬟去找了穀雨來。
穀雨聽說大少爺找她，忙走了進來，見屋裡只有大少爺和大少奶奶二人，忙行禮道：
「大少爺喚奴婢有什麼吩咐？」

顧瀚揚故作嚴肅的問：「爺聽說昨日長河使人向妳求親，妳不肯。」

穀雨頓時愣在當場，看了喬錦書一眼，喬錦書也故作不解的看了她，穀雨心裡有些著急，忙回道：「奴婢並不知道此事。」

「那妳可知道長河姓什麼嗎？」顧瀚揚又問道。

穀雨雖然不解顧瀚揚的意思，還是微微搖頭。

顧瀚揚這才正色道：「長河姓萬，就是咱們府裡外院的總管事萬新同的小兒子，他的娘是夫人身邊的萬嬤嬤。」

穀雨聽了頓時不知所措，心裡又急又喜，一張俏臉脹得通紅，慌忙道：「奴婢不知道，才……」

看見喬錦書已經笑了起來，方明白過來竟是這兩位主子一起戲弄自己，又不敢和顧瀚揚放肆，只得瞪了喬錦書，不依道：「大少奶奶，您戲弄奴婢。」

喬錦書忙忍了笑，道：「我不是有意的，也是剛才爺回屋說起這事才聽張嬤嬤說的，我已經使了張嬤嬤去說了。」

穀雨這才安心了。

過了幾日，萬家便使了人來提親，把親事訂了下來，但穀雨竟不知道婆家姓氏的事也鬧了個滿府皆知，倒害得穀雨好幾日不敢出門。

等這事情傳到瑞雪閣時，幾位姨娘正在瑞雪閣立規矩，秦暮雪聽了桃紅的話，想著這樣下去，喬錦書的人手定會布滿整個顧府，心裡極是生氣，抓起手邊的茶盞就砸了出去，正好砸在站在左邊的魏姨娘身上。雖說那茶水不燙，沒有傷到人，但灑了魏姨娘一頭一臉，茶水順著頭髮往下流。

魏姨娘原就是個有些清冷的性子，此刻受了這般侮辱，也只是胸口略見微微起伏，臉上並不見表情。

劉嬤嬤卻知道有些不好，忙悄悄看了秦暮雪一眼，秦暮雪才醒悟，這魏香兒的父親是兵部侍郎，官雖不大，卻管著糧草，爹囑咐即便不能拉攏，也不要弄僵了才好。她性子清冷，也並無爭寵之意，自己待她一直是客客氣氣的，剛才一時氣憤竟忘記了，想到這兒又拉不下面子說軟話，便看了眼劉嬤嬤。

劉嬤嬤是知道自己大少奶奶性子的，嘆了口氣，上前給魏姨娘行了個福禮才道：「魏姨娘，我們雪大少奶奶也是一時失手，您莫放在心上，老奴伺候您去更衣吧。」

秦暮雪忙接了話道：「正是，這茶盞也不知是那個奴才清洗的，竟是滑不溜手，查出來定是要好好的罰她。妹妹和劉嬤嬤去更衣吧，我那兒有疋紫色宮緞，極適合妹妹穿，等下我讓人送去漣漪軒。」

魏姨娘微微欠身道：「婢妾謝謝雪大少奶奶賞，婢妾還是回漣漪軒更衣吧。」說完緩緩的退了出來，紫藤上前扶著回了漣漪軒。

一時沐浴了，魏姨娘由著紫藤給她綰了個家常髮髻，歪在天青色繡著纏枝迎春花的大迎枕上，手裡擒著根青竹做的簫，那簫極普通，但玉潤圓滑，可見主人是常常拿在手裡摩挲的。

魏姨娘白膩的手指在簫上輕輕滑過，眼淚無聲的落在簫上。

紫藤低頭站在旁邊，並沒有上去勸慰，眼神有些飄忽，不知在想些什麼，過了許久，暗自嘆了口氣，取了絹帕給魏姨娘拭了淚，方道：「姨娘雖然是庶出，如今又只是個侍妾，但咱們老爺終究還是個兵部侍郎，如今那雪大少奶奶竟是一點都不顧及，肆意的折辱，往後這日子只怕會越發的難過，不如去求求大少爺，讓咱們也住到錦繡樓去吧。那錦繡樓比這清揚園也小不了多少，咱們又不爭寵，不過是想求個安穩日子罷了，錦大少奶奶是個有情意的，未必不行。」

聽了紫藤的話，魏姨娘低垂的眼裡閃過一絲希冀，但飛快斂了，抬起頭深深的看著紫藤道：「紫藤，妳是我從家裡帶來的，我的心性妳是知道的，不要說爺現在有了錦大少奶奶，便是沒有時，我也沒想過爭寵，只要家裡能平平安安的，我便是這樣終老也是願意的。妳跟著我便只有這樣的日子，要是妳有些想法就和我說，我會盡力為妳籌謀，只別錯了主意就是。」

紫藤心底深處泛起一絲怯意，笑道：「奴婢既是姨娘的人，自然是願意伺候姨娘的。」

魏姨娘點點頭道：「這樣便好，妳說的事，我會好好想想的。」

紫藤應了。

亞布力草原附近的郡縣，遭受百年難遇的洪災，一品大師得信後立即與師弟「瘋神醫」袁楚商量，袁楚隨即動身前往。一個月後，袁楚來信，由於洪災氾濫，浮屍遍野，引發瘟疫，自己所用的方子雖能救人，但見效太慢，不斷的有人和牲畜死去，讓一品大師再想法子，並附上自己的藥方。

一品大師收到信後，焦慮異常，若是不立即阻止瘟疫蔓延，不但會禍及其他郡縣，更嚴重的是亞布力草原一直是啟源朝天然的馬場。若是軍馬染上瘟疫，秦玉關邊塞會陷入險境，此刻能解救這場災難的，整個啟源朝只有一人。

一品大師下山直奔顧府，顧謙默也收到了安陽王的來信，正和顧瀚揚商量，聽見一品大師來了，忙請了進來。

顧謙默忙上前行禮道：「大師可是得了消息，快些想個法子吧，不然我朝恐陷入戰火。」

一品大師搖頭道：「老衲無法，但有一人可解困局。」

顧瀚揚聽了忙道：「大師請說，不論這人在哪裡，我立刻去請他來。」

一品大師雙手合十唸了聲佛。「阿彌陀佛，此人在你府中。」

顧謙默和顧瀚揚聽了，驚訝的對視了一眼，顧瀚揚有些遲疑的道：「大師是說錦兒？」

一品大師微微頷首。

顧謙默無法相信的看著一品大師道：「大師是說您無法解救的瘟疫，錦兒可解？」

一品大師鄭重的點頭道：「顧公，你可信有天賦異稟的事？錦兒便是。我初教她時便發現，她對藥書過目不忘，醫術藥方信手拈來，好像那些東西原本就是存在於她腦海中一樣。老衲私以為是老天派她來的，她是我啟源朝的福星。」

顧謙默看著顧瀚揚道：「速去請錦兒過來。」

一品大師忙道：「不可讓人知道。」

顧瀚揚點頭去了。

不一時喬錦書隨顧瀚揚進了顧謙默的書房，看見一品大師在，喬錦書上前給顧謙默和一品大師行禮。

一品大師將亞布力草原附近洪災和瘟疫的事說了，然後深深望著喬錦書道：「錦兒，啟源朝處於危險中，錦兒可有法子？」

喬錦書看著三人焦慮的神情，他們都是自己的親人，微微頷首道：「錦兒有法子。」

顧瀚揚忙扶了喬錦書在几案前坐了，道：「錦兒快寫，這方子早一日到亞布力附近，可以早一日救下無數性命。」

喬錦書聽了忙伏案疾書，不一刻不但寫了方子，還有預防應急的措施，都詳盡的列舉出來，然後遞給一品大師。

一品大師接過來仔細的看了一遍，慈愛的雙目中泛著深深的欣喜和感激，對著喬錦書深深點頭，然後看著顧謙默道：「顧公，錦兒立下的這天大功勞，老衲可要代領了。」

顧謙默對著一品大師彎腰作揖道：「錦兒小小年紀的女子，若領了這天大的功勞，就算是我顧謙默的兒媳婦，亦是禍不是福，我謝謝大師對錦兒的愛護。」

顧瀚揚道：「大師要親自去嗎？」

一品大師道：「老衲放心不下師弟，便親自跑一趟。」

「不如大師再謄抄一份，我用夜鷹送去，一日一夜可達。」顧瀚揚道。

一品大師點頭，迅速抄了一份。

顧瀚揚看了忙道：「大師再抄一份吧。」

一品大師微怔，隨即笑著又謄抄了一份，把喬錦書的手稿還給了顧瀚揚，顧瀚揚隨手燒了。

一品大師迅速告辭。

第三十六章　風波

一個月後，一品大師寄信給顧謙默，那藥方有奇效，三日可痊癒，瘟疫被很好的控制了，良好的預防措施直接阻止了瘟疫繼續蔓延，亞布力草原安然無恙，附近郡縣也在恢復中。

朝廷派出的特使和太醫把這一消息立時上報朝廷，龍顏甚悅，嘉獎了參與的官吏，更是對一品大師給出了極高的讚賞，並封為國醫，此時一品大師的聲譽達到了空前的高度，在醫界已經無人凌駕其上了。

齊雲山每日人來人往，卻無人能得見大師一面，小沙彌總是說，師父採藥去了，不知道什麼時候回來。

顧府錦繡樓三樓顧瀚揚的書房，一品大師正和顧瀚揚對弈，顧瀚揚哂笑道：「老和尚，您準備在我這摘星閣躲到什麼時候啊？」

一品大師睨了顧瀚揚道：「老衲一向心軟，若是別人問得急了，我怕一不小心便說出那方子是出自我徒弟之手。」

顧瀚揚忙討好的笑道：「大師，您只管住這兒，我馬上讓人按照你禪房的樣子，把摘星閣西廂房佈置好。」

二人正閒話著，喬錦書帶著穀雨上來給一品大師送糕點。一品大師看著自己喜歡的幾樣糕點，點頭道：「還是錦兒孝順，這小子還想趕我走呢。」說完又打量了喬錦書幾眼道：「錦兒，過來，老衲給妳把把脈。」

聽了一品大師的話，喬錦書眼光閃爍，但還是上前坐了，把胳膊放在几案上，穀雨忙取絹帕覆了，一品大師抬手搭在腕上，過了片刻方哈哈大笑道：「老衲想得再不差的，這樣的事情果然是有些遺傳的，妳這次只怕也是雙生子吧。」

喬錦書聽了，嗔怪的笑道：「師傅，這哪裡說得清楚呀。」

顧瀚揚聽了，驚喜道：「錦兒，這事可當真？」

喬錦書聽了有些不好意思的道：「這事沒和爹娘還有爺說，主要是錦兒這次把握不大，且雙生子各種風險都高些，錦兒也想安靜養上一段時間再說。」

顧瀚揚聽了，歡喜得有些不知所措，也顧不得一品大師在，忙擁了喬錦書道：「錦兒所慮原也沒錯，不過，既然有風險，咱們更該稟了爹娘才是，他們總比咱們經歷得多，遇事也好有個打算不是嗎？」

喬錦書也覺得顧瀚揚說的對，便笑著微微頷首。

一品大師笑道：「錦兒，這才是正理。為師這次回來時遇見妳二叔喬楠柏，我看他採買了無數補藥和罕見的食材，想必也是為妳忙呢。家人都為妳擔心忙碌，妳不該有事自己一個人承擔，白白讓他們為妳擔心。」

喬錦書聽了眼圈微紅，明白師傅在點醒自己什麼，施禮道：「錦兒受教了，定會記住師傅的教誨。」

一品大師見她明白了，也不多說，只微微頷首。

顧瀚揚也忙笑道：「我明日便使清風前去給岳父岳母也報個信，還有妳那個不靠譜的二叔，若不告訴他，等日後可有的難纏了。」

喬錦書聽了掩嘴直笑，顧瀚揚和喬楠柏惺惺相惜，一見面卻必定鬥個不停。

等到第二日看到盧嬤嬤送來的補湯竟然是以前的兩倍時，喬錦書頓覺頭大，這補湯少鹽味淡，一小碗已經難以下嚥，這一大碗……

喬錦書托了腮，苦著臉看了看盧嬤嬤，盧嬤嬤笑得像菊花一樣，道：「錦大少奶奶，您不論有什麼吩咐，老奴都依您的，唯有這補湯不行。」

喬錦書聽了嘆了口氣，垂著頭看著面前的湯碗，只管拿了勺子在裡面攪動就是不肯喝。

盧嬤嬤見了忙哄道：「錦大少奶奶，您前些日子不是說想吃酸菜嗎？老奴已經讓喜兒按您說的法子做了好幾罈子，估計著今日就能吃了。您喝了湯，我讓喜兒下廚給您做酸菜肉泥吃，您看好不好？」

一聽說有酸菜肉泥吃，還是喜兒的手藝，喬錦書歡喜的道：「真的做好了？」

盧嬤嬤忙點頭道：「自然是真的，若您喜歡喜兒的手藝，老奴便讓喜兒跟著伺候您了。」

那喜兒不僅細心謹慎，廚藝更是一絕，特別擅長做藥膳，在顧府人人都知道。秦暮雪身體不好，常要做藥膳，便想跟盧嬤嬤討要喜兒，盧嬤嬤都沒允，如今竟是給了自己。喬錦書瞪圓了眼睛，看著盧嬤嬤。

盧嬤嬤笑道：「喜兒喜歡做藥膳，自己瞎琢磨總沒有人指點的好，如果能得錦大少奶奶指點一二，喜兒自然是感激不盡的。」

喬錦書聽了笑道：「我做事總是要人幫手的，穀雨不喜這些，若是喜兒喜歡，自然極好。」

喜兒早在外面聽了，忙進來跪下道：「喜兒多謝錦大少奶奶肯教喜兒，喜兒往後必定一心伺候錦大少奶奶的。」

喜兒便跟在了喬錦書身邊伺候，喬錦書又讓盧嬤嬤自己挑了一個二等丫鬟蓮心在身邊伺候。

這裡正說著喜兒的事，萬嬤嬤帶了人走進來給喬錦書請安，喬錦書忙讓妙筆給萬嬤嬤搬了杌子坐了。萬嬤嬤道謝，側身坐了方笑道：「今日一大早夫人便吩咐老奴開了庫房，取了些極雅致的地毯，說要把錦繡閣各處的樓梯都細細的鋪好，一處也不能錯漏的。」

喬錦書聽了忙笑道：「辛苦嬤嬤了，等回去替我謝了娘才是，我明日必定自己過去道謝的。」

萬嬤嬤聽了笑道：「夫人的心思老奴是知道的，巴不得日日的看見錦大少奶奶才好，又恐您累著了，這不今日就準備自己來的，老爺正好進來問事，才指派了老奴來的。」

「怎麼敢勞動娘呢？我明日便去給娘請安的。」喬錦書笑道。

盧嬤嬤和萬嬤嬤原是極好的，平日裡各忙各的，倒難得在一起說話，今日碰巧了，自然是一起閒話起來。

不一刻鋪地毯的婆子回話鋪好了，萬嬤嬤又細細的查看了，才放心的回去覆命。

京城威信侯府，秦暮雪的母親威信侯世子夫人正看著手裡的信，眼淚便有些忍不住落了下來，哀怨的看著身邊秦暮雪的父親道：「世子爺，雪兒來信說，瀚揚的那個平妻有孕了，她公婆都格外喜歡，雪兒的處境也日漸艱難，問我們有沒有什麼好的大夫，再給她找一個。」

威信侯世子有些為難的看著自己的妻子，自己又何嘗不心疼自己的孩子，更何況是那個容顏出眾，琴棋書畫無一不精，名滿京城的嫡長女。威信侯世子嘆了口氣，道：「我和父親商量商量吧。」

秦侯爺看著手裡長孫女的來信，那充滿算計的雙目中也難得的閃過一絲愧疚，遂放下信對自己的兒子道：「和雪兒說，我們可以想辦法助她除了那胎兒。」

秦世子有些乞求的望著自己的爹道：「爹，停了雪兒的藥吧，她已經過了二十五歲了，再不孕，日後恐難孕了。」

秦侯爺有些不滿的看了自己的長子道：「這藥還是停不得，雪兒若是有了自己的孩子，她還怎麼會一心一意為秦家籌謀，必定要考慮自己孩兒的利益了。」

秦世子聽了，眼裡閃過一絲痛苦，默不作聲。

秦侯爺看著自己的長子，一副恨鐵不成鋼的惱怒，恨恨的道：「你這樣的心性，我日後怎麼放心把秦家交到你手裡，若日後大事得成，雪兒還愁沒有好日子嗎？王孫公卿由著她選，要了顧家的血脈，終究是負擔。」

秦世子望著自己的父親深深作揖，然後告退，落日餘暉照著他的身影，顯得有些蹣跚。

劉嬤嬤一臉興奮的拿著信進了秦暮雪的琴房，高興的道：「大少奶奶，世子夫人來信了，說不得有了好的法子呢。」

秦暮雪希冀的接過劉嬤嬤手裡的的信，迫不及待的拆開來，迅速的看了一遍，苦笑著把信放在一邊道：「祖父總是過於低估了我公公和瀚揚的能力。」

劉嬤嬤不解的道：「世子夫人怎麼說的？」

「老一套，不過是說祖父允諾幫我除掉那位的胎兒，可妳看現在的錦繡樓可是咱們動得了的，更何況那位的醫術。」秦暮雪無力的道。

劉嬤嬤聽了也有些怏怏的，過了片刻陰狠的道：「既然侯府指望不上了，那咱們就自己想辦法，藥石之術用不上，還有人為呢。老奴最近打聽到，夫人醫病那日二姑娘可有些個小動作呢，不過是錦繡樓那位身邊的穀雨沒上當吧，想來這便有些個由頭了，如今好好謀劃一下，也是可為的。」

秦暮雪聽了道：「嬤嬤要小心些，如今我身邊可只有妳和綠柳了。」

劉嬤嬤忙點頭應了。

過幾日顧嫣然有些氣惱的走進惜柔園，唐姨娘見了忙笑著迎上去問：「二姑娘，怎麼了，誰惹了妳？」說著還瞪了伺候的同喜、同福一眼。

同喜、同福忙道：「奴婢等哪裡敢惹姑娘生氣，不過是聽了幾句閒話姑娘惱了。」

唐姨娘牽了顧嫣然到炕上坐了，對同喜道：「妳說怎麼回事？」

同喜忙蹲身福禮道：「剛才下學的路上，聽到幾個婆子說，到底是庶出的，竟和自己的丫鬟拉扯上了，惹得錦繡樓的丫鬟看熱鬧呢。」

唐姨娘聽了面上閃過一絲冷漠的笑容，揮手屏退了屋裡伺候的人，方道：「二姑娘這樣便是嫌棄姨娘沒能給您掙個好的出身了。」

顧嫣然聽了，臉上露出了些許慌亂，忙道：「姨娘怎麼這麼說，嫣然怎麼會怪姨娘呢，不過惱恨穀雨那小蹄子罷了。」

唐姨娘聽了方道：「姑娘就這麼上了當嗎？姑娘是庶出的，全府誰不知道，奴婢嘴賤，妳不喜，直接打一頓就是，和她們生氣可不值，況且穀雨那日是不是看笑話，姑娘不知嗎？

這些婆子這樣說，顯見得是被支使的。」

顧嫣然這才醒悟，忙道：「嫣然大意了，謝姨娘提醒。」

唐姨娘見顧嫣然明白了，也不生氣了，柔聲道：「姑娘妳現在可知道，妳爹可不是妳平日見到的那般溫和慈愛的人了吧，他若插手的事，咱們就再別想容易的找到空子的，更何況還加上妳大哥，哪個是好相與的？咱們既失了先手，只好再想法子吧。」

顧嫣然點點頭。

唐姨娘又道：「那穀雨倒是個不能小覷的，有機會除了也好。」

顧嫣然點頭笑道：「嗯，鬥不過主子，還收拾不了一個奴婢嗎？也斷了她手腳。」

夜色沈沈，顧瀚揚匆匆走入錦繡樓，看見盧嬤嬤正帶了幾個小廝在石榴樹下忙著什麼，忙上前道：「嬤嬤，這是做什麼？」

盧嬤嬤微微欠身行禮道：「大少爺回來了，這是給錦大少奶奶紮個鞦韆架，這些日子錦大少奶奶的身子越發的沈了，腿腳也腫得厲害，每天悶在屋裡也很無聊。今天說起想在院子裡紮個鞦韆架看書，老奴想著白天怕小廝們衝撞了錦大少奶奶，趁著晚上紮好了，明日她也歡喜歡喜。」

顧瀚揚聽了，便揮退了下人道：「嬤嬤，這個鞦韆還是我來紮吧，若一個不好可是極不妥的，您吩咐人去薔薇園移栽些爬藤的花來。」

盧嬤嬤聽了也深以為然，便去吩咐人採花。

顧瀚揚又找了長河、落日幫手，不過一刻鐘的工夫，一個紮實穩妥的鞦韆便紮好在院子裡的兩棵石榴樹之間，又看著花匠把花移植好了，這才滿意的回屋裡沐浴。

一身清爽的回到臥室，小東西睡著了，一張臉還是那麼小小的，人也沒長胖，只有那肚子就那麼突兀的聳起，看得顧瀚揚又喜歡又心疼。想起盧嬤嬤說的她腿腳腫了，便走過去輕輕掀起被子，才發現那腿腳真的腫得亮閃閃的，像個白蘿蔔一樣，心裡越發的疼起來，忙在床沿坐了，輕輕的按摩。

可能是按得舒服了，喬錦書越發的把腿伸過來，看著小東西下意識的動作，想來是舒服的。顧瀚揚嘴角微翹，手下越認真的按摩起來。

喬錦書覺得自己的腿好像很舒服，迷迷糊糊的睜開眼，看見顧瀚揚在給自己按摩，有些不好意思的坐了起來，道：「爺回來了。」

顧瀚揚笑道：「吵醒妳了嗎？」

喬錦書搖頭道：「沒有，我這些日子都是會這樣醒來的，過一會兒又睡了。」

顧瀚揚點點頭，伸手扶了扶喬錦書的臉道：「錦兒，若不是爺刻意為之，妳或許會過著小富即安，平穩安樂的日子，如今跟著爺這麼早就要生兒育女不說，還要每日裡費盡心思防著東院西牆，可有怨怪爺？」

喬錦書聽了笑道：「爺今日怎麼說起這些個話了。」

顧瀚揚道：「不過是前幾日截了暮雪的一封家書，想著她總要打些歪主意，暫時又不能動她，只能小心防範。」

喬錦書把頭倚靠在顧瀚揚胸前道：「爺，錦兒總是信緣分天定，以前相敬如賓時也不曾怨怪爺，何況現在呢？若是錦兒以一生籌謀，換爺一世愛戀，錦兒願意。」

顧瀚揚抱著懷裡的小人兒道：「爺不願意。」

喬錦書還是一動不動的靠著輕輕問：「嗯？」

顧瀚揚笑著道：「爺要用今生的籌謀，換與錦兒三世的愛戀。」

喬錦書笑得燦爛，道：「若有來生，我為男，爺為女可好？」

顧瀚揚大笑道：「若錦兒喜歡，爺也願意。」

晨起，顧瀚揚已經去了外書房，喬錦書看著那纏滿鮮花的鞦韆喜不自禁，忙過去坐了。穀雨在後面輕輕的推著，盧嬤嬤見了，忙過來道：「這可是昨日晚上大少爺自己親手紮的呢，又讓人從薔薇園移了這些鮮花來裝飾。」

喬錦書聽了，越發笑得甜蜜。

不一會兒，盧嬤嬤又端了碗補湯過來，喬錦書雙眉微蹙，看了看湯碗，又瞟了眼鞦韆，竟是二話不說的大口喝了起來。

盧嬤嬤驚訝的看著大口喝湯的喬錦書，又看了穀雨一眼，穀雨無聲的笑著指了鞦韆一下。

盧嬤嬤會意的點頭。

顧夫人早已經免了喬錦書的請安，想起今日是大請安的日子，喬錦書還是早早的便帶了穀雨、湘荷等去曉荷園請安。

可能是時辰尚早，顧夫人還在梳洗，喬錦書便吩咐奴婢不要打擾顧夫人，先去大廳等候。湘荷帶了人在廳外伺候著，只穀雨跟著進了大廳，大廳裡只有兩個二等丫鬟伺候著，再無別人。

喬錦書便在椅子上坐了，欣賞著顧老爺為賀顧夫人病癒燒製的一對汝窯花瓶，那對花瓶放在左右兩個高束腰的五足鏤空雕花香几上，瓶身是從綠色到牙白的漸變色，繞著瓶身，雕刻著兩朵荷花，一朵含苞待放，一朵吐露芬芳。那花瓶精緻妍美，讓人讚嘆不已，喬錦書邊看邊與穀雨說話。

顧嫣然帶著同福遠遠的往曉荷園來，也不去顧夫人那裡，直接往大廳這邊過來，看見湘荷幾個在外面伺候，忙道：「我錦兒嫂子今日怎麼來請安了呢，娘不是免了錦兒嫂子請安的嗎，妳們怎麼不進去伺候？」

湘荷忙蹲身福禮回道：「我家錦大少奶奶也是想著多日未給夫人請安，甚是不安，今日特意早來，穀雨已經在裡面伺候了，按規矩大請安時只能帶一個丫鬟進大廳的。」

顧嫣然便笑道：「我竟是忘了這規矩了。」又吩咐同福道：「妳不必跟著，我進去和錦兒嫂子說話。」

同福躬身應了。

顧嫣然笑著走進大廳給喬錦書請安，道：「錦兒嫂子早。」

喬錦書見了，忙虛扶道：「嫣然妹妹免禮，妳今日怎麼也這麼早？」

顧嫣然笑著指了那一對精美的花瓶道：「我早聽說了這花瓶，便一直沒機會來賞玩，今日特意早早的來先睹為快。」說完又指了兩個丫鬟道：「妳們去給錦兒嫂子和我去泡茶來，錦兒嫂子喝桂花蜂蜜茶，我喝菊花蜂蜜茶。」兩個丫鬟應聲去了。

顧嫣然說著便先走到右邊的香几旁細細的觀賞起來，看著那花瓶的做工精巧，不由得讚嘆不已，指著那盛開的荷花道：「錦兒嫂子妳快來看，這荷蕊雕得根根分明，竟和真的一模一樣。」

喬錦書聽了，便扶著穀雨起身走了過去，細看那荷花確實栩栩如生，正細細欣賞，顧嫣然眼神瞟了眼旁邊的座鐘，猛然推倒了五足鏤空雕花香几，那精美的花瓶碎了一地。

事出突然，喬錦書被嚇得倒退一步，穀雨見了忙死死的扶住喬錦書，自己的腳便踩到了那花瓶的碎片上。電光石火之間喬錦書飛快的看了顧嫣然一眼，見顧嫣然眼神閃爍，臉上露出得意的笑容，喬錦書的心猛的一沈。

顧嫣然飛快的退往另外一側，故作驚恐的指了穀雨道：「穀雨姊姊，妳怎麼失手打了娘的花瓶呢？這可是爹為娘病癒燒製的，妳卻打破了，這可是極不好的兆頭。」說完嗚嗚嗚大哭了起來。

喬錦書已經聽見不遠處的腳步聲傳來，眼看穀雨的命便在旦夕之間，喬錦書看見靠近另外一個花瓶的顧嫣然，心念電轉，極快的走過去推倒了顧嫣然身邊的花瓶，又回到原來的位置，背對著那堆碎片站好，吩咐穀雨扶好自己，穀雨早已經嚇得目瞪口呆，還是穩穩的扶著喬錦書。

顧嫣然也呆怔了。

就在顧老爺和顧夫人進門的剎那間，喬錦書驚恐的指了顧嫣然道：「嫣然妹妹，妳妳妳……」一邊說還邊把手放在那斜著的五足鏤空雕花香几上，做出自己推倒了花瓶的樣子。

顧老爺一進門，看見碎了一地的花瓶，臉色頓時沈了下來。

顧夫人看了眼呆怔的顧嫣然，又看了眼面露驚恐的喬錦書，忙道：「錦兒，妳沒事吧？」

顧嫣然忙指了穀雨，哭道：「爹、娘，是穀雨失手推倒了花瓶。」

喬錦書聽了，忙彎腰行禮道：「爹、娘，都是錦兒不好，一時被嫣然妹妹嚇到了，差點摔倒，錦兒站立不穩，一時失手碰倒了花瓶，還好是穀雨扶住了錦兒，不然……」說著一手扶著肚子，眼裡已經噙滿了淚。

顧夫人聽了，厭惡的看了顧嫣然一眼，忙吩咐穀雨道：「還不快扶妳主子坐了，只管呆傻著幹什麼，一對花瓶碎便碎了，只要錦兒無事便好。」

顧嫣然這時才反應過來，喬錦書的意思是自己推倒花瓶嚇到她，她才失手碎了另外一個花瓶，忙尖聲叫道：「爹，是穀雨推倒了花瓶。」

顧謙默此時亦面露不喜的看了顧嫣然一眼，並未說話。

顧嫣然慌亂無措之際，田姨娘和唐姨娘也一起走了進來，顧嫣然忙撲過去抱了唐姨娘道：「是穀雨推倒了花瓶，我沒有推，是錦兒嫂子推倒的。」

唐姨娘看著出乎意料之外的場景，一時也不知道說些什麼，只是低聲哄著、安慰著顧嫣然。

顧瀚揚、顧瀚鴻、梁如蘭，還有顧盈然都陸續走了進來，就連平日極少請安的秦暮雪也姍姍而來。

顧瀚揚進屋便看見一地的碎片，和臉色不安的喬錦書，匆忙給顧老爺和顧夫人行了個禮，走過去扶了喬錦書道：「錦兒，怎麼了？臉色這麼難看。」

顧夫人便道：「嫣然失手推倒了花瓶，驚嚇到了錦兒，若不是穀雨扶住了，只怕不好。」

顧瀚揚還沒說話，顧嫣然又叫道：「娘，我沒有推倒花瓶，是穀雨推倒了花瓶，是錦兒嫂子推倒了花瓶。」

唐姨娘此時大約猜到了事情的經過，大約是嫣然嫁禍不成反被喬錦書嫁禍了，那柔媚的眼裡閃過一絲厲光，看了喬錦書一眼，又飛快收斂了，才上前跪在顧老爺和顧夫人跟前柔聲道：「論理不該婢妾說話，只是二姑娘從小是夫人看著長大的，日日在夫人跟前聆聽教訓，是從沒有撒謊的習慣的，求老爺夫人明察。」

顧夫人冷冷的盯著唐姨娘道：「妳一個婢妾竟敢攀誣主子，可是想受罰了？」唐姨娘忙抬起頭看了顧老爺一眼，見顧老爺只是喝茶並不看她，才慌亂的道：「婢妾不敢。」

「妳方才說嫣然從不撒謊，意思便是說錦大少奶奶撒謊了，這是主子們的事，哪裡輪到妳一個侍妾說話了，一邊站了，再胡言亂語，亂棍打了出去。」顧夫人淡淡的道。

唐姨娘忙起身在顧老爺身後站了，顧夫人身後站著的田姨娘，幸災樂禍的笑著睨了唐姨娘一眼。

秦暮雪心中暗自歡喜，自己正愁著這錦繡樓護得嚴密，這可不是送上來了嗎？遂端了茶啜了一口，遞給綠柳，綠柳接了放在几案上，秦暮雪方向顧嫣然招手道：「嫣然妹妹過來。」

顧嫣然平日是極不喜歡秦暮雪的，此刻肯有人和自己說話，便覺得心安了，就毫不猶豫的走了過去。

秦暮雪輕輕替顧嫣然擦了淚道：「嫣然妹妹，咱們大家族的閨秀遇事就該不慌不亂，妳此刻應當把事情詳盡的回稟了爹娘才是正理，是非曲直自有爹娘公斷。如此哭啼得毫無章法，可不是咱們該有的作派。」

顧嫣然原就是個極聰明的，不過是年紀小又被喬錦書極快的反應速度嚇到了才慌亂失措，此刻聽了秦暮雪的點撥，自然是明白了的。飛快瞟了顧謙默身後的唐姨娘一眼，唐姨娘也微微頷首。

第三十七章　胎動

顧嫣然穩穩心神，理了理身上的衣服，方不慌不忙的上前，跪在顧老爺和顧夫人面前，恭恭敬敬的行了大禮道：「嫣然請爹娘安，方才事出突然，嫣然亂了心神，請爹娘恕罪。」

顧老爺和顧夫人都微微頷首，顧嫣然見了心裡安然，方又施禮道：「爹娘容嫣然回稟，嫣然聽說爹送了娘一對極精緻的雙荷玉瓶賀娘痊癒，嫣然歡喜又羨慕，今日便特意早起想觀賞一下花瓶。進來時，錦兒嫂子已經帶著縠雨在大廳觀賞右邊的花瓶了，嫣然給錦兒嫂子請安後，因恐人多碰撞到花瓶，便去左邊觀賞另外一個。嫣然發現花瓶的荷蕊雕刻得根根分明，煞是可愛，便想回頭叫錦兒嫂子一同觀賞，誰知正好看見縠雨失手推倒花瓶，嫣然頓時惶恐便言道，縠雨姊姊妳怎麼失手推倒娘的花瓶，這個可是爹送給娘身體痊癒的禮物，如今被妳推倒可是極不好的兆頭。誰知錦兒嫂子聽了頓時臉色大變，衝到嫣然這邊就推倒了另外一只，又退回原來的位置，過後便指責嫣然。後面的事爹娘便都看見了，嫣然請爹娘公斷。」

顧謙默聽了，不露聲色的打量著顧嫣然，顧嫣然心裡忐忑不已，但還是面帶微笑的跪著，不露慌張。顧謙默貌似隨意的又看了看喬錦書和縠雨，喬錦書雙目微合靠在縠雨身上，臉色還有些慘白，可能是在剛才的驚嚇中還沒有緩過來，縠雨一臉焦慮的低頭看著自己的主子，主僕二人彷彿都沒有聽見嫣然說的話，一個擔心腹中孩子在給自己把脈，一個擔心主子，眼裡再沒其他的事。

顧謙默暗自點頭，顧夫人端著茶盞也打量著顧嫣然，這個庶女自己打小看著長大，倒真是打了眼，原本以為是個天真未長大的，今日才知道卻是個極有心計的，倒真像她姨娘。到底是沒經過大事的，為這麼點子事便露了行藏，白白浪費了多年的掩飾。

看著喬錦書把完脈，顧謙默才溫和的問：「錦兒可還好，若身體不適便留下穀雨回話，讓別人伺候妳回錦繡樓歇息吧。」

喬錦書微微欠身道：「錦兒無妨，爹娘只管問便是。」

顧謙默微微頷首，雙目生威，看著穀雨道：「穀雨，妳把今日大廳裡發生的事細細說了，若有一句謊言，立即杖斃。」

穀雨聽了，眼裡閃過一絲害怕，緩緩上前，稍後於顧嫣然身後跪下道：「奴婢定據實回稟，絕不虛言。」

顧夫人放下茶盞道：「只管實說，不必害怕。」

穀雨施禮應道：「是，今日奴婢扶著錦大少奶奶進了大廳，錦大少奶奶最近不喜多動，進來便在椅子上坐了，觀賞花瓶。後來二姑娘進來了，給錦大少奶奶請了安，又把屋裡伺候的兩個丫鬟打發去泡茶，自己方踱到右邊去觀賞花瓶。不一會兒就聽二姑娘說，那花瓶的荷蕊雕刻極像，讓我們錦大少奶奶去看，我們錦大少奶奶才扶著奴婢走了過去。我們錦大少奶奶看了也是讚不絕口，還說什麼羽羽如生，奴婢不懂，錦大少奶奶還笑話奴婢，說就是像真的一樣。」

顧瀚鴻聽了，一口茶噴了出來，笑道：「笨丫頭，是栩栩如生。」說得屋裡有了些笑聲，凝重的氣氛也緩解了不少。

顧瀚鴻放下茶盞，道：「嫣然妹妹回了話，便過來坐吧，一直跪著做什麼？」

顧嫣然聽了顧瀚鴻的話，便抬頭看了看顧老爺，顧老爺微微頷首，顧嫣然歡喜的謝了，退到顧瀚鴻身邊坐下。

顧瀚鴻點了點她的鼻頭，道：「小丫頭這麼早就出來，是不是不乖，又沒好好早膳呀？」

顧嫣然嬌嗔的看了顧瀚鴻道：「二哥哥，我有好好早膳，胡嬤嬤做的早膳都極合胃口的。」

顧瀚鴻一副「妳騙我的樣子」，道：「哦，都吃了什麼呀？」

「一塊百合香蒸餅，一碗紅豆薏米粥，一碗燕窩，還有半個蜜桃。」顧嫣然嘟著嘴細細的說給顧瀚鴻聽。

顧瀚鴻眼神不經意的瞟了顧瀚揚一眼，微微點頭笑道：「好吧，算妳乖巧，二哥哥出門便給妳帶一套泥塑小人給妳玩。」

顧嫣然笑著點頭。

顧夫人嗔怪的看著顧瀚鴻道：「你爹在問話呢，你打岔做什麼？」
顧瀚鴻滿不在乎的躬身告罪。
顧謙默輕輕哼了一聲，正色看著縠雨道：「繼續說。」
「錦大少奶奶正仔細的賞玩著，猛然後面傳來聲響，錦大少奶奶因凝神觀賞便被嚇著了，又急著轉身腳步便有些不穩，奴婢恐錦大少奶奶摔倒，便只顧著上前扶住，怎麼又撞到了身邊的花瓶，奴婢實在不知，但花瓶是在奴婢身邊碎的，奴婢願受罰。」縠雨道。
秦暮雪聽了，笑著問縠雨道：「這麼說妳是承認花瓶是妳失手打碎的了？」
縠雨躬身施禮道：「回雪大少奶奶，奴婢方才說了，那花瓶是怎麼碎的奴婢不知，但確實是在奴婢身邊碎的。」
秦暮雪冷笑道：「當時就妳主僕二人，妳既不肯承認，便是說是妳主子打碎的了，真是好個忠心的丫頭。」
縠雨也不分辯，只躬身道：「方才老爺說了，要奴婢說實話，奴婢不敢有一句虛假，那花瓶奴婢確實不知道怎麼碎的。」
顧夫人聽了縠雨的話，不由得多看了縠雨好幾眼，這個丫頭果然是個堪大用的，日後嫁了長河，必定會成為瀚揚和錦兒的左膀右臂，今日無論如何也要保住她才行，想到這兒便笑道：「雪兒，也怪不得這丫頭，方才妳爹說了，若她說謊便杖斃了她，她害怕只敢說實話也是常理，不必苛責。」

秦暮雪臉色不豫，只得笑道：「娘說的極是，人到了緊要的時候，都是怕死的。」說完還挑釁的看了喬錦書一笑。

喬錦書把手放在小腹上笑道：「倉促間我們都只顧護著腹中孩子，一時慌亂不知是誰推倒，原是實情，穀雨實話回稟爹爹，原也沒錯。當時大廳只有我們主僕和嫣然妹妹，這公說公有理，婆說婆有理的事，錦兒竟也不知道該怎麼說了。」說完向著顧老爺和顧夫人躬身行禮道：「一切便請爹娘公斷吧，只是穀雨忠心護主，且錦兒如今身子不便又離不開她伺候，請爹娘寬宥些。」

顧謙默看著喬錦書受了極大的驚嚇，臉色蒼白，說話明顯有些發虛，但並無一句指責嫣然，一切又以尊重自己二老為先，才為自己的丫鬟求情，是個孝順懂事，聰明明理的，這樣的人在瀚揚身邊才是最穩妥的，心裡越發的喜歡。

剛想說話，顧瀚揚站起來向二老施禮道：「兒子有幾句話說。」

顧謙默點點頭。

顧瀚揚問顧嫣然道：「嫣然妹妹方才說，妳一進來請安後便去左邊觀賞花瓶，看見荷蕊雕刻精緻才想轉身喚妳錦兒嫂子去看，故而看見穀雨失手推倒花瓶是嗎？」

顧嫣然一臉戒備的看著顧瀚揚道：「大哥所說極是。」

顧瀚揚微微頷首，向著顧老爺和顧夫人道：「這對花瓶是我陪著爹去風無先大師那裡訂製的。風大師在我朝是極有名的瓷器大家，別的都好，唯有嗜酒，每每喝醉了還喜歡去做瓷器，但偶爾也有驚人之作出自他酒後。

「後來我和二弟去取花瓶時才發現，有一只花瓶盛開的那朵荷花，他忘記了雕刻荷蕊，二弟問他，他不好意思的承認那只花瓶是他酒後所做，但是這對花瓶做工精緻，確屬罕見，若是重新燒製一對，他也不敢保證能做出一樣的。二弟當時便嬉笑說，很多有名的孤品都是因有瑕疵而得以傳世，說不得這咱們家的這對花瓶百年後也得以成為顧家的傳家寶，還說我若不喜以後給他就是。回來後為了好看，那只沒有荷蕊的我便親自看人擺放在左邊，盛開著荷花的那面朝裡，還叮囑大廳的奴婢不得擅自改動位置。」

顧嫣然聽了臉上露出驚慌，又偷偷看了唐姨娘一眼，唐姨娘只瞪著她不說話，顧嫣然明白姨娘是讓自己鎮定的意思，便笑道：「妹妹看錯也是有的。」

顧瀚揚微微頷首並不糾結，然後道：「方才嫣然妹妹自己說了早上吃的東西，想必大家都聽明白了，並無一樣是使人口渴之物，都是些清淡和水分充足的食物，為何嫣然妹妹一進來，便打發丫鬟去泡茶呢？這也有些不合理之處。」

顧嫣然聽了強笑道：「我是照顧錦兒嫂子，怕錦兒嫂子口渴，才使人去泡茶的。」

顧瀚揚只看她一眼，轉向顧老爺和顧夫人道：「當時最先進大廳的是爹娘，能否請爹娘說一下剛進來時所看到的一切。」

顧謙默看了顧夫人道：「女人總細心一些，妳來說吧。」

顧夫人點點頭道：「你爹和我在抄手遊廊處便聽見大廳裡的異響，問了身邊的人，才知道錦兒早來了，心裡著急便緊趕著走了進來。看見嫣然正呆怔著看著自己身邊碎了一地的花瓶，錦兒臉色蒼白，一手放在身後的五足鏤空雕花香几上，一手指了嫣然說不出話來，縠雨則死死的扶著她的主子，也是一臉的呆怔。」

顧瀚揚聽了點頭道：「依著娘的描述，我想更符合錦兒所說的情況。」然後躬身一禮道：「請爹娘判斷吧。」

秦暮雪聽了內心一片荒蕪，表哥現在竟是這樣的護著那商戶女子了，這事明眼人都看得出來，最多不過是折損一個奴婢罷了，表哥竟願意為了她身邊的一個奴婢費心費力，想著心裡越發的不忿，便笑道：「湘荷和同福不就站在外面伺候嗎？想必她們更清楚些，不如叫了進來問清楚吧。」

顧夫人身邊的萬嬤嬤便躬身道：「老奴方才已經出去問過湘荷和同福了，因同福淘氣去院子角上玩耍，崴了腳，湘荷便去扶她。聽了屋裡響動，湘荷剛要起身往大廳去，誰知同福死死的拉住湘荷也想起身，兩人又一同摔在地上，等剛起來又聽到一聲響，老爺和夫人也就趕了過來，她們便不敢再進來了。若雪大少奶奶不信，也可傳了她們進來問話。」

秦暮雪聽了便笑道：「萬嬤嬤的話自然是可信的，不必讓她們進來了。」

顧謙默一一掃過眾人道：「你們誰還有話可說？」

唐姨娘滿面倉皇，想說些什麼，想起顧夫人的話，又囁嚅著不敢開口，終是咬牙忍了。

見眾人都不作聲，顧謙默便看了顧夫人道：「方才不過是看妳病癒怕妳操勞過度，此刻事情明瞭，內院之事還是妳作主吧。」

顧夫人點點頭道：「想來大家也都聽明白了，不需我再細說，嫣然做錯事還謊言欺瞞，品行不端，禁足三個月，罰抄一百遍女戒，賞手心十戒尺。」

「同福貪玩誤事，賞十板子。」

「穀雨雖是忠心護主，但終究財物有損，罰俸一年。」

「湘荷雖為有因，但還是擅自離開，罰俸三個月。」

「唐姨娘以下犯上誣衊主子，禁足三個月，罰抄女戒三百遍。」

顧夫人說完，看了眾人道：「可有異議？」

眾人皆無異議。

顧夫人便道：「吵了一早上，我有些累了，錦兒也需要休息，各自散了，該領罰的去領罰吧。」

顧嫣然面色慘白，呆呆的坐著不說話。

只要是你性子略微沈靜的，禁足便不是件極難熬的事，最難受的便是奴才們的勢利，作主的人自然是不會明著降低你該得的，但奴才們都是極有眼色的。

看著還是一樣的四個葷菜、二個素菜、二個冷菜外加湯和點心，十個分例菜一個不少，只是能下口的也只有兩個素菜，其餘的要不看起來像殘羹冷炙，要不就是冰涼的。唐姨娘不動聲色的拿起筷子就著素菜吃了一小碗米飯，便吩咐撤了下去，叫來自己最信任的丫鬟藍煙，道：「銀子還送得出去嗎？」

藍煙苦笑著搖頭。

唐姨娘看著窗外清冷的院子道：「也不知嫣然那裡怎樣的，手疼可好些了，她可從來沒吃過這樣的苦。」

藍煙給唐姨娘添了茶水道：「姨娘，奴婢使人打聽了，二姑娘手不礙事，第三日已經可以寫字了，咱們府裡懲戒姑娘的戒尺和懲戒其他人的是不一樣的。」

唐姨娘點頭道：「正是知道，那日我才沒拚命給她求情，怕惹惱了夫人罰得更重，只是以後的日子怕是要更難過了。」

二人正說話，小丫頭茉兒進來道：「姨娘，老爺來了。」

唐姨娘聽了，眼睛瞬間閃亮，問藍煙道：「我的衣服可還好？」

藍煙歡喜的點頭道：「姨娘是無一刻不惹人憐惜的。」

唐姨娘忙扶了藍煙要出去迎接顧老爺，小丫頭已經搭起簾子，顧老爺沈著臉走了進來，在炕上坐了。

唐姨娘見顧謙默臉色不對，忙屏退了藍煙，嬌弱的身子依著顧謙默跪了下去，唐姨娘不說話，只抬起淚眼婆娑的雙眸看著顧謙默。

看著眼前還是一般嬌弱無助的女子，當初自己正是沈醉在她那一身的書卷氣和嬌弱無助中吧，或許凡是男子見到這樣的女子都會有些動心的，自己也曾真心憐惜過的，不然怎麼會有了嫣然。只是不知從何時起，還是一樣嬌弱柔美的面容卻有了占有慾，有了算計，有了野心，現在竟是連自己的女兒也要利用。

顧謙默沈默了半晌，到嘴邊的斥責終究是變成了一聲嘆息。「想來妳是個極聰明的女子，當日既是那樣算計著進了顧府，也如願做了我的女人，就該知足。夫人都容了妳，妳卻是把手伸到曉荷園去了，那些人有我替妳打發了，妳以後就不必費心了，這惜柔園我以後恐沒空來了，妳以後守著嫣然過些清淡的日子吧。」

聽著漸漸消失的腳步聲，唐姨娘木然坐著，直到藍煙進來，方道：「藍煙，他說以後都不來了。」

藍煙含著淚道：「姨娘，老爺也不過是一時生氣罷了，過一段時間就會好的。」

唐姨娘搖頭道：「他若還肯罵我，便還會來，只是他就像對以前那些輸在他手裡的對手一樣。」

顧謙默沈思著進了曉荷園，見顧夫人正支使著屋裡人在收拾東西，便道：「妳才剛好，又這麼忙著做什麼？」

顧夫人微微一禮道：「以前總覺得身子倦怠，現在好像變得輕鬆起來，便有些坐不住了，每天有些事做，倒是極快活的。」

顧謙默笑著頷首，四處看了看，看見牆邊有個紫檀木的箱子，便道：「這箱子裡是什麼寶貝，妳竟用紫檀木做箱子裝了。」

顧夫人眼神幽深，笑道：「老爺自己看看不就知道了。」

顧謙默竟是真的走了過去，在旁邊的椅子上坐了，隨手掀起箱蓋，發現裡面是整整齊齊大小不同的盒子，隨手拿起一個打開。顧謙默震驚了，那竟然是自己第一次在荷塘邊撿到的顧夫人的帕子，因為還帕子自己認識了顧夫人，結下了一生的情緣，那帕子下有一張紙，看墨跡已是年代久遠了，記錄著當日發生的事，並一首五言絕句。

顧謙默壓抑著內心的震動，又按順序打開第二個盒子、第三個盒子，裡面都是自己送給顧夫人的東西，有些小得連自己都忘記了，顧夫人卻每樣都收著，並記下當時的心情，同樣寫著一首詩。

顧謙默沒有再看下去，他不敢再看了，看著恍若不知他心情的顧夫人，還在收拾著東西，他屏退了下人，走過去牽了顧夫人道：「妳有幾個這樣的箱子？」

顧夫人淺笑道：「五個。」

顧謙默又一次看了那紫檀木箱子一眼，慌忙轉開眼，彷彿那箱子灼人一般，又看著顧夫人道：「每個都一樣嗎？」

顧夫人伸手摸了摸箱子道：「不，從啟源元年開始，就只有東西，沒有文字了。」

顧謙默沈默了，啟源元年，唐姨娘進府。

過兩日外院總管事萬管家帶著幾個小廝，送了五個紫檀木雕著荷花的箱子到曉荷園，道：「老爺吩咐裡面的字由他來寫。」

顧夫人微笑著收了，萬嬤嬤在旁邊抹著眼淚。

外面飄著雪花，映得錦繡樓格外好看，喜兒擔心的望著喬錦書，這兩日大少奶奶都不愛笑，穀雨又回自己家了，喜兒輕手輕腳的斟了茶退了出來，留了妙筆在屋裡。

走出起居室，和在門口做小孩衣服的湘荷道：「大少奶奶這幾日都這樣，可怎麼好？」

湘荷看了喜兒道：「前幾日大少奶奶做的那些藥丸是做什麼用的，妳知道嗎？」

喜兒猶豫了一下，點點頭道：「大少奶奶不忿二姑娘設計穀雨，想以其人之道還治其身。」

湘荷看著外面的天空道：「知道還問什麼，咱們這些做奴婢的，再沒有別的想法，只有好好伺候大少奶奶才是。」

喜兒眼神堅決的點頭道：「湘荷姊姊，喜兒知道的，就是擔心大少奶奶。」

湘荷不答，只問旁邊的小丫頭道：「今日妳們穀雨姊姊是不是該回來了？」

正說著樓梯上傳來了腳步聲，喜兒驚喜道：「是穀雨姊姊回來了！」

穀雨穿了件月白色暗紋小襖，白色長裙，外面罩著件銀紅色五彩花卉紋樣的對襟風毛比甲，頭上插著碧璽石做的迎春花樣的銀簪，外面披了件天青色斗篷，富貴俏麗，腳步匆匆的走上樓，看見湘荷和喜兒，忙道：「妳們都在外面，屋裡誰伺候大少奶奶呢？這個時候她身邊可是離不得人的。」

伺候轂雨的小丫頭子忙上前接過轂雨手裡的包袱，湘荷放下手裡的針線，自己去倒了盆熱水道：「知道，轂雨姑奶奶，妳可回來了，妙筆在屋裡守著呢。」

轂雨聽了才放下心來，脫了披風去那邊梳洗，喜兒忙跟了過去，在轂雨耳邊不知道小聲說些什麼。

轂雨聽了笑著道：「知道了，交給我吧。」說完利索的收拾了下自己，道：「我這身衣服是從外面回來的，進不得屋子，我去換身衣服便去。」

轂雨換了身家常衣服，也不喊小丫頭，自己打起軟簾便走進喬錦書的起居室，行禮道：「大少奶奶，奴婢回來了。」說完也不等喬錦書喊起，便上前，伸手摸摸炕上的墊被是不是暖和，又摸摸喬錦書的手，再端起炕桌上的茶，倒了點兒試試溫度，看著都是極周到的，這才放心了。

喬錦書噙著笑，看著轂雨這一套行雲流水般的動作，道：「轂雨姑奶奶，妳不過回去了兩天哪裡就冷著我、餓著我了，看妳忙的，且坐下說話吧。」

轂雨有些不好意思的笑道：「奴婢就是習慣了。」說完在炕沿坐了，道：「方才喜兒和奴婢說了些話，其實二姑娘算計奴婢，不過是因為奴婢在姑娘身邊還算個堪用的，其實與奴婢並無仇恨，奴婢恨她們做什麼，早忘記了，大少奶奶也不必放在心上。若是日後再有這樣的事，奴婢也不必大少奶奶動手，這麼些年奴婢再愚笨也學了些皮毛的，奴婢自己配丸藥，讓她們都去床上躺上幾個月可好？」

喬錦書聽了笑道：「我就知道喜兒是個弄鬼的，好了，我知道了。」

自那日從曉荷園大廳回來後，喬錦書後怕了好一陣，顧嫣然那計策甚是惡毒，那是要穀雨的命。喬錦書越想越恨，算著日子想等顧嫣然解了足禁，也給她最親近的乳娘胡嬤嬤用些藥，讓她躺上幾個月，讓顧嫣然心疼害怕。

但是這番動作是瞞不過顧老爺和顧夫人的，自己生產在即，這樣做總是不好，也顯得自己恃寵而驕，糾結著便有些不豫，倒落在喜兒眼裡。

想著穀雨方才的話，倒是自己想進了死胡同，穀雨說的也有理。

心裡放鬆了便覺得有些餓，遂問穀雨道：「妳吃了嗎？我有些餓了，妳陪我吃些吧。」

穀雨聽了忙歡喜道：「奴婢也正有些餓呢！」忙朝屋外道：「湘荷去看看廚房有什麼吃的，給大少奶奶取些來。」

湘荷聽了，高興的應道：「是，奴婢這就去。」

喜兒忙打起軟簾，探頭進來道：「大少奶奶您且稍等，等喜兒去給您做幾樣您最愛的。」說完也不等喬錦書說話便蹦下樓去。

眼看著再有幾日便是大年三十了，顧府已經是張燈結綵，熱鬧非凡。今年的顧府喜事連連，顧夫人多年的沈痾治癒了，再無後顧之憂，又要添丁，顧謙默和顧瀚揚便潑天的使著銀子，凡是看上的東西便往內院送，東西再多自然也只有兩個去處，曉荷園和錦繡樓，別處也還是和往年一般罷了。

喬錦書肚子大得已經走路都要讓人扶著了，看見送來的布疋裡有幾疋顏色做小孩內衣不錯，忙扶了喜兒過去看，指了其中一疋鴨黃色的細棉布道：「穀雨，這疋布抽出來，做兩套小孩內衣吧。」又看見下面還有一疋水碧色的也好看，便彎腰想看仔細質地，這才彎了一下，便覺得有些不對勁了，忙直起身喊穀雨道：「穀雨，快去找盧嬷嬷和張嬷嬷來，只怕要發作了。」

穀雨聽了，忙扔了手裡的東西衝出去，不一會兒盧嬷嬷和張嬷嬷便快步走了進來，盧嬷嬷問了喬錦書幾句，對張嬷嬷道：「只怕是要生了，我出去準備，妳伺候大少奶奶快些梳洗準備，這就進產房。」

喬錦書忙對喜兒道：「快跟了盧嬷嬷去，按照我平日教妳的，一應物事都消毒處理。」

喜兒忙應了，跟著盧嬷嬷後面去了。

第三十八章 生子

這顧謙默和顧瀚揚都在外書房，不一刻二人都趕往錦繡樓，在路上正好碰上匆匆過來的顧夫人。

三人進了錦繡樓才知道，喬錦書已經進了產房。剛走到產房門口，就聽見喬錦書還在吩咐產婆和張嬤嬤怎麼準備東西，顧夫人提著的心便放了下來，道：「看來你媳婦精神甚好，是自己提前都準備了的。」

這裡剛說話，喬錦書在裡面已經聽見了，便道：「娘，外面冷，我這兒且早呢，您還是去屋裡吧。」

顧瀚揚聽了有些奇怪的道：「咦，不說生孩子都是極疼的嗎？錦兒怎麼倒沒事人一般。」

裡面的穀雨聽了這話不高興了，忙邊走邊道：「爺說的什麼話，我家大少奶奶疼得臉都變樣了，她不過忍著呢，怕等下沒力氣生罷了，爺怎麼這麼說。」

話音剛落，正好打起簾子出來，看見顧老爺和顧夫人都在，才知道自己剛才冒失，忙蹲身施禮道：「請老爺夫人恕罪，剛才是奴婢失禮了。」

顧夫人笑道：「起來吧，知道妳是心疼妳家大少奶奶，只是妳未嫁的怎麼進去了？」

縠雨忙跪下給顧老爺和顧夫人磕頭，道：「奴婢知道自己犯了規矩，可是我家大少奶奶此刻正是最要緊的時候，奴婢無論如何都想陪在她身邊，請老爺夫人成全奴婢吧。」

顧瀚揚覺得有縠雨在裡面喬錦書會安心些，自己也放心，便拿眼看了顧老爺和顧夫人，顧夫人自然是沒有異議的，只怕顧老爺不喜，便看著顧老爺。

顧老爺見都望著自己，微微頷首道：「是個忠心的，規矩是人定的，妳去好好伺候妳們大少奶奶，生完了，老爺有賞。」

縠雨忙歡喜的又磕了個頭，轉身進去了。

三人在外面坐立不安，喬錦書在裡面卻拉著縠雨、張嬤嬤、盧嬤嬤說個不停，看得接生的鍾穩婆也瞪大了眼道：「老身也算是給無數個孕婦接生了，再沒見過像大少奶奶這樣的，硬是生生的忍了疼說話，這倒好，等下生起來會順暢很多。」

過一會兒盧嬤嬤出來說，大少奶奶餓了，喜兒得了信兒，忙把剛才準備好的，各種喬錦書愛吃的吃食都端了過來，顧夫人看了好笑，道：「妳這丫頭，妳主子此刻哪吃得了這些呢。」

喜兒忙蹲身福禮道：「奴婢把凡是我家大少奶奶愛吃些的都做了，隨她挑著吃，只得她多吃一口也是好的。」

顧夫人點頭，盧嬤嬤忙伸手接了過去，喜兒行禮告退道：「奴婢還趕著做些準備著。」

顧謙默看著顧瀚揚捏著手裡的杯子，目不轉睛的盯著產房門口，便道：「你便是再緊張也沒用，還早呢，不過你媳婦身邊的這些丫鬟倒是個個忠心。」

顧瀚揚聽了笑道：「兒子平日倒沒見過她有什麼手段，但是對下人倒是多些體貼。」

顧謙默微微頷首。

過了片刻，裡面傳出喬錦書的悶哼聲，顧瀚揚是時刻注意著產房的，那裡面的動靜一點也逃不過他的耳朵，此刻聽見悶哼聲，知道是疼得難忍了，忙站起來往門口去。

顧夫人趕著攔住他，道：「娘不是迂腐的，只是你此刻進去是添亂，你該知道錦兒這樣做，為的就是想積蓄力氣生產，她肚子裡可是兩個。」

寒冬臘月，喬錦書頭上已經冒出了細微的汗珠，越來越密集的疼痛讓她實在隱忍不住，可是自己的年紀小，身體尚未很好的長成，若一時體力不濟，會給母子三人帶來危險，唯有隱忍，才能順利生產。

恐懼這種東西你若害怕它便猖獗，你若俯視它便溫柔許多。

鍾穩婆看著始終一聲不哼的喬錦書也不由得心折，便也格外用心些，時刻看著，終於產道全開了，鍾穩婆高興的道：「大少奶奶用力吧，產道全開了，您聽老身的話用力。」

喬錦書聽了鬆了口氣，點頭應了。

又過了一盞茶的工夫，裡頭傳來一聲清脆的啼哭聲，外面的人這才鬆了口氣，都伸著頭往裡看。一會兒穩婆抱著個大紅被包著的嬰兒走了出來，道：「恭喜老爺、夫人、大少爺，大少奶奶生了個千金。」

顧夫人歡喜得忙伸手接了過來，剛出生的嬰兒臉上極乾淨，一頭黑鴉鴉的頭髮，淡淡細長的眉毛，一雙眼睛閉著，顧謙默也歡喜得用手扶了包裹被細看，唯有顧瀚揚只顧著從門外往裡看。

這時天空中傳來悅耳的鳥鳴聲，驚得大家都抬頭看去，只見空中飛來無數各種鳥兒，齊齊的往錦繡樓這邊飛來，盤旋不去。

顧謙默眼中異色稍縱即逝，忙招了顧瀚揚過來，在他耳邊低聲道：「這是百鳥朝鳳之兆，你速去使人在錦繡樓各處撒滿穀糧，然後派可信之人去散布，只說為乞錦兒平安生產施捨鳥雀，才有這異象。」

顧瀚揚一聽，便明白這其中關節的厲害，速招長河去辦。

喬錦書剛歇口氣，肚子裡的那個便不安生了，便忙道：「盧嬤嬤快去喊穩婆進來，這個怕是要出來了。」

盧嬤嬤忙探頭道：「鍾穩婆快進來，大少奶奶肚子裡可還有一個呢。」

鍾穩婆聽了，忙抱著那嬰兒轉了進來，遞給張嬤嬤又去細看喬錦書，發現果然是肚子裡還有一個，頭已經露出來了。

喬錦書此時已經覺得有些疲乏，使不上力了，忙喊道：「穀雨，快快取參片來。」

穀雨忙取出準備好的參片給喬錦書含了，又過了一刻鐘，鍾穩婆驚喜的道：「天呀，這可是大吉兆呀！老身接生了這許多年，可是第一次遇見龍鳳胎，還是臨近新年的時候，顧府將來一定是大吉大利呀！」說完也顧不上喬錦書了，忙抱著洗乾淨的男嬰跑出去報喜。「恭喜老爺、夫人、大少爺，天大的喜事呀，龍鳳胎，這個是個小少爺。」

顧老爺和顧夫人一下子把穩婆圍住了，這次顧謙默手快，已經接了過去。那男嬰也是一頭黑髮，眉毛細長，雙眼微合，只是當顧謙默接過來時，他突然張開了雙眼，那眼睛長得和顧瀚揚一模一樣，幽深清亮。

看得顧老爺、顧夫人如獲至寶，都不肯鬆手了。

顧瀚揚早已經什麼也顧不得，衝進了產房，盧嬤嬤想攔也沒攔住。喬錦書已經累得筋疲力盡了，看見顧瀚揚衝進來，安心的笑道：「爺，終於平安了，錦兒要睡會兒。」

顧瀚揚忙拉著喬錦書的手道：「錦兒儘管安心歇息吧，所有的事都交給我。」

話音未落，喬錦書已經睡著了。

喬錦書生了龍鳳胎的消息，片刻就傳滿了整個顧府，魏姨娘聽了，望著天空雙手合十道：「阿彌陀佛，好人總是有福報的。」

紫藤在一邊不解的問：「姨娘這麼歡喜做甚？」

魏姨娘笑道：「妳不懂，快準備紙墨筆硯，我要給姊兒、哥兒抄功德經祈福。」

瑞雪閣則砸了一地的碎片。

喬錦書睜開眼，看見顧瀚揚趴在床邊睡得香甜，四處看了下不見孩子，便有些著急，忙推醒顧瀚揚道：「爺，我們的孩子呢？」

顧瀚揚剛打個盹就被推醒了，看見喬錦書醒來了，忙道：「錦兒，可好？」

喬錦書點頭道：「我很好。我們的孩子呢？我還沒看過呢。」

顧瀚揚聽了笑道：「妳安心吧，都有乳娘照顧著呢，乳娘都是娘在自己的心腹家人裡選的，都是極忠心的。」

喬錦書聽了有些怏怏的，顧瀚揚只道她餓了，忙喚了喜兒送了些吃食進來，都是平日喬錦書喜愛的吃食，喬錦書也只隨便吃了幾口，還是有些不高興的樣子。

看著喬錦書的樣子，顧瀚揚有些納悶，不是應該極歡喜嗎？龍鳳胎可是難得的，便道：「錦兒，有什麼只管和爺說，不要一個人悶著。」

喬錦書想著自己這主意必是要得了顧瀚揚的同意才行的，便低聲在顧瀚揚耳邊說了幾句。

顧瀚揚聽了笑道：「便是為這事嗎？倒也不是不可以，不過只能在月子裡，出了月子可不成，咱們這樣的人家可沒有這樣的規矩的。」

喬錦書見顧瀚揚同意了，哪怕是一個月也歡喜，畢竟是可以自己餵奶了，忙點頭如搗蒜的應了。

顧瀚揚便起身出去了，不一刻帶著兩個乳娘走了進來，乳娘都是二十上下的年紀，一個面容清秀，身形豐腴，一個乾淨利索，身形略瘦，二人皆眼神正氣，溫和敦厚的樣子，可見顧夫人是精挑細選的，喬錦書深覺安心。

顧瀚揚接了孩子，放在喬錦書身側道：「妳們先出去吧，我和大少奶奶陪著哥兒、姊兒。」

兩個乳娘聽了都躬身告退。

喬錦書見乳娘出去了，忙抱起那個大紅包被的姊兒，左看右看，另隻手又忙攏了棗紅色包被的哥兒過來，只恨不得就這樣兩個都抱在懷裡，不吃不喝也是願意的。

顧瀚揚看著喬錦書歡喜又溫和的笑容，只覺得整個世界都在他們母子三人間，便過去在床沿坐了，道：「看妳愛不釋手的樣子，妳有一輩子的時間看著他們呢。」

喬錦書聽了嘟起嘴道：「哪有一輩子，也就十幾年，他們就大了。」

顧瀚揚愛極喬錦書此刻的樣子，便笑道：「錦兒可是在杞人憂天了，才一天的光景便想到十幾年後了，我看妳還是快餵奶，不然一會兒娘來了，看妳怎生好？」

喬錦書聽了忙去解衣服，想到什麼又斜睨了顧瀚揚道：「爺轉過身去，不許偷看。」

顧瀚揚原本起身準備去臨窗的炕上坐了，聽了這話反倒又在床沿坐了，微挑雙眼笑道：「爺看錦兒還需要偷看的嗎？今日爺便正大光明的給妳看。」說完便坐著不走了。

喬錦書深恨自己多嘴，但在這些事上顧瀚揚是再不聽自己的，只有自己對他千依百順的，只得狠狠的瞪了顧瀚揚，邊解了衣服餵奶。

看著緋紅了臉低著頭解衣奶著孩子的小東西，顧瀚揚愛憐的摸摸她的頭髮道：「好了，妳安心的餵，爺去那邊坐了。」

那姊兒好像知道餵自己的是自己的親娘般，嘴裡吮吸著，那隻手抓了喬錦書垂下的頭髮，看著喬錦書不眨眼。

一會兒，喬錦書笑道：「乖姊兒，娘要餵妳弟弟了，妳先躺著喔。」這邊哄著放下姊兒，又抱起哥兒餵著。

猛然想起孩子還沒名字呢，便問顧瀚揚道：「孩子取名字了嗎？」

顧瀚揚正低頭看書，隨口道：「名字自然是爹要取的，咱們就不管了吧。」

喬錦書聽了便點點頭，復又道：「那小名呢？」

顧瀚揚聽了，想起喬錦書弟弟的小名，忙警覺的道：「小名還是爺取吧。」

聽了這話，喬錦書不依的看了顧瀚揚道：「錦兒千辛萬苦，連個名字都不能取嗎？」

顧瀚揚不作聲，只同情的看著自己的一對兒女——爹為你們爭取過了，你們只能求你們的娘能靠譜點，別取個和你們舅舅一樣的名字。

見顧瀚揚不說話，喬錦書便低頭去想名字，眼睛一轉，笑道：「錦兒想好了，姊兒叫蘋果。」

顧瀚揚聽了鬆了口氣，女孩兒叫蘋果還是很可愛的。

喬錦書繼續道：「哥兒叫木瓜。」

顧瀚揚那才放下一半的心又提了上來道：「哥兒還是換一個吧，這木瓜聽著怎麼都傻傻的。」

喬錦書不依道：「木瓜好，傻傻的才可愛。」

顧瀚揚再一次同情的看著自己的兒子，心道——兒子，長大了別怪爹，爹已經給你爭取了，是你那不靠譜的娘非得這樣。

木瓜正在自己娘懷裡吃得歡，全然不知道一個令他頭疼了一輩子的小名就這樣赤裸裸的誕生了。

第二日請安時，顧瀚揚忐忑的稟告了顧老爺和顧夫人喬錦書給姊兒和哥兒取的小名，說完還一臉不安的看著顧老爺和顧夫人。

顧夫人還沒說話，顧老爺卻哈哈大笑道：「這可是歪打正著了。」

顧瀚揚不解的看了顧老爺。

顧老爺笑道：「我昨日已經把他們的生辰八字送去給一品大師批了下，大師說，其他都好，唯有五行有些缺木，這蘋果的草字頭勉強算木，這木瓜可不正好一個完整的木字嗎？就這樣吧，人的聰明和名字有什麼關係。」

木瓜這個名字就這樣落定再無更改，幾年後當木瓜知道自己的小名是爺爺一錘定音後，不敢折騰自己娘親的腹黑小子便夥同姊姊把祖父的書房弄得一塌糊塗，把顧謙默氣得吹鬍子瞪眼卻捨不得說上一句。

洗三那日，穀雨便陪著乳娘把包得像兩個福娃般的一對玉娃娃抱了出去，大家都覺得甚是稀罕，那金銀玉器便使勁的往澡盆裡扔，樂得鍾穩婆見牙不見眼。

跟著母親一起來看外甥的饅頭，見了摘下脖子上戴的當日喬錦書送的金項圈就扔了進去，包子也不示弱，摘下自己的也扔進去，逗得眾人大笑不止。喬太太看了也是哭笑不得，最後使了喬楠柏用兩錠金子換了那兩個項圈回來，說是饅頭、包子的姊姊送的，倒不好打賞了的。那兩個項圈也就是一錠金子罷了，如今得了雙倍，鍾穩婆自是歡喜的，還忙不迭的說，若是喬楠柏家裡日後添丁只管請她，倒把喬楠柏弄了個大紅臉。

穀雨回了屋子便學給喬錦書聽，把喬錦書也樂得直不起腰來，想了想又道：「饅頭、包子都兩歲多了，再不久也到了啟蒙的年紀了，不知道爹娘是怎麼打算的，可不能誤了他們。」

穀雨往喬錦書腰後又墊了一個大迎枕，方道：「我的好大少奶奶，您此刻是坐月子呢，就少操些心吧，就算咱們老爺想不周全，咱們太太您還不放心嗎？」

喬錦書聽了，想著自己的娘親是個極清明的，便笑著點頭道：「妳說的極是，倒是我多操心了。」

二人正說著閒話，顧夫人帶了乳娘把蘋果、木瓜送了回來，放在喬錦書的的床頭，自己又看了看喬錦書腰後靠的迎枕軟和不軟和，見都是鬆軟的才點點頭道：「伺候得還是極周到的，這女人坐月子可是不能大意的，凡事都要仔細些，若傷了身子，以後可難得養回來的。」

喬錦書笑著應了。

顧夫人又看著穀雨幾個道：「這個月可要辛苦妳們了，凡事都不可疏漏了。」

穀雨忙行禮回道：「奴婢們的本分原就是伺候大少奶奶的，當不得夫人說辛苦呢。」

顧夫人滿意的點點頭，又笑著看了喬錦書道：「穀雨這丫頭越發的能幹了，還好是給了長河，若是外面的，只怕妳倒不捨得了呢。」

喬錦書聽了笑道：「娘說的極是，穀雨從小和錦兒一起長大，這麼些年真是成了習慣，一時看不到她就覺得少了什麼似的。」

顧夫人笑道：「正是這樣，我和萬嬤嬤就像妳和穀雨一般，幾十年的情分，有時候覺得比和妳爹還親近些呢。」說完自己也覺得有些好笑，又說笑了幾句，怕累著喬錦書便起身告辭了。

過幾日，喬太太拿金錠換項圈的事不知怎的竟是傳了出來，萬嬤嬤聽說了學給顧夫人聽，雖說咱們錦大少奶奶出身商戶人家，倒真是有個懂事理的親娘。

顧夫人聽了笑道：「商戶人家?! 你看她那兩個弟弟的模樣，特別是饅頭，再過十年且瞧著吧。」

顧謙默正坐在炕上看書，細語在一邊研磨伺候，聽了這話，顧謙默放下書道：「夫人的眼睛倒是越來越犀利了，連這個也看出來了。」

顧夫人笑道：「聽老爺的意思也是有什麼故事的唄，快說來聽聽。」

顧謙默看屋裡都是顧夫人的心腹，便笑道：「前兩日我送蘋果、木瓜的八字去給大師批，便說起了這雙生子的事。大師說，前幾個月，喬楠柏帶了姪子上山去玩，他和喬楠柏在下棋，饅頭、包子在一邊玩耍，天氣正熱，雨後便有些小蛇出沒，有一條菜花蛇冷不防從草叢裡遊了出來，一下子便爬到蹲在旁邊的饅頭的腳上，兩歲的孩子竟是不哭不喊。包子在一邊見了也不怕，只管上前要用手抓，饅頭還喝止他說，蛇要是不動它就不會咬人，它自己會爬走，讓包子去找蛇喜歡吃的東西逗走它。」

大師和喬楠柏發現不對過來時，見到這一幕，深覺驚異，兩歲的孩子，這分臨危不亂便是大人又有多少及得上。

顧夫人聽了感嘆的頷首道：「喬門出異子呀，錦兒的醫術不說，便是她叔叔經商的天賦連瀚揚都稱讚不已，如今又出來這一對驕子。」

顧謙默也點頭道：「有才還不算什麼，重要的是人品貴重。」

轉眼已是蘋果、木瓜滿月了，安陽王顧老爺子和顧夫人的娘家伯父甯平侯陶老爺子都派了人來送禮，這兩個老爺子當年都是兄弟相稱的，現如今都年過古稀，為著小兒女的事見面總有些吹鬍子瞪眼的。聽說自己得了對龍鳳胎的曾孫子孫女和曾外孫孫女的，都是歡喜得不得了，搶著上摺子，又搶著送禮，等禮物送到顧家時，又碰了個正著。兩邊來的都是心腹管家，說什麼都要搶先進門去給姊兒、哥兒送禮，堵在顧府門口鬧了個熱火朝天。

最後還是顧夫人出來，一人呵斥了一頓才安靜了，這些老管家都是當年跟著自己的主子在沙場上出生入死過的，若換了別的人是降不住的，唯有顧夫人可以。

顧夫人的父親當年號稱虎帥，威震三軍，提起陶大帥無人不敬佩，最後戰死沙場，他的夫人扔下年幼的顧夫人殉夫，皇帝感他夫婦忠義節烈，封為忠義王，封顧夫人為襄遠郡主，養在她伯父甯平侯膝下。

因此，這兩個老管家看是陶帥的女兒，莫不敬重，都息了聲。

這滿月整個驚動了慶陽縣附近的郡縣，那送禮的來往絡繹不絕，所送禮物擺滿了錦繡樓第一進。

滿了月喬錦書便搬回了錦繡樓正房，好不容易安頓了，沐浴出來，看見蘋果、木瓜躺在起居室臨窗的炕上，乳娘正陪著呢，喬錦書笑道：「妳們先下去吧，我自己帶會兒，有事再叫妳們。」

等晚上顧瀚揚回來時，看見一對兒女已經在炕上睡得香甜，喬錦書正在燈下繡著自己的中衣，八角宮燈照得一張臉越發粉妝玉琢，眉眼彎彎，嘴角微揚，幾縷頭髮隨意的垂在鬢邊，當了娘的小東西倒添了幾分女人的柔和，看得顧瀚揚心裡一動。

湘荷看見顧瀚揚進來，忙放下手裡的針線起身行禮，顧瀚揚微微頜首，喬錦書也忙停了手道：「爺回來了。」

顧瀚揚在炕沿坐了，細細的看了看一雙兒女，蘋果睡著了，看著也好像笑著般，惹人喜愛。木瓜也不知道想些什麼，睡著了卻是蹙著那細細淡淡的眉毛，看得顧瀚揚覺得好笑，忍不住伸手幫他撫平了，誰知，他眉毛動了動，伸手便拍過來，倒嚇了顧瀚揚一跳。

喬錦書見了，掩了嘴輕笑，顧瀚揚搖搖頭也覺得好笑，回頭看著喬錦書道：「喊乳娘來抱走吧。」

喬錦書聽了就有些不願。

顧瀚揚知道這次不能再依著她了，遂正色道：「錦兒，顧家的孩兒都是這般養育的，錦兒不可再任性了。」

喬錦書見顧瀚揚肅然的樣子，心裡也有些忐忑，想著這個世界的世家大族養育孩子自有一套規矩，也許就有他的道理，自己的那套在這裡也許真是不可行的，還是不要過於執著吧。想到這兒，嘆了口氣道：「爺，錦兒知道了。」

喊了乳娘進來抱了孩子出去，自己又依依不捨的送進了隔壁的房間，看著乳娘安置好了才回了自己的房間。

等回來時顧瀚揚已經倚著枕頭在看書，喬錦書便走過去道：「爺，這裡的燈暗，若要看便去那邊炕上看吧。」

顧瀚揚抬手便把喬錦書抱在懷裡，一隻手順著衣服便摸了進去，低頭含著喬錦書的耳垂低語道：「錦兒，這裡越發的長大了。」

喬錦書只覺得一陣酥麻從背後傳來，癢癢的，不由得聲音便透出幾分柔媚來，輕聲道：「爺。」

顧瀚揚抬手拉下紗帳，邊解著喬錦書的中衣，邊低頭含了那粉嫩的雙唇，放縱的吮吸輾轉，解了衣裳壓了下去，顧瀚揚感受著身下柔嫩而略顯豐盈的肌膚，身上這個忍受了一年的男人讓喬錦書有些承受不了，便輕聲喚道：「爺，輕著些，錦兒受不了呢。」

身上的男人嗓音低啞、有些氣息不穩的道：「乖錦兒，妳聽話，爺下次便輕著些。」

喬錦書這才想起自己身上這個男人，到了晚上便是一匹狼，一匹野蠻至極的狼，自己唯有順從了他才能好些，便放軟了身子由著他折騰。

看著身下的小東西漸漸柔軟若水的身體，顧瀚揚那充滿慾望的眼睛微微上挑，啞聲邪魅的笑道：「乖錦兒，回頭看著爺疼妳。」

喬錦書身不由己的聽著話，回頭看著這個自己愛著的男人，修長的脖頸結實而性感，俊逸得如神祇般的五官，那幽深魅惑的眼睛此刻充斥著慾望和征服，喬錦書不覺柔了心神，軟了腰身，沈醉在這男人野蠻而深沈的愛裡。

晨起，喬錦書強打著精神讓穀雨伺候自己起床，剛滿月的第二天若不去請安，不是白白讓人笑話嗎？

剛走出臥室，盧嬤嬤已經帶了蓮心在起居室等著了，蓮心端著一碗藥，盧嬤嬤見了喬錦書，微微欠身施禮笑道：「這可不是大少爺的意思，這可是國醫大師的意思。大少爺說的，國醫大師說了，若不等兩年後再停藥，他就要接了錦大少奶奶去齊雲山伺候他。」

喬錦書聽了掩嘴直笑，知道師傅是為著自己好，自己這身子到底年幼，又生了雙生子，若不養上兩年是再不能生養的，遂接了碗喝了。

盧嬤嬤忙遞上準備好的蜜餞。

第三十九章　離別

喬錦書去西邊看了看蘋果、木瓜，見二人呼呼的睡著，乳娘都小心的在旁邊伺候，又幫他們掖掖被角，才帶了穀雨、湘荷往曉荷園去給顧夫人請安。

天氣微暖還涼，喬錦書穿了件粉色繡金鑲邊粉色暗花緞面長襖，橘黃色百褶裙，頭上綰著琵琶分葉髻，戴了個紫玉鏤空芙蓉花的分心，花樣年華，別樣溫柔，進了門，屋裡已經是一團熱鬧了。

喬錦書上前行禮落坐，今日除了秦暮雪倒都來了，唐姨娘穿了件墨綠色竹葉暗紋緞面的對襟襖子，比起以前輕粉柔紫的裝扮倒顯得穩重些，只是眉宇間添了幾分畏縮，站在顧夫人身後只是一味的笑著，並不多話。顧嫣然也不若以往活潑了，好像陡然間大了幾歲，文靜的坐在顧盈然邊上，只是偶爾去偷看自己的姨娘。

顧夫人還是和以往一樣溫和的和大家說笑著，彷彿沒看見這二人有什麼不同一樣，看見喬錦書和梁如蘭說著孩子的事，便笑道：「這可好，妳們兩妯娌以後倒越發的有話說了。」

梁如蘭本就是個爽朗的性子，見顧夫人這樣說，便笑道：「這做了娘的，嘴裡總是離不開孩子的。」

顧夫人笑道：「真真是這樣的，只是錦兒如今做了娘就是大人了，不能一味躲懶了，我這身體雖說好了，到底是傷過的，總有精力不濟的時候，妳也要開始學著管家了。」

喬錦書聽了忖道，顧瀚揚是長子，這管家原本就該是秦暮雪的事，但秦暮雪一年裡倒要病上七、八個月，顧夫人也不喜她管家，連清揚園也是作不得主的，現在顧夫人叫自己管家，便是以後要把家交到自己手裡的意思。按說自己該推辭的，但如今有了蘋果、木瓜，便和以往不同了，有些事原就沒有禮讓這回事。

想到這兒，笑道：「娘既這麼說了，我若不管倒顯得儱懶，但蘋果、木瓜還小，我也初初管家，還是要有人幫襯著才行。」

顧夫人聽了眼裡便有些笑意，這個家因自己以前身體不濟，實在沒法就讓田姨娘管過，後來又讓如蘭協助管理著，現在如果錦兒她貿然全部接下便多少有了煩惱，此刻她說要人幫襯又不說出誰來，一是尊重自己，二來也能和睦妯娌，錦兒是個有分寸的。

顧夫人想到這兒，便笑道：「我也是這個意思，這個家便交給妳和如蘭管去，至於到底要怎麼管，妳們倆商量著辦，我卻不管這許多了。妳們上午在藍田閣理事，等過一個月天氣暖和些，上午便把三個孩子全放在曉荷園，我給妳們看著，妳們也安心管家。也省得妳們妯娌兩個背地裡說我這個婆婆一味的偷懶，一來我喜歡看著孫子孫女，二來也堵了妳們的嘴不是。」

說得一屋子的人都笑了起來，梁如蘭心裡更加的高興，本來喬錦書出了月子，梁如蘭就打算著要把手裡管家的事交出來，自己雖不貪戀這點子權力，但管著家於自己來說是有些好處的，一來自己在府裡說話也多些分量，二來於顧瀚揚、顧瀚鴻兄弟情分也是一份助益，便遲疑著交還是不交。如今見喬錦書主動說要自己幫著管家，顧夫人又樂見其成，那自己這管家的事便是名正言順了，等以後喬錦書就是全個接過去，那時只怕瀚鴻也能獨立開府了。

想到這兒，梁如蘭笑容越發燦爛的道：「既然娘吩咐了，我自然是不能偷懶的，只是我原本就是個不喜操心的，我以後聽錦兒嫂子差遣便是。」

喬錦書是明白梁如蘭庶子媳婦那份謹小慎微的心裡，忙笑道：「娘，您看如蘭呀，還沒做事便想著躲懶了，我再不肯的。按說我家的蘋果、木瓜比奕哥兒小，妳該多做些才是，怎麼倒算計著偷懶呢？總之我是不答應的，這管家的事，剛才娘說了是交給我們兩個的，等下我們商量著分派好了，各管各的一攤事，妳再別想著算計我小呢。」

梁如蘭也明白喬錦書是真心的想讓自己一起管家了，便笑道：「平日裡就哄著我叫嫂子，到了做事的時候才想起自己年紀小，再沒見過妳這樣賴皮的嫂子的。」

顧夫人見她們一團和氣，心裡也越發的高興，忙拉了她們的手道：「家和萬事興，妳們能這樣我是極高興的。」

連田姨娘站在後面都覺得有面子。

過幾日喬錦書和梁如蘭便分好了工，各管一攤，互不干涉，有了大事便一起商量，兩人都是上午在藍田閣問事，中午回去午膳，下午各自帶孩子。

日子如三月的湖水平靜安寧，喬錦書每天上午帶了湘荷、喜兒去問事處理事，穀雨便留在錦繡樓，既看著孩子又處理樓裡的瑣事，妙筆在一旁打下手，孩子身邊有穀雨，喬錦書便能一心一意的處理家事，上手得越發快，半個月便都理順了。

這日喬錦書陪著蘋果、木瓜午休起來，正拿著個撥浪鼓逗這兩人玩耍，顧瀚揚走了進來，也不像平日般去抱了孩子玩耍，只坐在炕沿上一副欲言又止的樣子。

喬錦書便讓乳娘把孩子抱了出去，道：「爺可是有什麼事？」

顧瀚揚看了喬錦書半晌，才低聲道：「錦兒，朝廷即將用兵，三叔如今鎮守秦玉關邊塞，昨日他來信說，想要長河去邊關幫他，長河和我說想和穀雨成親後帶穀雨一同前往。長河試探了穀雨的口氣，穀雨同意成親，卻不同意和長河前往秦玉關邊塞。」

喬錦書聽了心裡有些發緊，原想著和穀雨就這樣互相陪著過一輩子的，從沒有想過會有分開的一天，現在瀚揚來說自然是希望自己同意的。長河前往邊關效力對他和穀雨的前途是有利的，既然長河肯帶穀雨前去，也說明邊塞暫時是安全的，這樣想著喬錦書的心有了些想法。

顧瀚揚見喬錦書只是低頭不語，不知道她心裡打的什麼主意，便又低聲道：「錦兒，這次長河前往是要脫了奴籍的，三叔信裡說，以長河曾在軍中任職的經歷和他的一身武功，去了就是從七品的副尉。」

喬錦書聽了，眼睛一亮道：「爺，穀雨那裡我去說。」

顧瀚揚這才鬆了口氣的點點頭。

聽說大少奶奶找自己，穀雨心裡明白是為什麼事，進了門也不說話，直接跪在喬錦書跟前道：「他去邊關效力，奴婢願意嫁他，只是不想離了大少奶奶跟前。」

喬錦書起身扶起穀雨在炕沿坐了，並不說話，只打開一個木盒，拿出一張紙遞給穀雨。穀雨跟在喬錦書身邊是些微認得些字的，接了過來看是自己的身契，然後又還給了喬錦書道：「大少奶奶拿它出來做什麼？」

喬錦書接過來，直接放在燭火上燒了，穀雨見了也並沒有多少意外和激動，只是看著喬錦書笑道：「大少奶奶想這樣便打發奴婢也是不能的，奴婢早說過要給大少奶奶做管事嬤嬤，有沒有身契還是一樣的。」

見穀雨說出這樣的話，喬錦書忍不住笑道：「我今日才知道咱們的想法居然是一樣的，這張身契在我眼裡也早就是一張廢紙，今日燒了也不過是走完了過場，不過我心裡還有些其他的想法，不知道妳願不願意聽聽。」

穀雨微微點頭。

喬錦書拉了穀雨的手道：「長河是爺身邊最得力的，爺為什麼同意他去邊關，想來是有些想法的，男人們不願意說的事咱們也不好打聽，但總也能猜到些的，想必妳在長河的言語間也能聽出幾分。不管是咱們自己還是咱們的家人，都是與顧氏家族的榮辱是不可分的，唯有顧氏家族樹大根深，枝繁葉茂咱們才能過得平安喜樂，所以咱們暫時分開些日子，守望相助，以後總能快活的在一起過日子的。」

跟著喬錦書嫁到顧府這幾年，轂雨早已經不是那個喬家沒見過世面的小丫頭了，聽了喬錦書的話心裡也明白，雖有這些個緣由，大少奶奶還是為著自己著想，想必話說到這個分兒上，大少奶奶是拿定了主意的，便嘆了口氣道：「奴婢笨了些，大少奶奶的心思打小就猜不透，如今也就猜個三、四分，奴婢依大少奶奶的，這份情意奴婢是謹記在心的。」

說著主僕兩人都有些忍不住傷感了，相對垂淚。

時間比喬錦書想的要緊張許多，因長河要帶轂雨前往，路上便不能使勁趕路，因此留在慶陽的日子也就只有一個月。

喬錦書便開始忙著給轂雨準備嫁妝，事無鉅細都一一過問，轂雨倒不插手這些，任著喬錦書去忙，她只帶著湘荷、喜兒、妙筆幾個做事，仔細的交代，手把手的教她們，又把湘荷拉到一邊單獨交代喬錦書的喜好，和一些不能隨意和人說的事情。湘荷雖性子毛躁些，但卻是個心思純良的，交給她，轂雨才得放心。

一個月的日子飛快的便過去，轉眼已經是轂雨要成親的日子。喬錦書第一次到轂雨的房間，轂雨和湘荷在搬到錦繡樓時已經是一人一間房了，此刻屋裡收拾得喜氣洋洋，伺候轂雨的小丫頭葉子在收拾東西，見喬錦書進來忙上前行禮退下。

喬錦書在轂雨床邊坐了，道：「可都準備好了？」

轂雨此刻倒有些新嫁娘的羞澀了，低頭笑道：「大少奶奶都準備得妥妥貼貼的，奴婢倒沒什麼要準備的了。」

見穀雨這麼說，喬錦書便起身去看明日要穿的衣服首飾，和一些瑣碎的東西，見都是準備得極好的，這才坐下，拿出一個黃梨花木上面雕刻著一束稻穀的盒子，遞過去道：「這是早就給妳準備好的，妳貼身收著不要過了別人的手，裡面有些銀票，大的應急，小額的做打點的用。」

穀雨聽了眼圈便有些紅了，低頭擦了淚，伸手接了道：「奴婢謝謝大少奶奶。」

喬錦書拿出絹帕幫穀雨細細的擦了淚，笑道：「以後也是副尉太太了，妳就別自稱奴婢了，咱們的情分原也不用這些個，那邊塞氣候不比這裡，凡事都要仔細些。」

穀雨含著淚微微頷首。

兩人正說著體己話呢，張嬤嬤端著個盒子走了進來，看見喬錦書忙躬身施禮，喬錦書知道張嬤嬤是來替穀雨的娘行嫁前禮的，便笑著起身出去。

喬錦書是無法去送穀雨的，只遠遠的看著上了花轎，便回了屋子，心裡悶悶的，只有弄巧陪著，湘荷幾個都去送穀雨了。

顧瀚揚也只在婚禮現場露了一面便走了，若一直在那兒，反而讓別人拘謹著使婚禮不熱鬧了，早早的走了，讓他們熱熱鬧鬧的行禮。

天已暮色，煙火在夜色裡開出喜慶的顏色，錦繡樓三層的摘星閣裡喬錦書依偎在顧瀚揚懷裡，指了那煙火升騰處道：「那裡便是萬管家的家吧。」

顧瀚揚抱緊了懷裡怏怏不樂的小東西，道：「是的，今日長河、穀雨便是在那兒成親。」

「嗯。」喬錦書點點頭，把頭靠進身邊人的懷裡道：「我怎麼明知道這樣是為了穀雨好，可心裡還是難受得緊。」

憐愛的親親懷裡人的臉，顧瀚揚有些心疼的道：「錦兒，人一輩子會有許多人在自己的生命裡來來往往，甚至包括父母、子女，可是他們都是過客，終歸會離我們遠去，唯有我們倆才是要攜手至終的人。錦兒不怕，爺一直陪著妳。」

喬錦書把臉整個埋進顧瀚揚的懷裡，眼淚一滴一滴的流進顧瀚揚的心，顧瀚揚擁著懷裡的女人，看著遠處盛開的煙花。

只願生生世世，我懷裡都是妳恣意歡笑與哭泣的地方。

長河和穀雨比原來預定的出發日子還提前了三天，因長河說要順路去拜見穀雨的爹娘，就早些告辭了去。

顧瀚揚送了回來，話也有些少，坐在炕沿喝了杯茶，才和喬錦書說道：「長河讓我給妳帶個口信，說他不會辜負穀雨的，這一輩子不要說姨娘，連通房也不會有的，這事他已經回稟了萬管家和萬嬤嬤，他們也算默認了。」

喬錦書聽了，看著窗外路的盡頭，舒心的笑了。

那笑容是那樣的淋漓盡致，有著從未有過的快意，顧瀚揚心裡一動，握了喬錦書的手道：「錦兒羨慕。」

喬錦書陡然醒悟，自己竟是無意中露出了心底最深處的思緒，自己從何時起在他面前變得這般隨意了呢？忙斂神低了頭，笑道：「錦兒不曾。」

顧瀚揚只深深的看了一眼並不深究，便低頭逗著躺在旁邊咿咿呀呀的蘋果、木瓜，又把木瓜抱在手裡，舉得高高的，逗得木瓜哈哈直笑。木瓜一笑便有了兩個小小的酒窩，特別可愛，只是平日裡不喜歡笑，唯有顧瀚揚抱了時笑得歡，弄得喬錦書一直抱怨，木瓜是個小沒良心的，自己日日的帶著，倒不見他對著自己這麼的笑，顧瀚揚只得了空抱抱，便這麼喜歡，還好蘋果是個愛笑的，喬錦書才安慰些。

穀雨初初離開，喬錦書總有些不習慣，有事的時候總是喚穀雨，惹得湘荷在一邊抱怨：「奴婢們日日殷勤的伺候，倒不得大少奶奶的惦記，只有那跑得遠遠的、成日裡不知道怎麼快活的，倒被主子日日的惦記，奴婢真真的不服呢。」

喬錦書知道湘荷不過是怕自己心裡不豫，故意嘔著自己笑罷了，便故意嘆了口氣道：「真是的，一不小心便得罪了咱們的湘荷姑娘，這可怎麼好呢？」又笑著看了妙筆道：「罷了，去匣子裡取幾百文錢給我們湘荷姑娘加菜吧。」

逗得屋裡的人都笑了起來，湘荷卻還故意嘟嘴道：「主子忒小氣，加菜才幾百文哪裡夠，怎麼也要一兩銀子才是。」

張嬤嬤正好進屋，聽了便笑道：「湘荷今日裡竟是得了什麼功勞，非要一兩銀子的席面呢。」

見張嬤嬤進來，喬錦書吩咐妙筆搬了個杌子，張嬤嬤道謝，側身坐了道：「方才咱們家太太打發人來說了，眼看著五月就是咱們家二爺娶親的日子了，特地報個信兒，讓大少奶奶也歡喜歡喜。」

喬錦書聽了，忙歡喜的道：「是誰來傳的話，快讓她進來。」

春分在外面得了話，忙走進來給喬錦書行禮，喬錦書也使人搬了個杌子給她坐，春分辭了不敢坐，只肯站著道：「自從得了張家的準信兒，老爺和太太可高興壞了，開了庫房那銀子只管往外搬，奴婢家當家的也每日忙個不停，這不讓奴婢來給姑奶奶報個信，說姑奶奶定是高興的。」

喬錦書聽了，果然歡喜得不得了，忙吩咐妙筆開了匣子，取了一萬銀票來道：「我知道家裡現在不缺錢，可這是我的一點心意，妳拿去給我娘，也不必和二叔說，東西只管買好的，若一時買不到的，只管和我說，凡我這裡有的只管拿去，若是娘要置辦東西時也告訴我，我有空時也一起去。」

春分是知道喬楠柏和喬錦書叔姪的感情的，也沒推辭就接了，又閒話了幾句便告辭了。

五月裡天氣和煦，繁花似錦，張玉鳳在這明媚日子裡嫁進了喬家，遇見了一輩子的良人。

喬家張燈結綵，婚禮隆重喜慶，張家也甚是鄭重，派了張玉鳳的大哥、二哥送嫁，雖說張大人是個清官，家底不豐，但一百二十八抬嫁妝也樣樣齊備。

喬老爺和吳氏見張家看重喬楠柏這個女婿自然更是歡喜，那宴席擺在慶陽最好的兩處酒樓，梧桐苑和松鶴會所，張家兄弟自然是梧桐苑的貴客。喬楠柏結交甚廣，有那不喜約束的，便在松鶴會所自由自在，大口喝酒，一時皆大歡喜。

婚宴罷第三日回門，張家兄弟見喬楠柏斯文儒雅，聰明內斂，處事沈穩大方，且二十多歲的年紀，屋裡竟然只有一個不得寵的通房，更是替自己的妹妹高興。

喬楠柏極會處事，見張家這次嫁女花費不少，本來就家底不厚，回禮便挑些實用的黃白之物，面上且不顯，只用些花俏的禮盒裝了。等張家兄弟回府拆禮，才發現其中的奧妙，張大人對女婿這份體貼的心意頻頻點頭。

日後張家兄弟三人與喬楠柏這個妹婿來往甚多，也都是相互尊重的，所以人們常說傻人傻福，大約就是說張玉鳳這種不存心思的人。

等回門過後自己的哥哥轉回京城，張玉鳳便迫不及待的上顧府去看喬錦書去了。

喬錦書還在心裡盤算著，張玉鳳剛嫁過來，怕她無聊，想找個機會接她過來散散兒，誰知喜兒進來通稟說，喬家二太太來了。

喜得喬錦書連連喊請進來。

張玉鳳頭綰百花朝陽髻，插著一支赤金紅寶石的簪子，身穿金紅緞面石榴花卉紋樣的褂子，配著一條石榴花繡金裙的馬面裙，笑吟吟的走了進來，喬錦書忙起身迎上前，行禮道：

「二嬸有禮了。」

張玉鳳笑著回禮道：「我以後可還是喊妳錦兒了。」

喬錦書忙攙了手在炕上坐了，道：「這自然是，只是我以後可不敢喊姊姊了，只能喊二嬸，不然我二叔可不同意了。」

張玉鳳倒沒有一般新娘子的含羞，反而笑道：「那是，我也不同意呀，好不容易高出一輩，喊姊姊豈不是我虧大了？」

喬錦書掩嘴直笑，張玉鳳又去抱著蘋果、木瓜玩耍，笑道：「我看了饅頭、包子就喜歡得不得了，這裡又有這樣一對，我竟是覺得都看不過來了。」說完拿出一對白玉掛件，遞給喬錦書道：「這便算我的見面禮了。」

那對掛件白玉無瑕，晶瑩剔透，喬錦書一看便知道價值不菲，想著現在自己娘家不同以往，便笑著收了笑道：「那我便替蘋果、木瓜謝謝二叔婆了。」

屋裡的丫鬟僕婦聽了都忍俊不禁地笑了起來，張玉鳳自己也笑個不停，好不容易止住了，方拉了喬錦書的手道：「妳可不知道京裡的笑話，自妳生了龍鳳胎的事由安陽王府和甯平侯府傳了出來，那些媒婆只怕把妳外祖家的門檻都要踏破了，都說，喬家是沒有女兒了，只怕這事也是有吳家的淵源，都去妳外祖家求親，妳那些姪女都得了好親事，大嫂的嫡母也歡喜得不得了。這次我嫁過來，還特意派了身邊管事的嬤嬤跟著來，給大嫂請安，說以後若有了機會，便許了大嫂的姨娘過來走動走動。」

喬錦書聽了心裡喜歡，忙道：「娘是不是高興壞了？」

張玉鳳聽了，便紅了眼道：「大嫂哭了。」

喬錦書心裡暗暗打定主意，自己一定要促成這事。

兩人又說了些閒話，張玉鳳才斂笑正色道：「錦兒，我今日來是有件事要和妳說的。」

喬錦書聽了，看著張玉鳳不說話。

張玉鳳又啜了口茶方道：「我想打發了小寒。」

喬錦書聽了，鬆了口氣笑道：「我道什麼事，這樣的事原是妳作主就好的，何必還要說什麼。」

張玉鳳拉了喬錦書的手道：「我和楠柏說，他只沈默了一會兒便說聽我的，可是有些話，我還是不知道怎麼和他說。」

嘆了口氣，張玉鳳接著道：「其實，我嫁來之前娘也囑咐過我，要大度些，只要小寒是個安分的，就善待她，我原本也不是實在容不下她的。雖說我爹並沒有別的女人，但是我哥哥們的房裡卻是有姨娘、通房的，哥哥們也沒有一個是寵妾滅妻的，多是對嫂嫂們敬重有加。嫂嫂們也和我說，姨娘通房不過是半個奴才，只當是替自己伺候夫君的，不好了就打發了，不值當生氣的。

「可是新婚的晚上，楠柏和我說了這十年的事，我便再也容不得她了，她既是愛重楠柏的，怎麼還能允許在自己的眼前發生這樣傷害楠柏的事呢？我不能容忍一個傷害自己夫君的女人留在身邊，不管她知情不知情。

「但是這樣的話，我怕我和楠柏說了，他覺得我是找藉口反而不好，但是我知道妳一定是知道我的，我覺得我一定要和妳說了，心裡才痛快。」

小寒只有一個通房的名分，這是整個喬家都知道的，張玉鳳一定能打聽到，若只是妒忌，完全不必著急，更不用在新婚時便不惜被人詬病也要打發了小寒，喬錦書知道張玉鳳是真心愛著自己二叔的。

原來就是喜歡張玉鳳的，現在越發覺得親近，喬錦書遂笑道：「我自然是信二嬸的。」

張玉鳳忙抓了喬錦書的手道：「我就知道妳會信我的。」

喬錦書笑著回頭和湘荷低聲說了幾句，湘荷便去了裡間臥室，不一會兒取了個紫檀木的小盒子出來，喬錦書接了過來，珍惜的輕輕摩挲了幾下，遞給張玉鳳道：「這是二叔送我的，我現在終於可以還回去了。」

張玉鳳聽了，忙推辭道：「既是妳二叔送妳的，我怎能拿回去。」

喬錦書堅持的推過去，道：「這塊玉璧是我親祖母留給二叔的念想，二叔病時送給了我，我當年亦手握這塊祖母留下的玉璧發下誓言，一定要治好二叔的病，將這玉璧交給二叔的孩子，如今交給妳也是一樣的。妳回去只和二叔說，錦兒完成了在祖母面前發的誓言，現在也找到了可以託付這東西的人，所以便完璧歸趙了，二叔便能知道緣由，再不會怪妳的。」

張玉鳳聽了便收下了。

回去張玉鳳把那盒子給了喬楠柏，也說了喬錦書的話，喬楠柏打開盒子，取出荷包，拿出裡面價值連城的玉璧，掛在張玉鳳的脖子上，張玉鳳緊緊的抱著喬楠柏的腰，把和喬錦書說的打發小寒的話，終是和喬楠柏說了。

喬楠柏聽了不發一語，只輕輕撫摸著張玉鳳的頭髮，過了片刻方輕聲道：「若是以十年臥床之苦，換來一個真心相待的妻子，我喬楠柏願意。」

第四十章　藥丸

喬錦書想著二叔和張玉鳳夫妻感情甚篤，不由得心情愉悅，便喚了湘荷想取出那白玉掛件，打個絡子也好給蘋果、木瓜掛上，誰知屋裡只有妙筆，她們原是各管著各自手裡的東西，混了倒不好，便使妙筆去喚湘荷來。妙筆應了，只一會兒就氣哼哼的轉了回來，喬錦書還沒說話呢，喜兒也臉色不豫的走了進來。

看著她們這樣，喬錦書就有些奇怪，她們都是自己身邊的大丫鬟，便是走出去府裡人人都高看一眼，此刻在自己的錦繡樓倒受了氣不成，遂笑道：「難不成妳倆鬥嘴當真了？」

喜兒便回道：「哪裡？許姨娘真是個沒成色的，方才急匆匆的走進來，嚇了守門的婆子一個措手不及沒攔住，正要上樓就遇見了湘荷姊姊。湘荷姊姊便攔了她問可有什麼事，若有事且等通傳了再進來，這原本就是規矩，她又不是不知道的，誰知她竟拉了湘荷姊姊又跪又哭，倒弄得湘荷姊姊既氣惱又尷尬，左右不是。」

喬錦書聽了便沈下臉來，想是安靜日子過久了，來找事了，吩咐喜兒道：「去帶了兩個媳婦子下去攔住她，讓湘荷上來再說。」

不一會兒湘荷走了上來，一臉的惱怒，給喬錦書蹲身福禮道：「今日這許姨娘魔障了不成，抓著奴婢又哭又跪，讓人見了只怕說我們錦繡樓是如何的欺負人，她一個姨娘倒嚇得跪我這個奴婢。」
喬錦書冷笑道：「只怕她正是這個意思呢，她說什麼事了嗎？」
湘荷道：「哭著只說要見錦大少奶奶，不肯說什麼事。」
「那便讓她上來吧，她如此的鬧法，不見到我自然是不肯走的。」喬錦書淡淡的道。
許姨娘步履不穩的走了進來，一聲不吭又跪在喬錦書面前啜泣起來。
湘荷再也忍不得，便道：「許姨娘，不是做奴婢的不敬重您，您在外面便拉著奴婢又哭又跪的，現在見了我們錦大少奶奶又是這般，讓別人見了倒好像我們錦繡樓如何的蠻橫不講理，一味的欺負了姨娘一樣，您這樣可是想著壞了我們錦大少奶奶的名聲呀。」
許姨娘聽了，忙又磕了幾個頭道：「婢妾該死，婢妾該死，婢妾絕無這樣的想法。」說完卻見屋裡鴉雀無聲，便不由得抬起頭偷偷打量喬錦書，見喬錦書只低著頭在針線簍裡找線，倒好像屋裡沒她這個人一般，再轉頭看屋裡的丫鬟，也都看著別處不理她，這才有些無措，生生把哭聲嚥了回去，又期期艾艾的自己站了起來。
喬錦書見她這樣，才吩咐妙筆道：「給妳們許姨娘搬個杌子，絞個熱毛巾擦把臉。」
許姨娘道謝，側身在杌子上坐了，又擦了臉，喜兒才上了兩盞菊花茶。
喬錦書端起茶盞笑道：「這菊花是湘荷學了萬嬤嬤的法子收的，在別處再沒有這個味道，妳嚐嚐看。」
許姨娘食不知味的啜了一口手裡的茶，囁嚅了半晌方道：「婢妾前來是求錦大少奶奶一件事，求錦大少奶奶恩准。」

喬錦書聽了也不作聲，只低頭看了茶盞裡的菊花，看許姨娘有些坐立不安了，方道：「若是不違了府裡規矩的事，能伸手的自然伸手，若是違了規矩的事，自然是不能應承妳的。」

許姨娘方才見喬錦書默不作聲，想著只怕是不肯了的，但是她今日是無論如何都要得個準信兒才肯走的，不然就鬧到爺回來，也要想辦法有個說法。

聽得喬錦書話裡的意思，忙道：「今日早上爺去漣漪軒吩咐妾等收拾東西，說要送妾等去外面莊子上住著，婢妾等絕無別的念頭，只想守著漣漪軒安靜的過活。求錦大少奶奶給婢妾等求求情吧，婢妾等以後定是會好好伺候錦大少奶奶的。」

聽了這話，喬錦書也有片刻的愣怔，顧瀚揚雖說於兒女情事上寡淡少情，但是對於自己的女人還是肯維護、甚至去保護的，且不說瑞雪閣，就是漣漪軒三個姨娘的吃穿用度無一不精，就是最不得重視的許姨娘那也是樣樣不缺，並無一個奴僕敢肆意欺凌。在這樣奴僕成群的深宅大院，若不是顧瀚揚的維護，她們焉得有這樣的日子，現在這樣做，想必便是那日說起長河和縠雨他們只攜一人白首偕老時，自己無意間露出的那份嚮往之情。

這個男人只為自己眉宇間的一絲嚮往，竟是願意違背他自己一向的處世原則，自己又怎捨得去拂他的心意呢？且這個許姨娘從來都不是個省心的，自己前幾日便有些覺察，只沒有證據罷了。

喬錦書放下茶盞，輕輕的看了許姨娘一眼，那一眼並沒有過多的情緒，許姨娘倒好像看出了一絲涼意，心裡便有些不自在起來。

見到許姨娘這個樣子，喬錦書心裡更篤定了三分，遂微微笑道：「妳既說是爺吩咐的，就該去求爺，或者去瑞雪閣求雪大少奶奶去，怎麼越過他們來了我這兒呢？妳該知道論理，我行事是不能越過爺和雪大少奶奶作主的。」

許姨娘聽了心裡冷笑，瑞雪閣現在除了名分有哪樣及得上錦繡樓，說不得這趟我們去莊子上就是錦繡樓的主意呢，現在且撇得乾淨。心裡雖是恨極了喬錦書，面上卻分毫不顯，只道：「婢妾也是急了胡亂行事，求錦大少奶奶憐憫些個吧！」說完又跪下去磕頭。

喬錦書見這樣，便有些懶得與她周旋，遂淡淡道：「我聽說姨娘最近讓院裡的婆子採摘了不少黃茅藤。」

黃茅藤在這個時代人們大多都只知道是一種野菜，夏天吃了有些靜心的效果，所以那些苦夏不得安睡的，便會摘些泡水喝。只是到了二十一世紀，這黃茅藤便是實驗室給小動物們用的麻醉藥主要成分。

許姨娘的身子便不易覺察的顫了一下，喬錦書冷笑道：「這黃茅藤姨娘還是謹慎些的好，大人吃得過量了也是會有危險的，若嬰幼兒吃了便會在睡夢中喪命。」說完緊緊的盯著許姨娘。

許姨娘面具般總是畏縮的表情有了一絲惶恐，低了頭只管磕頭，只在心裡計較，這黃茅藤是自己小時候在莊子上拿它去餵兔子，兔子吃了就睡覺，等自己第二天去看時，就死了。自己當時極害怕，便記在心裡從沒和人說起過，看來錦繡樓這位的醫術著實了得，且只怕早就有人盯著自己的院子了。

想到這兒，那臉色變得不安起來，好像忘記了自己來這裡的緣故，又磕了個頭，便道：「婢妾今日行事冒失了，請錦大少奶奶恕罪，婢妾這就去求爺和雪大少奶奶，不令錦大少奶奶難做。」

喬錦書也不追究，只笑道：「原該這樣的。」說完讓妙筆送客。

許姨娘忙躬身退了出來，回了漣漪軒再沒出門，不知在屋裡做什麼。

原本想等顧瀚揚回來問問他的，誰知很晚了還不見回來。最近喬錦書又要管家理事，又要帶孩子便有些辛苦，等睡醒了卻發現顧瀚揚已經在身邊睡著了，便想著明日再問吧，迷迷糊糊又睡著了。

夜深了，清揚園寂靜無聲，在漣漪軒一間漆黑的廂房裡傳出兩個女人說話的聲音，今夜的月色極好，灑在那梳著婦人髮髻坐在炕上的消瘦身影上，顯得她的臉色越發的陰暗，赫然正是許姨娘，見她陰惻惻的問著她跟前穿著打扮都像綠玉的丫鬟道：「紫藤，妳可想清楚了？」

那丫鬟抬起頭，不是綠玉卻是魏姨娘身邊的紫藤，聽見許姨娘的話，眼裡流露出一絲決絕，道：「奴婢想好了，一切都聽姨娘的吩咐。」

許姨娘壓低了聲音道：「等這件事完了，我必定將以前答應幫妳去養拙齋伺候爺的事兌現，達成妳的心願。」

紫藤聽了許姨娘說幫她去伺候爺的話，驚喜不已，忙點頭應承，轉身閃進黑暗裡走了。

看著紫藤消失在黑夜裡的身影，許姨娘臉上露出一絲冷笑，道：「妳也配伺候爺嗎？妄想！」

半夜裡聽見湘荷在門外通傳的聲音，顧瀚揚看了眼身邊睡得香甜的喬錦書一眼，忙起身走出去，湘荷見了忙蹲身福禮道：「爺，瑞雪閣使人來報，說清揚園出了大事，請爺速速過去。」

秦暮雪雖然心機重，但是還做不出半夜找人這種有失分寸的事，想來是真有事了。顧瀚揚微微頷首，走進屋裡，輕聲喚醒喬錦書道：「錦兒，暮雪使人來說，清揚園出了大事，妳如今管著家呢，還是和我一起去看看吧。」

迷糊中聽說清揚園出了事，想起白日許姨娘的行為，喬錦書一個激靈，清醒了過來。忙喚了湘荷、妙筆進來伺候，兩人隨意梳洗了下便要下樓。

走到門口，顧瀚揚看了下外面，對湘荷道：「半夜風涼，去給妳們大少奶奶取件披風來。」

六月的天，即使是半夜其實也不涼了，但見顧瀚揚這般吩咐，湘荷還是欣喜的告罪道：

「奴婢疏忽了，這便去取。」隨即轉身取了件鵝黃色刻絲鑲邊，繡著纏枝海棠花的披風給喬錦書披上，二人這才帶了人往清揚園去。

湘荷留在了錦繡樓，去西邊看了看蘋果、木瓜的屋子，安靜無聲，便回到起居室坐在炕上做針線。

進了清揚園，但見瑞雪閣和漣漪軒兩處燈火通明，顧瀚揚微不可見的蹙了下眉，往瑞雪閣去。進了大廳看見秦暮雪臉色沈沈的坐在大廳主位上，遲姨娘和許姨娘恭謹的站在邊上，魏姨娘卻跪在大廳正中。

顧瀚揚走進來，秦暮雪忙起身見禮，看見緊隨其後，一件做工精緻的鵝黃披風，裹著穿著煙粉色花卉刺繡鑲領的褂子，月白撒花百褶裙，頭髮隨意綰著，只插了支純銀白玉簪子的喬錦書，頭飾隨意，衣服簡單，臉色白皙如玉中透著曚矓初醒的絲絲紅暈。顧瀚揚雖走在前面，卻有一種下意識去護著身後人的舉動，落在秦暮雪眼裡，只覺得這六月的夏日也透著森森寒意，遂面色越發顯得冷漠。

也不管主位上並無喬錦書的位子，顧瀚揚看了秦暮雪一眼，支使喜兒給喬錦書搬了把椅子放在自己左側，喬錦書微笑著坐了。

顧瀚揚看了跪在地上的魏姨娘一眼，道：「暮雪，這是為何？」

秦暮雪冷冷的道：「這話雪兒卻真說不出口，讓她自己和爺說吧。」說完不屑的斜眼看了魏姨娘。

魏姨娘抬起頭，臉色平和，沒有任何害怕，只有一絲擔憂，緩緩道：「今日半夜不知何故，雪大少奶奶帶人抄查了香兒的屋子，搜出了香兒的一些信件，所謂罪證如山，想必說的便是現在的香兒吧。香兒無可辯駁，只望爺看在香兒好歹跟了爺一場，也從未給爺添過一絲煩惱的分上，垂憐香兒的家人，香兒任爺處置，絕無怨言。」

顧瀚揚聽了雙眉緊皺，不解的看著秦暮雪，秦暮雪朝劉嬤嬤使了眼色，劉嬤嬤便雙手捧著一個紅漆木雕花的盒子，遞到顧瀚揚面前。

抬手接了，顧瀚揚打量了下盒子的外表極其普通，看樣子有些年頭了，極其不耐的打開盒子，裡邊都是些信件，也有些女兒家的小物件，並沒有什麼異常之處，想來就是這些信件了。隨手拿起一封拆開看起來，臉色漸漸的陰沈起來，又拆了幾封便使勁闔上了盒子，那聲音雖不大，但在安靜的深夜還是顯得突兀，屋裡的人心都一顫。

當年魏侍郎為了表達他誓死追隨太子之心，便把他排行第三的女兒送給了自己，這個女兒雖然是庶出的，但是極得魏侍郎疼愛，自己為太子計，也不在意後院多養個閒人，便收了進來。初入府也去過她屋子數次，她總是恭謹而疏離的，久了自己便丟開了，就這樣養在院子裡，可是即便是自己不要的，卻也容不得這樣敗壞名譽之事。

看著顧瀚揚臉上晦澀不明的樣子，秦暮雪心裡暗自高興，這個魏香兒在喬錦書那對兒女剛出生不久便送去自己謄抄的功德經祝賀，可見和喬錦書是關係匪淺。自己對她一直不錯，她倒會隨風倒，去攀高枝了，倒要看看今日喬錦書如何為她脫罪。

顧瀚揚把手裡的盒子遞給喬錦書，然後問魏姨娘道：「妳可有話要說？」

魏香兒端正了身子，恭恭敬敬的給顧瀚揚磕了個頭，道：「香兒謝爺這許多年來的維護和照拂，使得香兒在這裡的日子安枕無憂，香兒自知命不久矣，唯有一句話送給爺，心安之處才是家。」

顧瀚揚雙眸微閃，默不作聲。

喬錦書飛快的看著盒子裡的書信，那些信起於魏香兒十二歲那年，止於魏香兒入府一年後，最後那封信上有兩個工整的柳體字，葬心，書於入府一年之期。

那是一種怎樣的絕望，使得一個花季女子，要埋葬自己的心，只為家人平安。想起她送自己的那本功德經，字字工整，不見虛浮，可見如今她早已忘卻往事，只想平安度日。這麼多年都未被發現之事，卻在顧瀚揚要送走她們時被發現，想來是中了暗算的。

喬錦書覺得自己的心微微的疼，輕輕的合上了蓋子。

顧瀚揚見喬錦書不說話，又看了看跪在地上的魏香兒，才問秦暮雪道：「按規矩該如何？」

秦暮雪得意的看了喬錦書一眼，笑道：「按規矩本該繫石沈塘，並通知她的父母家人前來觀看。」說完看了顧瀚揚一眼，見他微微蹙眉，便接著道：「不過這樣也有損咱們顧府和爺的名譽，依雪兒看，便杖斃吧。」

聽見秦暮雪吐出冰冷的「杖斃」二字，魏香兒身子微顫，杖斃原是懲罰惡奴的，那種被人捆綁折辱於眾人前，尊嚴掃地的場景令魏香兒的心縮成一團，但是想到終不過一條命罷了，怎樣死又有何分別呢？隨即鎮靜了下來，仍是端正的跪著，不發一語。

看著秦暮雪得意的笑容，喬錦書連多看她一眼都不願意，只覺得心一陣陣的疼，這樣一個清淡的女子，並無大錯，卻連死時的尊嚴都被剝奪。嘆了口氣，喬錦書乞求般的望著顧瀚揚，道：「爺，魏姨娘雖有錯，但她入府一年後便幡然悔悟了，並沒有再錯，且書信中言語有節，止於兄妹之誼，魏姨娘總是官家之女，這杖斃之刑，侮辱甚重，爺能否許她死時的尊嚴？」

顧瀚揚還未說話，秦暮雪便搶著道：「若依了妹妹之言，規矩何在？這樣寡廉鮮恥的人，若不用重刑如何以警戒後人，若讓這風氣得逞，我顧府威嚴何在？」

喬錦書站起來，在顧瀚揚身前跪下道：「爺，錦兒想求爺看在魏姨娘為蘋果、木瓜抄經祈福的分上，給她一分最後的尊嚴。」

顧瀚揚看了看那端莊跪著一聲不響的女子，又看了看自己身前哀求的喬錦書，嘆了口氣，扶起喬錦書道：「罷了，看在妳對姊兒、哥兒的關愛之情上，妳自己了斷吧。」

喬錦書聽了，終於鬆了口氣，轉身對著魏姨娘道：「謝謝妳對蘋果、木瓜的愛護，我願意送妳一丸藥，讓妳安靜的離開，明日午後我必送去。」

魏姨娘笑著對顧瀚揚、喬錦書深深一禮，踉蹌著起身，妙筆在邊上看了，忙上去扶了一把，喬錦書便道：「妳送魏姨娘回屋吧。」

妙筆領命而去。

回了錦繡樓，喬錦書把頭靠在顧瀚揚的肩頭，輕聲道：「爺，錦兒此刻有些睡不著了，我想去藥室給魏姨娘配一丸沒有痛苦的藥。」

看了眼身邊的小女人，巴掌大的小臉上一雙大大的杏眼，就那樣溫柔的望著自己，那清澈的雙眼裡有一絲乞求，有一絲憐憫，最讓顧瀚揚心動的是那坦誠的信任，顧瀚揚深深的嘆了口氣，拍了拍靠在自己肩頭的喬錦書，愛憐的道：「去吧，爺也不睡了，去外書房處理些事情。」

喬錦書吩咐湘荷道：「今夜我心裡有些不安，妳帶著弄巧守在上面吧，我帶喜兒和妙筆下去。」

湘荷雖不知道發生了什麼事，但也明白一定不是小事，鄭重的頷首道：「大少奶奶放心，奴婢必定好好守著小主子。」

喬錦書下樓吩咐妙筆帶著兩個可信的媳婦子守了藥室的門，任何人不得入內，妙筆應了。

進了藥室，喬錦書飛快的翻出一品大師的手箚，找到自己需要的那頁，仔細的斟酌了一遍，再算算時間，低頭沈思了片刻，在喜兒耳邊低語了幾句，喜兒微微頷首走了出去。

不一會兒喜兒提了個籃子回來，放在邊上，看見喬錦書已經在配藥了，忙上去幫忙。

天色大亮，藥室裡的主僕二人還在緊張的忙碌著，妙筆在外面擔心的往屋裡看去，幾個時辰了，不要說早膳，主子連水都沒喝一口。

到了午膳時辰，妙筆再也忍不住了，剛想上去叩門，喜兒從裡面打開門走了出來，道：「妙筆給大少奶奶準備午膳去吧，等會兒還要去送魏姨娘呢。」

妙筆這才安心些，忙應了下去準備。

午膳畢，喬錦書隨意梳洗了下，換了件素色衣裙，看了下自己眼睛下的烏青，又用脂粉蓋了蓋，雖說好些，但還是有若隱若現的青紫，帶了喜兒便往清揚園去。

秦暮雪聽說喬錦書帶人去了漣漪軒，臉上浮起一絲冷笑，看了劉嬤嬤道：「等那賤人去了，嬤嬤去仔細驗驗。」

劉嬤嬤也陰陰的道：「放心，大少奶奶，老奴省得的。」

喬錦書進了漣漪軒東廂房，見魏姨娘已經沐浴梳洗好了，換了件淺紫色底牙白鑲邊繡著纏枝紫薇的錦緞圓領褂子，牙白色繡著折枝紫薇的百褶裙，頭上用一根雕刻著紫薇花的檀香木簪子綰了個舞月髻，還是一貫的清淡素雅，眉目間不見一絲慌亂，唯有些淡淡的憂傷，正抄寫著經書。

見了喬錦書進來，魏姨娘忙起身見禮，笑道：「煩勞大少奶奶為香兒忙碌，香兒內心深感不安，若有來生，再報大少奶奶的大恩。」

喬錦書忙伸手扶了，二人在炕上坐了，喬錦書拿出一個藥盒放在炕桌上，道：「這藥別的我不敢說，但是一定會讓妳走得沒有一絲痛苦。」說完又看了魏姨娘道：「妳還有什麼需要我為妳做的嗎？」

魏姨娘笑道：「這屋裡的東西多是這些年大少爺賞的，我也就不帶走了，只有這管簫是我隨身之物，大少奶奶好歹看著她們，讓我帶走吧。再有就是別讓她們污了我的身體，找個薄棺斂了，葬在一個清靜的地方就行，和我家裡人就說是我得了急病，不宜入顧家墳。」

喬錦書看著魏姨娘，鄭重的點頭道：「妳放心，這些事我必定為妳做到。」

魏姨娘聽了，安心的笑道：「那香兒再無牽掛了。」說完伸手去取藥丸，那藥丸是棕褐色的，居然還有一絲淡淡的清香。魏姨娘纖細的手指拈了那藥丸往嘴邊送，突然想起了什麼，看了看守在門外的喜兒和紫藤，湊在喬錦書耳邊低聲道：「小心紫藤，許姨娘才是紫藤的主子。」

喬錦書聽了內心一凜，霎時所有的不解都有了答案。

魏姨娘說完便把那藥丸送入嘴裡，端起身邊的茶水便要喝，喬錦書忙伸手阻止了，從喜兒帶來的食盒裡端出一盞清水，道：「用這個吧，藥效好些。」

魏姨娘也不在意，伸手接過來，一飲而盡。

喬錦書起身走過去移開炕桌，扶著魏姨娘躺平了，道：「妳好生躺下歇著，還有一會兒工夫呢，咱們說說話。」

魏姨娘微微頷首，躺了下去。

兩人便低聲說話，不過一炷香的工夫，魏姨娘已經氣息全無，喬錦書拿過旁邊的薄被蓋在她身上，喚了喜兒和紫藤進來。

紫藤見魏姨娘已經死了，便撲過去搖著魏姨娘的身體嚎啕大哭，喬錦書立時喝止了她，道：「妳們姨娘吩咐了不許動亂她的服飾，妳若傷心便跪在邊上哭吧。」說完轉身吩咐喜兒道：「妳帶著隨著咱們過來的兩個婆子守著魏姨娘，死者為尊，不許人褻瀆了她，我去請示爺了好入殮。」

喜兒躬身領命。

喬錦書剛走出清揚園，劉嬤嬤便帶了人進了漣漪軒東廂房，喜兒見了道：「我奉我家錦大少奶奶之命，守著魏姨娘不許人冒犯，不知劉嬤嬤有什麼事？」

若是別人劉嬤嬤便再不會客氣的，這喜兒不但是喬錦書的大丫鬟，還是跟在盧嬤嬤身邊長大的，從來都是有些威信的，劉嬤嬤便皮笑肉不笑的道：「喜兒姑娘，我也是奉了我們雪大少奶奶之命，按規矩來驗驗的。」

喜兒自小入府，知道府裡是有這樣的規矩，若攔著便是錦繡樓無理了，想到這兒便道：「嬤嬤要驗，便只管驗，只是這人死事了，死者為尊，望嬤嬤手下有些分寸。」

劉嬤嬤聽了不攔著自己驗，便笑道：「這個自然，好歹也是官家之女，老奴省得的。」

說完伸手往鼻息間探了探，又摸了摸脈搏，已經皆無氣息，又從袖子裡抽出根寸長的銀針飛快的往人的極疼處扎去，出手太快，喜兒想攔都來不及，眼看那針扎下的地方便有些血珠沁了出來，喜兒便有些惱怒的道：「嬤嬤，爺可是吩咐了讓魏姨娘尊嚴的走，嬤嬤這樣子，等下要是爺問起這血跡的事，喜兒可是要據實回稟的。」

劉嬤嬤聽了，便有些慌張的道：「人老了有些失了手，喜兒姑娘寬宥些個，老奴便不打擾喜兒姑娘了。」說完帶著人匆匆的走了。

秦暮雪聽了劉嬤嬤的話，不由得意的笑了。「我道喬錦書有什麼本事呢，不過是這樣。連向她示好的人也護不住，我倒看日後還有誰向她靠攏呢。」

顧瀚揚聽了喬錦書的話，微微頷首，打發了清風去辦了魏姨娘的後事，自己也去看了一看，一切都按魏姨娘的要求，找了山清水秀的地方葬了。

第四十一章 無憂

魏香兒覺得自己好像作了一場夢一般，睜開眼觸目所及是一張雕刻著富貴牡丹圖的架子床，和一頂象牙色的細紗錦帳，騰的一下坐了起來，使勁在自己的胳膊上一掐，疼，好疼！原來真的沒死，活下來了，是她救了我，死的恐懼和生的喜悅生生交織著、纏繞著，魏香兒終於伏在自己的膝上嚎啕大哭了起來。

等她哭夠了，旁邊一隻白膩纖細的手遞過一塊絹帕，道：「姑娘，不用怕，都過去了。」

魏香兒驚懼的抬頭，見邊上一個五官嬌媚，笑容明豔的年輕媳婦子正笑吟吟的望著自己，腦海中閃過一個人，剛想出聲詢問，那女子笑道：「我不想知道姑娘是誰，姑娘也不必知道我是誰，託付我的人說了，逝者已逝，請姑娘忘卻前塵往事，為自己痛痛快快的活一場，無論妳要去哪裡，只管告訴我，我夫君會送妳前往的。」

「為自己而活?!」魏香兒喃喃低語道。

「是的，女戒、女訓雖嚴格，但是我們也要儘量的為自己活著。」那年輕的女子遞給魏香兒一管簫、一個紅漆木盒，看著這熟悉的兩樣東西，魏香兒忍不住淚水潸然而下，輕輕的撫摸著簫身，然後拭了拭腮邊的淚水，才打開那盒子。

看著盒子，魏香兒有了片刻的愣怔，抬頭看著那年輕的女子。

那年輕的女子笑道：「她說榮華富貴她送不了，不過平安簡單的日子還能盡力，姑娘有了這些盡可度日了。」

魏香兒透過紗窗極目遠眺，好像能看到那曾經熟悉的地方一樣，低語道：「我不懂為什麼我第一次見她就想和她親近，然而總有許多顧慮，只是遠遠的望著她，可是心裡卻是喜歡她的。」

那年輕的女子也笑道：「原來我們是一樣的，我還沒見到她，只看見她的屋子就喜歡她了，後來一見面我們就成了朋友，再後來我們有了更厚重的緣分。」

魏香兒有些希冀的望著眼前的女子道：「那我們也可以成為朋友嗎？」

那年輕的女子拉了魏香兒的手道：「當然，我們當然是朋友，可以生死相託的朋友。」

「生死相託嗎？有了妳們兩個這樣的朋友，我沒白活一場，我會聽她的話，為自己而活的。」魏香兒道。

聽這屋裡說話的聲音，門外的喬楠柏終於鬆了口氣，耳邊想起喬錦書和他說的話——

「時間太緊迫，那藥我沒有太多時間去試驗藥性，只能用兔子減量做了簡單的試驗，又比對她的大概身量下的藥，若是午時尚未醒來，你一定要不顧一切的通知我，就算冒險也必須告訴我，我用銀針引藥救她性命。」

此時屋裡的人醒了，還是要想辦法通知錦兒才是。

喬楠柏對張玉鳳的乳娘低語了幾句，那是一個四十開外極其精明幹練的嬤嬤，聽了自己姑爺的話，忙頷首應道：「姑爺放心，我必定知會姑奶奶的。」

喬楠柏這才安心的帶著柴胡守在門外，遠遠的看見落日帶了人走過來，喬楠柏沈下臉迎上去道：「你家主子倒真是消息靈通啊，不過今日有我喬楠柏在此，就算你功夫再厲害，也必得從我身上踏過去，才能進去。」

落日聽了忙躬身作揖，道：「奴才哪有那麼大的膽子，若傷了二爺，就算我們主子肯饒了奴才，錦大少奶奶那些稀奇古怪的藥丸也饒不了奴才呀。奴才是奉我家主子的命來的，我家主子說凡事以錦大少奶奶的意思辦。」

喬楠柏半信半疑的看了落日。

落日無奈的搖搖頭，抽出自己佩劍遞給喬楠柏，道：「二爺只管用劍對著奴才，若奴才有一些不如二爺的意，二爺只管刺就是。」

喬楠柏這才信了，道：「我才懶得要你的劍，你這幾個人，我家錦兒的藥絕對放倒你們。」

落日苦笑道：「是，那奴才能進去了嗎？」

喬楠柏點點頭，陪著進了屋子。

看見落日進來，魏香兒臉色慘白，慌忙道：「一切都是我的主意，千萬不要累及別人。」

落日見了，忙笑著上前行禮道：「姑娘莫慌，我家主子說了，他的姨娘已經死了，報喪的信已經發往京城，姑娘以後就叫無憂，姓倪吧。姑娘要去哪兒，就由我家主子的近衛去送，總是安全些，到了地方也可以為姑娘做出妥善的安排。」

魏香兒聽了喃唸：「倪無憂，妳無憂……」眼淚無聲落下，望著那熟悉的方向磕了三個頭。

交代完顧瀚揚的話，落日又道：「無憂姑娘，我家錦大少奶奶讓我帶了一個人過來，由妳處置。」

說著往屋外示意，一個家僕便把一身狼狽、面色蒼白的紫藤推了進來。

紫藤驚恐的看著活生生的魏香兒，慌忙跪倒磕頭求饒。

魏香兒像看死人一般看了紫藤一眼，對落日道：「拖下去杖斃吧。」

落日點頭，便有兩個家人上來拖了紫藤下去。

落葉滿地，天氣也逐漸寒涼了，顧瀚揚合上手裡的書，看著門外道：「落日，甲木怎麼還沒回來？」

落日在門外道：「已經快三個月了，想必應該快回來了。」

正說著明月進來回稟道：「甲木求見。」

顧瀚揚忙道：「讓他進來。」

一個玄衣勁裝的漢子匆匆走了進來，單膝跪地道：「叩見主子，甲木回來覆命，人已送到，那人接了，和同僚稱是家鄉的妻子來了，買屋住了，對外夫妻相稱。屬下待他們安頓下來又去見了無憂姑娘幾次，無憂姑娘均道安好，屬下才啟程回來。」

顧瀚揚滿意的微微頷首道：「還算是個有情有義的漢子。」

甲木從懷裡掏出一封信，雙手奉給顧瀚揚道：「這是無憂姑娘讓屬下帶給錦大少奶奶的。」

顧瀚揚接過來沈吟半晌，直接點了火摺子燒了，然後囑咐左右道：「這事不要告訴你們錦大少奶奶，爺不想她總為外人操心。」說完起身往內院去。

明月不解的看了看顧瀚揚的背影道：「爺這是怎麼了，不過一封女子的書信罷了。」

清風擠眉弄眼的向明月比了個「嫉妒」的嘴形，明月忍不住低聲道：「不會吧，爺連女子都嫉妒？」

清風剛想去捂明月的嘴，顧瀚揚在前面不陰不陽的道：「這秋天的落葉就是煩人，清風、明月這兩日把外院的落葉都掃了，只要讓爺看見一片，你二人就少吃一頓飯。」

清風氣得只想掐死明月，明月哀嚎著逃開。

聽了顧瀚揚的話，喬錦書喜上眉梢，規規矩矩的給顧瀚揚行了個福禮道：「錦兒謝謝爺了。」

顧瀚揚極不滿意的把喬錦書拉到懷裡抱著道：「怎麼，錦兒竟是為了個外人向爺道謝，倒顯得和外人比和爺還親近一般，既這樣，這謝禮爺可要好好的收一收才是。」說完低頭往喬錦書臉上親去。

喬錦書忙用手推著顧瀚揚，道：「爺，青天白日的也顧忌些，讓丫鬟們笑話。」

屋外湘荷和喜兒互相瞪眼忍笑，妙筆從外面走進來見了，嚇得把湘荷和喜兒拉到門外，怕怕胸口道：「嚇死我了，還好爺沒聽見。」

喜兒不解的道：「爺便是聽見我們笑也是平常事，妳這麼害怕做甚？」

妙筆忙把清風和明月被罰掃落葉的事說了，嚇得喜兒忙用手捂了嘴看著屋裡，湘荷緊緊的閉上嘴不出聲。

顧瀚揚硬是抱緊了、親夠了，才鬆手道：「爺看誰敢笑，清風、明月可是需要人幫忙的。」

屋外湘荷、喜兒、妙筆俱悄無聲息。

喬錦書滿臉飛紅，嗔怪的看了顧瀚揚道：「爺什麼時候變得這般無賴了？」

顧瀚揚不以為意的道：「爺一直這般，錦兒竟是才知道的嗎？」說完又在喬錦書耳邊低語幾句。

喬錦書羞紅了臉道：「爺，錦兒還有正事和你說呢。」

見這樣，顧瀚揚也坐好了，道：「什麼事？」

喬錦書有些擔憂的道：「眼看著蘋果、木瓜一天天懂事了，木瓜還好些，那蘋果被娘寵得太沒邊了。前日娘手上戴著個玻璃種的翡翠鐲子，蘋果見了要玩，娘二話不說摘了給她，蘋果玩了一氣，不小心就砸了，我都替娘心疼得緊，可是娘還笑呵呵的說，蘋果手勁越發長了，可見身體好，乳娘有功，竟是要賞乳娘。爺，孩子小這麼寵著可極不好呢，錦兒也不好說，爺得了空和娘說說才是。」喬錦書道。

顧瀚揚聽了笑道：「一個鐲子砸便砸了，錦兒不必擔心。」又看見喬錦書臉色不豫，方又道：「好，爺去和娘說，讓她不要寵著蘋果。」

喬錦書這才笑了。

顧瀚揚便起身，笑道：「爺會早些回來，錦兒別忘了爺剛才說的。」說完起身下樓。

看見顧瀚揚出來，湘荷幾個忙蹲身行禮。進了起居室，聽著顧瀚揚下樓的腳步聲漸漸遠了，三人才鬆了口氣的模樣，惹得喬錦書笑道：「我倒不知道妳們什麼時候這麼怕妳們爺了。」

湘荷笑道：「奴婢們可不想去給清風、明月幫忙。」

說得喬錦書有些不好意思的笑了。

晚上的錦繡樓自然是溫暖如春，只是苦了值夜的妙筆和弄巧大氣也不敢出。

等過了幾日到了請安的時辰，喬錦書帶了蘋果、木瓜，梁如蘭帶了奕哥兒都去給顧夫人請安，顧夫人也不知怎的上火了，牙疼得緊，便蹙了眉不愛說話。

喬錦書便讓喜兒回去取藥丸來，蘋果卻是趁著乳娘不注意，竟蹣跚著走到了顧夫人跟前，從自己的小荷包裡拿了個糖出來要塞到顧夫人嘴裡，還嬌聲道：「祖母，吃吃，笑。」

顧夫人樂得見牙不見眼，斜睨著喬錦書這邊，道：「你們只說我太寵著蘋果，是我太寵她嗎？明明是我的蘋果惹人疼得緊，妳看那兩個小子，只管自己玩，哪裡看到祖母不舒服了？我的蘋果看見祖母不笑都心疼呢。不過砸了一個手鐲你們就心疼，明日我還開了庫房給她玩呢。」

喬錦書滿頭黑線卻只能笑了附和著，梁如蘭在旁邊看著喬錦書的樣子掩嘴直笑，恨得喬錦書拿眼剜她。

梁如蘭湊過去在喬錦書耳邊低聲道：「不礙事，奕哥兒以前也是這樣，妳只管回去給他們立規矩就是。」

喬錦書這才點點頭。

這日喬錦書正和張嬤嬤商量著蘋果、木瓜抓週的事，蘋果穿了身大紅底子繡平安如意圖案的刻絲錦緞小襖和同色棉褲，木瓜穿了件藍色底子繡著同樣圖案的刻絲錦緞棉襖，同色棉褲。兩人在炕上玩著一套木頭小人偶，聽見自己的娘說抓週，木瓜也調皮的跟著學，嘴裡唸道：「抓週、抓週。」說完還伸出小手去抓邊上坐著的蘋果的頭髮。

蘋果的頭髮剛齊耳根，修了齊眉的娃娃頭，白皙的皮膚，圓圓的小臉上嵌著一雙黑溜溜的眼睛，像瓷娃娃一樣，被木瓜抓疼了，也不叫人，只瞪著那雙烏溜溜的眼睛看著木瓜，也想伸手去抓。可是木瓜的頭髮剃得光光的，只有頭頂處一撮頭髮，沒處下手，蘋果抬腳便踢，木瓜沒坐穩，被踢了個四腳朝天，手裡還抓著蘋果的頭髮，兩人便在炕上摔了一堆。

喬錦書見二人打鬧也不管他們，蘋果和木瓜摔了一堆，見沒人理他們也不哭，反倒呵呵笑了起來。蘋果在上面，一翻身就坐了起來，還伸手去拉木瓜，等兩人都爬起來坐好了，蘋果大約覺得被木瓜抓了的地方有些疼，便指著頭，看了木瓜道：「疼。」

木瓜聽了忙爬過去，對著那頭髮就呼呼吹了幾下，又抬手摸了摸那裡，才露出幾顆小牙，笑道：「不疼。」

蘋果果然笑著道：「不疼。」兩人又玩在一處。

喬錦書和張嬤嬤見了都面露喜色，卻也不去打擾他們玩，只顧商量自己的事。

顧夫人和喬錦書商量著這抓週一定要好好的熱鬧一下，顧老爺和顧瀚揚原也是樂觀其成的。誰知到了臨近的幾日，顧瀚揚從外面回來去了顧謙默的外書房，兩人在裡面不知道說了些什麼，大約過了兩個時辰才陸續走出來。顧謙默去了曉荷園不知道和顧夫人說了些什麼，第二日顧夫人和喬錦書都默契的說，歲末了，府裡的事越發的多了起來，這抓週簡單就好。

等到了正日子，也沒請客，只有府裡自己家人，那些擺在桌上抓週的東西也是極簡單的。蘋果抓了盒七彩琺瑯盒子的胭脂，木瓜抓了本畫滿各種動物的畫冊，秦暮雪見了便有些得意，又面露不屑的低聲和劉嬤嬤說道：「龍鳳胎也不過這樣嘛，都說從小看大，也不像個有出息的樣子。」

劉嬤嬤到底年歲大，見識多些，忙拉了拉秦暮雪的衣角不說話，秦暮雪見了便也不再作聲。

等回了瑞雪閣，秦暮雪有些不高興的看了劉嬤嬤道：「嬤嬤今日怎麼了，我說的不對嗎？」

劉嬤嬤看了看自己奶大的大少奶奶，原是個極聰明有心計的，但只要沾了「情」字便有些糊塗，遂嘆了口氣，笑道：「大少奶奶，您今日沒發現那几案上最鮮亮的便是那七彩珐瑯的胭脂盒子，和那本畫滿了各色動物的書嗎？其他的東西雖樣樣有，顏色都是暗沈的，小孩子喜歡鮮亮的東西，自然會抓那兩樣。再說您想想滿月的排場，這抓週原該更熱鬧才是，怎麼這麼安靜就把事辦了呢？」

秦暮雪聽了才有些醒悟，忙道：「是了，多虧嬤嬤提醒，不然我都沒注意這些。我也有好些日子沒有收到娘的來信了，如今正該寫封家書回去才是。」

劉嬤嬤聽了心裡有些擔心，忙道：「大少奶奶，秦府再好，您總歸是外嫁的女兒，顧府才是您終身的依靠。如今老奴總覺得有些個異常，您還是小心些的好，不然落下話柄，可是一輩子的事。」

秦暮雪思忖了片刻，冷笑著道：「這顧府我可還依靠得住？還是我自己娘家才是最可靠的，若真的將來大事得成，顧府還不得看我們秦府的臉色嗎？到那時，我倒看表哥要如何來求我，哼。」

劉嬤嬤聽了，低頭不說話，只想著這顧老爺和顧夫人都是極正直的人，只要自己家的大少奶奶大面兒上不出錯，他們也不會太苛待的，到底是明媒正娶的正室，大禮上總不錯的，只要大少奶奶把「情」字看淡了，將來想辦法收養個孩子在膝下，這一輩子的榮華富貴，安穩人生總是有的。那秦府可真說不得的，姑娘這些年的不育，自己心裡是有些明白的，大少爺雖然手段狠，但對自己的女人還是不錯的，再不會做這樣有傷陰騭的事。哎，自己卻不敢說出來，自己的兒子、孫子可都還在秦府呢，大少奶奶若能聽自己勸還好，若不聽時也罷，最多自己這條老命陪著大少奶奶罷了，總不能再累及家人。

想到這兒，抬頭笑道：「老奴總覺得有些不妥，也許是老奴想多了。」

秦暮雪聽了便笑道：「嬤嬤想多了，等下還是按原來的法子，把信送出去吧。」

劉嬤嬤暗自嘆氣，微微頷首。

數月後，這一天清風鬼鬼祟祟的進了錦繡樓，見了喬錦書，規規矩矩的行了個禮，無奈的從袖袋裡拿出封信遞給喬錦書。

喬錦書笑著接了，道：「你去吧，我看了必然燒了，不會令你為難的。」

清風行禮告退，最後還悄悄的瞪了湘荷一眼，湘荷只作不見。

出了錦繡樓的門，清風才鬆了口氣，忙往外書房去，一路上心裡直埋怨自己這兩個不靠譜的主子，自己的爺不喜錦大少奶奶管別人的事，錦大少奶奶卻偏要和外面的人通信，又不想讓爺不高興，便為難自己這個做奴才的。自己又不敢得罪錦大少奶奶，不然就威脅自己要把自己看中的媳婦兒許給別人。可是爺也是個不靠譜的，若要罰人，打幾板子就是了，自己便也認了，卻偏偏想些千奇百怪讓人哭笑不得的法子折磨人。清風只覺得自己的頭皮陣陣發麻，無奈的嘆口氣，誰讓自己喜歡上那個沒心沒肺的湘荷呢！

喬錦書拿了信也不急著拆，只笑睨著湘荷道：「妳可心疼？」

湘荷倒不害羞，只大大咧咧的笑道：「有什麼心疼的？就算爺知道了，也不過掃落葉、擦青石地板罷了。」

看見湘荷一副滿不在乎的樣子，喬錦書搖搖頭，笑道：「清風也算是個有心計、有成算的，怎麼就栽在妳這個嘴巴比腦袋快的丫頭手上呢。」

主僕兩人說笑了一陣，喬錦書才拆了手裡的信，那是梅縣來的，遲姨娘說服裝店的生意越來越好，連京城的貴婦人也來訂製，想到京城開個分店，和自己商量。

想當初，解決了魏姨娘的事，顧瀚揚便選了幾個莊子，由遲姨娘和許姨娘自己選了住到哪裡。遲姨娘倒沒太猶豫，就選了個離梅縣最近的莊子，許姨娘又苦求了半天，到底不成，便選了個離顧府最近的莊子，連自己叔叔的莊子都不肯去。

後來聽說她到了莊子上萬事不管，只在屋裡做衣服鞋襪。

遲姨娘到了離梅縣最近的莊子安身後，便和自己聯繫上了，說想做些小生意，一來賺些零用，二來也打發日子，若能和自己合股，將來爺那兒也好說話。

對於這般明晃晃的利用，喬錦書是再不反感的，賺錢原本就是自己喜歡的，如今有個善於經商的和自己合股是再好也沒有了。想著還是做女人的生意好，將來即便顧瀚揚知道了也不反感，遲姨娘再怎麼樣名分還是在的。兩人書信來往幾次，便商量了做女子服飾的生意，喬錦書又結合古今服飾畫了些設計圖送了去，誰知銷路特別好，便一發不可收拾了。

梅縣那個蒲公英莊的女子服飾店，幾個月便聲名大噪。

自己曾問過遲姨娘為什麼取這個名字，遲姨娘回信道：「願用一世的漂泊換片刻的自由，蒲公英便是這樣。」

那個風一樣的女子，願她迎風起舞。

晚上顧瀚揚一夜未歸，以往也不是沒有過這樣的事，但是喬錦書卻深深的不安了起來，整夜未眠。好不容易天亮了，顧瀚揚才一身疲憊的回來了。

隨意吃了早膳便打發了屋裡人，低聲對喬錦書道：「錦兒，妳多準備些解毒的藥丸，還有各種解毒的法子，多想些。」

喬錦書不解的望著他。

顧瀚揚搖頭道：「妳只管準備著，爺到時有用。」

等到顧瀚揚再次夜不歸宿時，喬錦書便真的開始害怕起來，眼巴巴的望著外面。天微亮，顧瀚揚走進臥室，喬錦書立時探詢的望著顧瀚揚。

顧瀚揚連衣服也沒換，便在床邊坐了，道：「錦兒，跟爺出去住幾天，就說妳娘病了，回去探病，想辦法讓妳家裡也做些準備。」

喬錦書心有些慌亂，看了顧瀚揚道：「爺，錦兒娘家……」

顧瀚揚凝望著眼前眉目如畫的女子，道：「錦兒，爺不後悔當初強娶妳，若可以，爺也願意以性命換妳娘家平安，只是覆巢之下焉有完卵，爺也巴望著國泰民安，家人長聚，錦兒也要信爺定能做到的。」

喬錦書鄭重的微微頷首：「錦兒信。」遲疑了片刻又問：「蘋果和木瓜呢？」

顧瀚揚原本平靜的臉出現了一絲痛苦的神情，有些緊張的看了喬錦書道：「錦兒，我們要去的地方相對安全，可是，我不能帶走爹娘，這樣會打草驚蛇，既然不能置爹娘於安全之地，便也不能帶走子女。」且他們是顧家的子女，便該從小經歷風雨。

喬錦書傻傻的跌坐在床上，眼淚無聲的落下。

顧瀚揚正色道：「錦兒，我們沒有時間傷感。」

到了巳時，喬家來人報信說喬大太太病了，讓喬錦書速速回去。

喬錦書便帶了藥箱，只帶著湘荷一個人，又有顧瀚揚陪著回喬家去。正準備要上車，顧夫人帶著萬嬤嬤抱著蘋果、木瓜趕了過來，把兩個孩子往車上一放，道：「既是蘋果、木瓜的外祖母病了，他們理當回去盡孝。」

顧瀚揚遲疑的看著顧夫人，剛想說話，顧夫人沈了臉，厲聲道：「孝順孝順，順便是孝，瀚揚忘記了嗎？」

看著娘親的臉色，顧瀚揚只垂首應了，放下車簾，馬車徐徐往前馳去，顧府離得越來越遠。顧瀚揚把蘋果、木瓜緊緊的抱在懷裡，一聲不吭。

馬車進了喬家，片刻後幾人換了平常百姓的衣服，帶著蘋果、木瓜，由清風、湘荷伺候著從後門上了另外一輛平常的馬車往外馳去。

第四十二章 驚變

馬車在一條小路上停了，幾人下了車，車夫仍然駕著馬車前行，沿著小路走了一段距離，赫然正是悅梅苑。

悅梅苑前還是兩個勁裝大漢守門，看見顧瀚揚一行，忙單膝跪地行禮，顧瀚揚微微頷首，便帶著人徑直進去。

繞過錦字陣的梅花林，一行人來到了暖閣。暖閣西側的房門口站著兩個人，五官平常無任何特點，一色的靛藍色直裰，腰間有些鼓鼓囊囊。

棗紅色的紗簾垂下，影影綽綽間裡面彷彿有人。顧瀚揚吩咐清風和湘荷帶著蘋果、木瓜去東側間休息，自己帶著喬錦書往西側間去。

見顧瀚揚過來，其中一人伸手打起軟簾，低頭行禮，顧瀚揚帶了喬錦書直接走了進去。還是一樣雪白的地毯，只是進門的左側加了個簡單的架子床，右側設了大炕，炕上鋪著同樣雪白的羊毛毯子，黑漆的炕桌。一個身著淺黃色竹葉暗紋直裰，三十四、五歲的男子坐在炕上看書，身邊侍立著一個中年男子，看見顧瀚揚進來，那坐著的男子放下手裡的書，笑道：「瀚揚來了。」

顧瀚揚雙膝跪下，行禮道：「瀚揚叩見太子殿下萬安。」

喬錦書見了，忙跟著跪下行禮道：「民婦叩見太子殿下萬安。」

那男子忙伸手扶起顧瀚揚，溫和的道：「在外面表弟無須行此大禮，表弟妹也請起來，坐吧。」

二人在邊上的椅子上坐了，顧瀚揚看了喬錦書，道：「錦兒去給太子把脈。」

喬錦書應了，上前將脈枕放在炕桌上，太子將手放在脈枕上，喬錦書戴好蠶絲手套正想搭脈，太子便笑道：「表弟妹無須如此拘禮，只管坐下便是，站著把脈恐怕也不是醫者之道吧。」

喬錦書聽了，看了顧瀚揚一眼，顧瀚揚微微頷首，喬錦書這才道謝，側身在炕沿坐了，伸手搭脈。

歐陽曲彥打量著眼前的女子，柳眉杏眼，眼神清澈，此刻安靜的坐著，沒有一絲在上位者面前的慌亂或阿諛，淡然安靜，好像在她眼裡自己和她其他的病患並無不同一樣。

片刻後，喬錦書摘下手套，抬頭打量了眼前的男子一眼，三十出頭的年紀，淺黃色直裰，丰神俊朗，笑意溫和。若是不知道他的身分，定會讓人覺得你看到的就是一個儒雅淡泊的翩翩學子，只是偶爾流露出的那分不可等閒視之的氣度，讓人覺得他的與眾不同。

喬錦書微微躬身行禮道：「殿下無須擔心，這毒民婦能解。」說完笑著看了顧瀚揚道：「殿下所中之毒與娘中的毒有異曲同工之妙，且沒有娘的毒深，殿下大約自己怎樣催動了毒素，不然還不會這般嚴重，只是殿下為何沒用藥壓制呢？」

歐陽曲彥笑道：「京中此刻俱已在秦貴妃母子的掌握中了，我這番算是逃出京城的，哪裡顧得上醫治呢？」

喬錦書聽了心中大驚，但仍是強自鎮定的看了顧瀚揚一眼，顧瀚揚聽了表情沒有任何變化，仍是泰然自若的坐著笑道：「錦兒，多長時間能解毒？」

此刻喬錦書才知道自己所面臨的將是怎樣惡劣的局面，可是自己面前的這兩個男人，一個風輕雲淡，一個安之若素，彷彿隨時失去生命對他們來說也不過赴一場朋友之約一樣，喬錦書的心也慢慢鎮定下來，笑道：「半年足夠了。」

歐陽曲彥好像聽了一個笑話般，笑道：「半年?!小王可以叫妳錦兒嗎？」

喬錦書微微頷首。

「半年的時間，足夠小王周圍所有人的鮮血染紅這啟源朝的大地，這裡面不僅會有顧家，甚至妳的娘家喬家亦難倖免。」說著朝東側間看了看，低沈的道：「也包括我那不滿三歲的兒子歐陽冉，和你們才牙牙學語的一對兒女。」

本該讓喬錦書害怕的一番話，卻讓她鬥志陡起，暢然笑道：「殿下能給錦兒多長時間？」

「最多三天。」歐陽曲彥道。

饒是喬錦書做足了心理準備，也沒想到只有三天的時間，一時愣在當場。

歐陽曲彥彷彿沒看見喬錦書的表情，道：「就是這三天的時間，也是不知道多少人的性命換來的。」說完看了看窗外低聲道：「十天前父皇偶染風寒，突然釀成大病，性命垂危，而小王中毒無人醫治，三皇弟迅速控制了皇宮，是父皇把自己的近衛軍給我，與我的東宮侍衛合到一處，才能護得我一家離開皇宮。

「情急之下，我只來得及秘密把陶妃和冉兒送入安陽王府，希望借助外祖父保住他們母子，其餘近千人護著假扮我的人往秦玉關邊塞而去，為了取信對方，妳的師傅國醫大師也正在去往邊塞的路上。我必須在最短的時間裡解毒，然後和瀚揚一起帶著凌煙源的人趕赴京城，與你三叔顧謙敏裡應外合奪下皇宮，才有活命的機會。」

形勢如此嚴峻，容不得喬錦書有過多的顧慮，沈思了片刻道：「三日解毒錦兒勉力可行，只是會影響殿下日後的健康。」

歐陽曲彥搖手道：「無妨。」

喬錦書微微頷首道：「既如此，錦兒要去準備一下。」說完看了顧瀚揚一眼，顧瀚揚點頭。

微微躬身行禮，喬錦書轉身退下。

清晨喬錦書睜開眼，發現自己的外側沒有人睡過的痕跡，知道顧瀚揚徹夜未歸，轉身看了看睡在裡側的蘋果、木瓜，兩人正呼呼酣睡，便悄悄起身。

湘荷聽見床帳裡面有輕微的動靜，知道喬錦書醒了，忙輕輕走了過去打起紗帳，喬錦書微微搖手示意湘荷不要出聲，披衣下床。

湘荷要伺候喬錦書去淨室梳洗，喬錦書微微搖首道：「妳守著他們，我自己去便可。」

湘荷微微點頭。

深秋的天氣，漸漸寒涼，窗外的梅花抽出了綠芽，喬錦書穿了套粉色底子縷金撒花緞面立領對襟袷衣，米黃色折枝花刺繡馬面裙，獨自往梅林深處走去。剛至綠萼梅邊就看到一襲白色身影，知是太子歐陽曲彥，剛想悄悄退下，誰知歐陽曲彥已經轉身笑道：「錦兒也有這雅興。」

喬錦書躬身施禮道：「錦兒看梅樹抽出新芽，便想過來看看，誰知打擾了殿下。」

歐陽曲彥笑著搖頭，道：「聽說這悅梅苑是瀚揚為妳建的，該是我打擾了妳才是。」

喬錦書微笑不語。

「錦兒為何喜歡梅花？」歐陽曲彥笑道。

喬錦書看了看邊上的綠萼梅道：「錦兒總是不喜冬天的寒冷，在冬天唯有梅花能給人溫暖。」

歐陽曲彥聽了，忍俊不禁的笑道：「從來只聽說寒梅冷香，哪裡聽過梅花能與人溫暖之說。」

「冬季是肅殺的季節，唯有它卓然開放，這般堅持的生命，難道不是最溫暖的嗎？」喬錦書笑道。

歐陽曲彥搖頭笑道：「若不是我知道妳父母雙全，又多得家人寵愛，聽妳這話，還以為妳孤單過許多日子，才這般依戀生命。」

喬錦書有了片刻的驚訝，自己竟無意中流露了前世的情緒，遂笑道：「殿下便當錦兒無病呻吟吧。」

「對生命的依戀敬重，才是我們好好活著的理由，這不是無病呻吟。錦兒最喜歡做什麼？」歐陽曲彥問道。

喬錦書笑道：「若有空又有閒的話，願踏遍啟源朝的每寸土地看花開花謝、日昇日落，過如閒雲野鶴般生活。」

歐陽曲彥聽了笑道：「真令人神往，希望妳有那樣的日子。」

喬錦書微微躬身施禮道：「多謝殿下的祝願，此刻錦兒要去給殿下煎藥了，那藥會令殿下五臟六腑皆有些不舒適，使人虛弱，殿下要多忍耐些。」

歐陽曲彥微微頷首。

喬錦書轉身往梅林外走去。

看著那緩緩離去的身影，歐陽曲彥的心有些微的起伏，隨後搖頭一笑，又看著梅林深處。

喬錦書正在耳房煎藥，顧瀚揚走了進來。看見風塵僕僕，眼下青紫的顧瀚揚，喬錦書忙放下手裡的藥，走過去幫顧瀚揚整理了下衣服，道：「爺昨晚都沒睡嗎？」

顧瀚揚憐惜的幫喬錦書理了理因忙碌有些凌亂的髮髻，笑道：「爺沒事，倒是錦兒既要給太子解毒，還要帶著蘋果、木瓜，辛苦妳了。」

喬錦書笑著搖頭道：「比起爺在外面的刀光劍影，錦兒這些算什麼？」

「傻瓜，男人保家衛國是本分，有什麼可說的。」顧瀚揚笑道。

看著眼前這個男人，就像一座山，無論外面是如何的風雨飄搖，總是毫不猶豫的為家人撐起一方安寧。

喬錦書滿懷柔情的依偎過去道：「爺，錦兒慶幸當日爺拉錦兒入懷。」

抱著懷裡的小人兒，顧瀚揚享受著風暴來臨前難得平靜的一刻，低頭親了親懷中人的髮尾，溫柔的道：「爺也不後悔當日的作為。」

喬錦書踮起腳，在顧瀚揚的臉上親了一下，然後忙掙開顧瀚揚的懷抱，端起藥碗道：「這是剛煎好的藥，太子喝了會身體虛弱，爺別讓太子身邊離了人。」

顧瀚揚聽了點頭道：「爺正好有事和太子商量，這便過去陪他吧。」說完端起藥碗往西側間去。

歐陽曲彥喝了藥，不過一炷香的工夫，便覺得五臟六腑好像都攪動了般，極是不適，便靠著迎枕與顧瀚揚商量事情。

門外傳來落日的聲音，顧瀚揚忙讓他進來，見落日手裡拿著封書信，道：「這是夜鷹才送到的京城來信。」

顧瀚揚聽了忙接過來，遞給歐陽曲彥，落日躬身退下。

歐陽曲彥飛快的拆開信件，眼神掃過信件，臉色遽變，把信拍在桌上，一手抓起桌上的杯子砸了下去，低聲喝道：「畜生，不殺了他們，我歐陽曲彥誓不為人！」

看著平日溫和的歐陽曲彥這般憤恨，顧瀚揚擔心的掃了桌上的信一眼，但並未動手去取信。歐陽曲彥看著顧瀚揚，痛苦又有些內疚的把信遞給顧瀚揚道：「外祖父去了。」

顧瀚揚一聽臉色陰沈，伸手接過了信件——安陽王世子妃秦袖西出賣太子妃和皇長孫藏於安陽王府的消息給威信侯府，三皇子突然帶兵搜府，安陽王立劍阻止於門前。三皇子硬闖，安陽王橫刀於頸以阻止三皇子，三皇子執意進府，安陽王自刎於安陽王府門前，三皇子還欲硬闖，安陽王妃拾刀橫於頸，民眾譁然。三皇子畏民威，遂停止搜查。深夜，仍然夜闖安陽王府，安陽王世子攜太子妃、皇長孫俱已無蹤，府中白幡森森，甚是淒涼。

顧瀚揚虎目盡赤，表情猙獰，低聲道：「瀚揚今夜便帶兵前往，太子隨後趕來。」

歐陽曲彥微微搖首道：「現在就讓錦兒給我療毒，不然我沒法用劍，今夜我們一同前往。」

顧瀚揚還想阻止，歐陽曲彥道：「你帶兵前往師出何名，他們要是給你安個謀反的罪名你待如何？唯有我們一同前往，打出勤王之名才是正理。」

顧瀚揚知道歐陽曲彥說的是對的，可是又擔心的望了望歐陽曲彥，歐陽曲彥笑道：「你愚鈍了，如果徒然保住我一個，讓我們的家人失去性命，讓啟源朝的百姓陷入戰火，我們當初的願望豈不是成空？」

看著已經拿定主意的歐陽曲彥，顧瀚揚不再言語，只朝外吩咐道：「去請錦大少奶奶過來。」

外面的應聲道：「是。」

喬錦書走進來，看見屋裡的兩人臉色有異，便只躬身行禮，並不多話，顧瀚揚吩咐道：「錦兒，立即給太子療毒。」

自己是和顧瀚揚說過太子的病情的，現在還這樣吩咐自己，那麼便是他們商量了決定的。喬錦書聽了沒有提出異議，思忖了片刻道：「錦兒至少需要一個時辰的時間準備，療毒過後太子必須臥床三日，如果做不到這兩點，無異於殺雞取卵。」

歐陽曲彥讚許的看了看喬錦書，笑道：「這兩點都可以做到，錦兒大夫快去準備吧。」

顧瀚揚也微微頷首，喬錦書躬身退下。

待喬錦書退下，顧瀚揚道：「還有一個時辰的時間，我去凌煙源做些準備，太子療毒時我必趕回來。」說完又看了旁邊伺候的中年人道：「大力公公，太子此刻身體虛弱，切不可離開他身邊。」

那中年人躬身行禮道：「大少爺放心，大力死也不離開我家主子。」

顧瀚揚說完走了出去。

喬錦書出了西側間，回到東側間坐了，默默給自己斟了盞茶，細細的思考所有需要準備的事項，提筆一一記錄，又反覆幾遍，看著再無疏漏，這才吩咐湘荷道：「妳帶著蘋果、木瓜，不許他們出這間屋子，不許他們吵鬧。」

湘荷正色點頭，喬錦書便去耳房準備。

喬錦書素色衣裙，青絲以天青色絲帶綰起，手裡托著所需用品緩緩走進西次間，顧瀚揚已在裡面等候了。

喬錦書向太子躬身行禮，再看向顧瀚揚，二人默契的對視了一眼，喬錦書方道：「請太子更衣，只餘褻褲。」

歐陽曲彥看著喬錦書說出這樣的話，卻沒有一絲女子的羞澀，不由得感嘆。「她是個天生的醫者，面對病患心無雜念，唯有醫術和仁心。」

大力卻是詫異的看了喬錦書一眼，只看到她眼裡的清澈無波，大力自己倒不好意思起來，彷彿自己褻瀆了喬錦書一般，低了頭伺候歐陽曲彥更衣。

喬錦書將托盤置於身側準備好的几案上，側身在炕上坐了，顧瀚揚在喬錦書肩上重重一撫，微微頷首。

喬錦書微微一笑，探手取針，左手那青蔥般的手指在歐陽曲彥背上劃過，右手瞬間下針。大力呆呆的看著喬錦書，轉不開自己的眼睛，歐陽曲彥側身背朝上趴著，看見大力呆呆的表情有些好笑。

取針後，喬錦書迅速翻過歐陽曲彥，在其右胸下三寸處，劃開一個口子，迅速用手擠壓，一盞茶後血色轉紅，喬錦書終於鬆了口氣，迅速敷藥包紮。

然後邊收拾東西邊道：「我把藥準備好了，所有的用法、用量都詳盡的寫清楚了，只是太子三日內必須臥床。」說完把藥遞給大力。

由於剛喝完聚毒的湯藥，又立時行針引毒，歐陽曲彥的臉色極度蒼白，顯得人很虛弱，他靠著迎枕笑道：「多謝錦兒了。」

喬錦書微笑著搖頭道：「太子無須客氣，若要謝錦兒，便善自珍重才好。」

顧瀚揚忙站起身道：「我送他們母子三人去凌煙源。」

喬錦書抱著蘋果，湘荷抱著木瓜，顧瀚揚、清風皆是三人一騎，風馳電掣般前行。顧瀚揚帶著眾人穿過站崗的風眼，繞過曲陣來到一座山石前，那山石爬滿青藤陡峭至極，絕不是人力能爬上去的。喬錦書正在疑惑，見顧瀚揚伸手不知在哪兒一觸，那天衣無縫的山石竟然朝兩邊分開，露出一條僅容一人通過的小路。清風立即在前面引路，湘荷緊隨其後，然後是喬錦書，顧瀚揚在最後，接著不知道觸動什麼機關合攏了山門。

走了不遠，眼前便逐漸開闊，出現了一個村落，茅舍、竹屋零零散散，人來人往，看見顧瀚揚，皆躬身行禮口稱主子。

顧瀚揚帶著幾人來到一座傣式的竹樓前，幾人上了樓，簡單的兩間竹屋，一廳一室。顧瀚揚看著喬錦書道：「這是我在凌煙源的住處，這些日子妳帶著蘋果、木瓜還有湘荷，就住在這裡吧。」

喬錦書點頭應了。

顧瀚揚轉身吩咐清風道：「你帶他們先下去，我和你們大少奶奶有話說。」

看著清風帶著蘋果、木瓜下樓，顧瀚揚才牽了喬錦書的手在裡間床上坐了，道：「祖父為了保護太子妃和皇長孫，被三皇子逼得自盡於安陽王府門前，我二叔安陽王世子顧謙安則帶著太子妃和皇長孫不知所蹤。京城的形勢刻不容緩，太子和我今夜便要領兵啟程前往京城。」

喬錦書聽了心裡如驚濤駭浪，但仍是鎮定的看著顧瀚揚微微頷首，顧瀚揚看著強自鎮定的喬錦書，心裡生生的疼，把她抱到懷裡，接著道：「這裡是太子和我私下建起的軍隊，從這裡有一條密道通到隔壁那座山，那邊是軍營，那條密道是單向的，這邊可以過去、那邊過不來，我會留下清風給妳，讓他去接了爹娘和岳父母來這裡。祖父就是被二叔的妻子出賣才自戕的，所以，除了最可信的人，其他的人我會讓他們轉移到隔壁的軍營去，那裡也很安全。」

「沒有我的親筆信，妳無論如何也不能出去，帶著家人在這裡好好等著，若是萬一我回不來了，孝順父母，撫養幼兒的重任都交給妳了。這裡可以自給自足，妳就帶著他們在這裡度日，等風平浪靜後，和爹娘商議再做打算。」

饒是喬錦書再堅強，到了此刻，那淚水也不知不覺的淹沒了雙眼。

顧瀚揚親了親那噙著淚的眼眸，起身朝外喊道：「甲金。」

門外應聲閃進一玄衣的年輕男子，單膝跪地行禮。

顧瀚揚肅然道：「你帶著甲組的人保護這裡所有的人，我在軍營那邊留下了五百兵丁給你調動，一切聽從你們主母的命令。」

甲金看了顧瀚揚一眼，雙手抱拳領命。

甲乙丙丁為序下轄金木水火土五人，他們都是死士，是顧瀚揚的近衛，顧瀚揚留下了最厲害的甲組死士保護這裡，甲金是有些擔心自己主子的，但是，他素來知道自己的主子說一不二的脾氣，儘管不放心也不敢抗命。

顧瀚揚已經離開五天了，這邊只有萬嬤嬤、錢嬤嬤、湘荷三人伺候，大多的事都要自己動手，做體力活的人倒不少，顧瀚鴻、喬楠柏、清風加上五甲，喬錦書每日帶著蘋果、木瓜給顧老爺夫婦和喬楠楓夫婦請安，然後和梁如蘭、張玉鳳一起帶著三個孩子嬉戲，做些針線。

一大家子在一起倒也安穩和樂，如果沒有在外生死不知的顧瀚揚。

顧瀚揚看著久攻不下的京城心急如焚，形勢比自己想像的嚴峻，若再不攻下京城，皇上性命堪憂不說，到那時啟源朝勢必陷入戰火。

歐陽曲彥帶著病體巡城回來，看見顧瀚揚望著城牆發呆，便縱馬過來問道：「瀚揚想什麼呢？」

顧瀚揚道：「若然強攻必會是一場血戰，折損的都是我朝官兵，他們不能抵禦外患，卻為內亂喪命，瀚揚不欲如此，且引發戰事必影響國家安定，如今只有智取為上。」

歐陽曲彥聽了笑道：「瀚揚有安邦定國之才。」

顧瀚揚睨了歐陽曲彥一眼道：「什麼時候了，太子還笑話瀚揚。」

歐陽曲彥嘿嘿一笑道：「苦中作樂，何必當真？說說你有什麼好辦法。」

顧瀚揚指了城門道：「我今天看了一天，發現東西城門不知因何，一到換崗時都極鬆懈，若是用輕功極好者乘機攻上城樓打開城門，便可兵不刃血打開城門。」

二人正商量著，顧瀚揚身後閃出一人，全身盔甲，精明幹練的在馬上躬身施禮道：「爺，讓長河去吧。」

顧瀚揚對長河的功夫是相信的，只是想到穀雨，想到喬錦書，顧瀚揚有了片刻的遲疑，那攻上城樓的人是極其危險的，一個不慎便不能全身而退。

長河跟了顧瀚揚許多年，主僕間的默契非常人可比，知道顧瀚揚在想些什麼，便道：「爺不是常說保家衛國是男兒本分嗎？長河願往。」

顧瀚揚還沒說話，長河身後又過來一個同樣全身盔甲的人，馬上施禮道：「石東願往。」

聽著這個熟悉的名字，顧瀚揚雙目炯炯，肅然道：「此去極其危險，你可知道？」

石東鄭重道：「萬副尉所說的，也是石東要說的。」

顧瀚揚再次打量了二人一眼，重重點頭。

甲金一開始對喬錦書是恭敬而疏離的，只是他身負保護之責，每當夜深總會在那竹樓附近巡視，他發現那個白日總是淺笑軟語的年輕主母，自從主子走後從未安枕，總是天色微明才和衣而臥，到了白天又開始安慰老人，照顧孩子，絲毫不見憂色，不覺對她肅然起敬。

第二十天，喬錦書覺得自己快到了崩潰的邊緣，清風每日出去打探消息，回來時都不敢看喬錦書的眼神。

天色漸漸的黑了，等待了一天的喬錦書轉身回了竹樓，看見湘荷已經準備好晚飯，帶著蘋果、木瓜坐在桌子邊了。

木瓜正和蘋果嬉鬧，看見喬錦書忙問道：「娘，怎麼爹爹好久都不吃飯了呢？木瓜想爹。」

蘋果也端著一張臉跟著點頭。

每次吃飯顧瀚揚總是讓人把蘋果、木瓜放在炕上，所以木瓜才這麼問。聽了這話，喬錦書心裡越發的疼，仍笑道：「爹和許多叔叔們在外面吃，我們不等他了。」

蘋果和木瓜點點頭，喬錦書和湘荷端起小碗一人一個的餵著飯，屋裡安靜極了。

清風抱著一物匆匆的跑進竹樓，氣喘吁吁的道：「爺來信了，爺來信了。」

第四十三章　登基

啟源十五年皇帝駕崩，太子即位改年號承源，封皇太后秦氏為太皇太后，自己的生母故去的顧皇后為嘉義貞皇太后，與大行皇帝同葬於西陵，太子妃陶氏封為皇后，嫡長子三歲多的歐陽冉立為太子。

那一場轟轟烈烈的政變，在史書上不過是幾行改朝換代的記載，策動政變者卻永遠的淹沒於時間的長河，無人記得。

承源元年七月，安陽王世子顧謙安則承繼安陽王位，娶王丞相嫡女為妃，同年承源帝感顧家忠義，封安陽王長子顧謙默為逍遙王，一家兩王爺，顧家盛極一時。顧謙默上奏稱身體有病，直接將王位傳於長子顧瀚揚。

湘荷匆匆走進錦繡樓的起居室，見喬錦書正拿著識字板在教蘋果、木瓜識字，躬身行禮道：「王妃，慶陽守備萬長河攜家眷求見，還有石千戶也一同求見，王爺在大廳接見他們，請王妃前去。」

聽說穀雨來了，喬錦書忙站了起來，喚乳娘過來看好孩子，自己進去換衣服。

喬錦書頭綰來鳳髻，插了支牡丹朝陽點翠步搖，身穿連枝牡丹刺繡領煙霞紅秋菊提花對襟窄袖禮服，扶著湘荷緩緩走進大廳。

顧瀚揚端坐在主位，雙目幽深，五官俊逸，看見喬錦書進來，冷峻的臉上也浮現出一絲笑容，朝喬錦書伸出手，喬錦書微笑著扶了，在顧瀚揚身邊坐下。

穀雨見了喬錦書，激動得站了起來，長河忙起身扶了她，兩人一同躬身跪倒。「屬下長河，攜眷請王爺、王妃萬安。」

「臣妾穀雨，請王爺、王妃萬安。」

喬錦書忙起身扶起穀雨，仔細的端詳起來，還是一樣明麗的五官，爽朗的笑容，只是此刻眼裡噙著淚，傻傻的看著自己。

看著穀雨一切都好，喬錦書心下安然，輕輕拍拍穀雨的手，道：「等下回屋了我們細說。」

二人起身回座，這邊石東起身雙膝跪地行禮，顧瀚揚道：「免禮。」

石東取出一個錦盒，雙手捧給喬錦書道：「這是屬下出征前拙荊讓屬下一定要帶給王妃的禮物，請王妃笑納。」

喬錦書疑惑的看了顧瀚揚，顧瀚揚微微頷首，喬錦書才示意湘荷接了過來，抬手打開錦盒，裡面是一管極熟悉的青竹簫，喬錦書頓時眼神清亮，驚喜的道：「她好嗎？無憂可好？」

石東感激的看了喬錦書道：「拙荊很好，如今已經有了身孕，她說無論男女都叫石念喬。」

喬錦書輕輕撫著青竹簫，道：「嗯，她好我便安心了，告訴她海記憶體知己，天涯若比鄰，也許有一日我們會再見的。」

送走了穀雨，喬錦書呆呆的看著窗外一動不動，連顧瀚揚進屋都沒覺察。

顧瀚揚見了嘴角微揚，屏退了屋裡人，走過去把人抱到懷裡道：「錦兒莫非在想爺？」

喬錦書回頭嗔怪的看了一眼道：「爺，如今蘋果、木瓜越發的大了，自己會到處跑了，冷不防就進來，爺也不忌諱著些。」

顧瀚揚不以為意的道：「他們看見爹娘恩愛該歡喜才是，忌諱些什麼呀。」嘴裡雖這樣說著，手卻鬆了開來，扶著喬錦書在炕沿坐了。

喬錦書掩嘴直笑，顧瀚揚知道喬錦書笑自己什麼，也不說話，只是雙目微挑，那幽深的眼裡射出灼熱的光，看得喬錦書不知不覺紅了雙頰。

顧瀚揚這才睨了喬錦書，笑道：「如今國家安定，經歷了這一場變故，瀚鴻也變得穩重了許多，不再一味的貪玩了。慶陽這邊的生意我打算交給他打理，我自己想去全國各處的分店巡視。做了這個王爺雖不用上朝，總還是要出點力的，順便幫皇帝看看各處民情，也好讓他不至於盲人摸象般艱難，只是不知道錦兒有些什麼打算。」

喬錦書聽了，眼睛瞬間亮晶晶的，看了顧瀚揚，笑道：「王爺，真的要去全國各地體察民情嗎？」

顧瀚揚故意肅然道：「本王自不會欺妳一個小女子。」

喬錦書嬌俏的揚起臉，笑道：「那本王妃自然也要隨侍在側了。」

顧瀚揚聽了並不作聲，只伸手撫了撫喬錦書的臉頰，在她耳邊低語幾句，又飛快的親了一下，就起身下樓。

留下喬錦書脹紅著一張臉，恨恨的瞪著那早已經看不見的身影。

京城皇宮，新帝歐陽曲彥看著顧瀚揚上的摺子，恨恨的道：「顧瀚揚這小子，他且不管朕忙成什麼樣，他倒好，美其名曰幫朕體察民情要去遊山玩水，還上個摺子氣朕，大力磨墨，朕要改封他為忠義王，看不累死他，朕讓他逍遙？」

大力在旁邊咬唇忍笑道：「皇上，他母親陶太妃的父親是忠義王。」

皇帝聽了一臉錯愕，斜了大力一眼，道：「那就封安勤王。」

大力猶自忍著笑，道：「皇上，不論您封他個什麼王，奴才想逍遙王都會藉口腿有殘疾不宜上朝來拒絕回京的。」

皇帝一臉不甘道：「他那個腿，他那個小王妃的醫術會醫治不好，朕才不信，就是藉口。」

大力正想說話，有宮人進來稟報：「太皇太后有請。」

皇帝聽了，帶了大力便前往福壽宮去。

太皇太后秦氏滿臉蠟黃，雙頰深陷，早已經沒有了往日的威嚴，只是一個病入膏肓的老人了，看見皇帝，忙招手讓他過去。

歐陽曲彥行禮，在旁邊的琴棋凳上坐了，道：「皇祖母您且安心休養，朕知道您是掛心秦家的事，只是這次朝野怨恨太大，朕也有些為難之處。」

太皇太后搖搖頭道：「皇帝，哀家是秦家的女兒沒錯，更是歐陽家的兒媳，是你父皇的母親，這次他們竟然……不然你父皇何至於此，哀家叫你前來便是讓你自行處置了他們吧，整日囚禁在天牢，也會對穩定朝堂不利。」說完又嘆了口氣，有些哀求的口吻道：「只是留下十歲以下的男丁，讓他們去戍邊吧，永遠不得回朝，還有外嫁的女兒也赦了吧，秦貴妃就交給哀家處置。」

歐陽曲彥聽了應了，猶豫了片刻道：「別的外嫁女兒都可赦，唯獨前安陽王世子妃秦袖西不能赦免。」

太皇太后沈沈頷首道：「她任你處置，就算凌遲，哀家都無話可說。」

歐陽曲彥恭敬的應了。

承源元年八月，威信侯秦家抄家，所有十歲以上男丁皆斬首，女眷未參與者罰為官奴，參與者繯首死刑，前安陽王世子妃秦袖西腰斬。

十歲以下男丁流放三千里戍邊，永世不得回朝。

次日秦貴妃歿，三皇子去了偏遠的封地，無詔不得回朝。

赫赫秦家一時風流雲散。

消息傳到慶陽，秦暮雪心痛如絞，祖父、父親斬首，母親繯首死刑，妹妹沒籍為奴，所有的親人一夕之間都沒有了，秦暮雪承受不了這個打擊，一時病倒了。

想起自己家的境遇，顧家卻顯赫一時，秦暮雪極不甘心，便吩咐劉嬤嬤去找顧瀚揚來，說自己要見他。

劉嬤嬤聽了有些遲疑，但是看看病得臥床不起的秦暮雪，還是去外書房請顧瀚揚。

過了半個時辰，清風走了進來，躬身施禮道：「奴才見過雪王妃，王爺說現在有事不能過來，雪王妃有什麼話，可以讓奴才代傳，有事也可以吩咐奴才去做。」

秦暮雪聽了冷笑道：「雪王妃，我這個王妃想見王爺一面都不能，算什麼王妃，如此說錦繡樓那位就稱錦王妃了？」

清風聽了恭敬的道：「錦繡樓住的是王妃。」

秦暮雪一聽，頓時大怒。「她稱王妃，顧瀚揚是不是忘記了我秦暮雪才是他明媒正娶的正室？你去告訴你家王爺，若他今日不來見我，便等著顧府辦喪事吧。」

清風面不改色的應了告退。

不多時，顧瀚揚面色冷峻的走進了瑞雪閣，看見秦暮雪病得臥床不起，眼裡終究是有了些不忍，嘆了口氣，在炕沿坐了道：「暮雪，何事急著見本王？」

秦暮雪聽了顧瀚揚自稱本王，冷笑道：「王爺，我記得我才是你明媒正娶的正室吧，因何奴才稱我雪王妃，稱她王妃？」

顧瀚揚聽了道：「皇帝封王妃的旨意並沒下，奴才們的稱呼，妳何必在意。」

秦暮雪冷笑道：「奴才們難道不是體察著主子的心意嗎？王爺大約忘了我才是您的妻子吧。」

顧瀚揚這才正色的看了秦暮雪道：「暮雪此刻想起自己是瀚揚的妻子了，在妳害我孩子的時候，妳怎麼沒想過妳是我的妻子；在妳把我顧家的點點滴滴回報給妳秦府的時候，妳怎麼沒想過妳是我的妻子？」

秦暮雪聽了眼裡閃過一絲異色，頓時啞然，過了片刻方哀聲道：「表哥，我們初識時也有過歡喜的日子吧，我知道那時你是喜歡過雪兒的，因何會到了今日這般，表哥因何狠心給我用藥，讓我生不了孩子呢？我偷偷出府瞞著所有人去找過幾個大夫了，他們都說我體內含麝香，根本不可能生育。」

顧瀚揚垂了眼，半晌不作聲。

秦暮雪見了哀告道：「表哥，暮雪的身體越發的差了，如今也不過苟延殘喘，表哥就不能說句實話，讓雪兒走得也安心些嗎？」

顧瀚揚搖搖頭道：「過去的事妳何必糾纏，妳將養著總會好的，妳的身體差，沒有孩子打擾更好。」說完起身想走。

秦暮雪見顧瀚揚想走，掙扎著坐了起來，道：「顧瀚揚，你愧對我，不敢說嗎？」

顧瀚揚轉身看了看秦暮雪，道：「妳真想知道嗎？」

秦暮雪狠狠的瞪著顧瀚揚點頭。

顧瀚揚又轉回炕沿坐了，道：「當年我在祖母的房裡第一次見到妳，妳清純溫柔，且才情極高，確實打動了我，我看得出妳也是喜歡我的。

「祖母因父親沒娶秦家女耿耿於懷，我就想妳這般聰明可愛，我也喜歡妳，便娶了妳吧，也算圓了祖母的念想，讓祖母和爹娘的關係緩和些。我和爹娘商量，爹娘知道我喜歡妳，也就點頭應了，原想等過幾個月我滿了十六歲就去妳家求親的。

「誰知妳秦家竟是連這幾個月也不肯等，便迫不及待的和祖母算計我，趁著祖母的生日騙我喝了軟骨散，把我抬到妳的床上，我當時是清醒的，看見妳閉眼睡著，想妳也一定是被他們算計了的。誰知道等我被放到床上的那一刻，我看見妳的被子動了一下，呼吸之間也有了變化，我雖服了軟骨散，但是練武人的聽力是不會變的，妳如何狡辯也是沒有用的。當日妳我既是情投意合，妳為何和妳家人一起算計我？」

秦暮雪呆怔著道：「你竟是早就知道了……可是當時太子妃的妹妹和清河郡主都想嫁你，我就是因喜歡你，才同意和家人一起算計你的。」

顧瀚揚聽了道：「喜歡便是這樣的嗎？妳祖父因此得理不饒人，說我輕浮放浪，壞我名聲，逼得我父親不得不帶著我和娘遠離了京城，這也是妳喜歡我嗎？」

秦暮雪無言，顧瀚揚起身往外走去，走到門口停住腳，道：「妳身上的麝香是因為妳長期用蘭花香的緣故，是妳秦家不欲妳生養顧家子，與我無關。」

看著顧瀚揚遠去的背影，秦暮雪覺得自己腦中一片空白無法思考。

「蘭花香，竟然是蘭花香……哈哈哈……」秦暮雪原本慘白的臉色浮出一絲不正常的緋紅，仰首大笑。

綠柳聽得屋裡的動靜，飛快的衝了進來，見秦暮雪全身顫抖著張狂大笑，神色異常，綠柳只覺得心頭悲涼，倉皇的過去扶住秦暮雪道：「王妃、王妃，您怎麼了，怎麼了？」

聽著綠柳的呼喚，秦暮雪一點點的安靜下來，神色也一點點的冷漠，看著綠柳彷彿不認識一般，道：「妳是不是也是他們安排過來監視我的？妳是不是也早知道蘭花香的事？」

綠柳雖然不知道蘭花香到底怎麼了，但是她能肯定這一定是自己主子失常的原因，看著自己的主子這般失措，她只覺得心疼萬分，抬起頭哀求般的道：「您忘記了，綠柳是您從人販子手裡救下的孤兒，您是綠柳的主子，也是綠柳在這個世上唯一的親人，誰也不能安排綠柳傷害您，您是綠柳唯一的主子啊。」

聽著綠柳苦苦的哀告，秦暮雪清醒了些，眼淚終是忍不住湧了出來，伏在綠柳的肩上抽泣起來，哽咽道：「他們好狠，好狠，竟然在蘭花香裡下了麝香，讓我無法生兒育女。綠柳，我悔呀，我當初若是聽妳的勸，把心思都放到爺身上，不是一門心思只當秦家的女兒，今日就算沒有夫君恩愛，至少也可以兒女繞膝呀。」

綠柳被秦暮雪的話驚呆了，半天才反應過來，是秦家在蘭花香裡下了麝香，才讓自己的主子這麼多年無法生育，就為了爭權奪利，連自家的女兒也下得去手，這般富貴人家的世界，綠柳覺得自己真的無法明白。只是主子當日若是能聽自己一句半句也不至若此，到了今日，自己一個小小的奴婢也是回天乏術，只能陪著主子了，永遠……

劉嬤嬤在屋外聽著屋裡主僕兩人的話，也是悲從中來，這是自己奶大的主子，卻只能眼睜睜的看著她用著那害人的東西而不能出聲，因為自己的兒子、孫子都在秦府，自己的一句話、一皺眉都可能要了他們的性命啊。自己每日生生的活在這般折磨中，也好，終於事發了，這樣折磨人的日子總算解脫了。

劉嬤嬤捏了捏袖袋裡的東西，緩緩的走了進去，跪在秦暮雪的床榻前，輕輕的撫著秦暮雪的髮絲，秦暮雪抬起頭希冀的看著劉嬤嬤道：「您知道蘭花香的事嗎？」

劉嬤嬤緩緩的放下手後退了幾步，朝著秦暮雪恭恭敬敬的磕了三個頭道：「老奴知道，但是老奴不能說，老奴的兒子、孫子都在侯爺手裡。」

秦暮雪呆呆的看著劉嬤嬤，過了片刻嘴角微翹。「無妨，親如骨肉尚且算計我，我又何必苛求奶娘呢？您下去吧。」

劉嬤嬤再磕了個頭，從袖袋裡拿出一丸藥送進嘴裡，道：「老奴自知有負主子的信任，實在無以為報，也唯有以死回報了。」

終究是自己的奶娘，平日對自己的照顧亦是無微不至，看著她這樣，秦暮雪眼淚又流了下來。「這樣也好，我也不過是這三兩日的事了，不然若我一旦去了，您也不得個善終，這樣我還可以給您個死後尊榮。」

「綠柳，好好給劉嬤嬤辦喪事吧。」

綠柳不甘願的應了。

吉祥匆匆走進屋裡，給顧嫣然和唐姨娘行了禮道：「雪王妃病歿了。」

顧嫣然有了片刻的呆怔，才道：「什麼時候的事？」

「半個時辰前。」

顧嫣然看了旁邊的唐姨娘一眼，唐姨娘越發的憔悴了，倚在棗紅色的迎枕上，聽了吉祥的話，眼裡閃過一絲兔死狐悲的哀鳴，朝吉祥揮揮手。

吉祥躬身退了下去。

屋裡靜得沒有一絲聲響，只有座鐘的滴答聲不緊不慢，過了半晌顧嫣然才道：「姨娘，有什麼打算？」

唐姨娘指了惜柔園的後面道：「姨娘這院子後面可以開個角門直通後院門，那裡的婆子只要好好打點一下，咱們是可以自由出入的。咱們手裡還有幾個鋪子，咱們可以自給自足，不必看僕人的臉色，以後藉著顧府的名勢，希望嫣然可以找到一個真心相待的良人，那時妳可以帶姨娘離開。」

顧嫣然會意的點點頭，轉而指了唐姨娘給她找來的書籍，道：「這個燒了吧，我以後只學女紅理家。」

看著那些紙墨筆硯、詩書禮記，唐姨娘好像看見青春歲月的自己，在自家小小的屋裡勤學苦讀，想著以自己的美貌才學嫁給富貴人家，換另一片天地，可是又如何呢？

唐姨娘微微頷首。「燒了也好。」

湘荷來報秦暮雪歿了，喬錦書聽了起身往窗前踱去，遠遠的眺望著瑞雪閣的方向，雙目微閃，沒人知道她在想些什麼。

過了不知道多久，喬錦書才吩咐張嬤嬤道：「晚膳不必等王爺了，妳們伺候著蘋果、木瓜先用吧。」

張嬤嬤和湘荷皆應了，自去張羅不提。

夜涼如水，唯有星星在遠處閃爍，顧瀚揚只覺得有一點寂寥，腳步緩慢的往內院而來。俊逸的五官略微帶著一絲沈重，原以為那會是一種解脫，孰知仍有一絲淡淡的悲傷流連心間，或許是為那陽春三月初次相見的顧瀚揚和秦暮雪吧。

看著錦繡樓的院門，顧瀚揚深深的呼吸，收起了臉上的沈重，甚至刻意帶著一絲笑容。

湘荷見顧瀚揚進來，忙起身見禮，顧瀚揚見屋裡沒有喬錦書的身影，便道：「妳們王妃呢，用過晚膳了嗎？」

「王妃已經用過膳了，此刻在摘星閣。王爺的晚膳廚房溫著呢，奴婢這就去傳膳。」

顧瀚揚聽了微微頷首，想必那小東西又躲在摘星閣看書吧，若是往日顧瀚揚一定是用過膳再去找她。今夜不知為何，看著沒有那熟悉身影的屋子，顧瀚揚覺得格外的空蕩，好像多待一刻都不願，連晚膳也顧不得吃，便往樓上的摘星閣去。

夜晚的摘星閣還是那般安靜，當看到地上燃著三排白色的蠟燭，喬錦書一身素衣端坐在邊上，手裡拿著本往生經正唸唸有詞，顧瀚揚一時愣住了，不知道該說什麼。

過了半晌，方拉起那白衣飄飄的女子，緊緊的擁進懷裡道：「錦兒，我顧瀚揚何德何能，竟能要妳為我如此。」

秦暮雪於喬錦書來說無一絲情感可言，只有點點滴滴的刁難和謀害自己孩子的仇恨，但是於顧瀚揚來說終是結髮之妻、亦有過初識的美好，所以，喬錦書白衣素服以家人的儀式，在屋子的最高處點燃蠟燭，幫顧瀚揚送她最後一程。喬錦書以為不會有人明白，誰知不用她片言隻語，顧瀚揚竟能懂她。

自從聽了秦暮雪歿了便再沒露出一絲笑容的喬錦書，聽到這話終於露出了由衷的笑容。「顧瀚揚，你竟能明白?!」

顧瀚揚寵溺的撫摸著懷裡人兒的髮髻。「我若連這點都看不懂妳，如何做妳的夫君，做妳生生世世的良人。」

生生世世的良人呵，喬錦書咀嚼著這幾個字，只覺得周遭的風都有著幸福的味道。

「來人，把這裡都收了。」顧瀚揚大聲道。

兩個書童忙應聲從書房裡走出來，動手收拾。

顧瀚揚這才對喬錦書道：「走，我們出去走走。」相攜著走出了錦繡樓，沒有帶一個人，只有落日遠遠的跟在後面，顧瀚揚走過去在他耳邊低語幾句，落日應著去了。

仍是一般的夜涼如水，星星在遠處閃爍，顧瀚揚卻覺得心裡滿滿的，滿滿的……月亮的銀輝灑滿薔薇園，園中的百花仍然恣意的開放著，不為等人欣賞，只為生命中這最燦爛的一刻芳華。

喬錦書仰首看著天空掛著的一輪明月，不知道想起了什麼，腳步漸漸的放慢了。走在前面的顧瀚揚發現不知何時自己的手空了，驟然回首，卻發現不遠處她白衣如仙，微仰著臉，看著天邊的月亮，在憑弔或者在思念……

顧瀚揚不忍驚動，只是慢慢的朝遠處的人伸出自己的手，安靜的等待著。

不知過了多久，冷凝的眼淚驚醒了沈思的喬錦書，喬錦書抬手擦乾臉上的淚痕，卻發現那人站在不遠處朝自己伸著手，默默的等著。

是承諾，是誓言。

喬錦書飛快的奔過去，把手放進那微涼的大手裡，緊緊的握著。

落日把手裡的東西輕輕的放在兩人的腳下，悄然的退下，他知道要是他此刻有什麼不宜的舉動，恐怕明日他就要來薔薇園掃落葉了。

顧瀚揚蹲下去，一雙手飛快的動著，不一會兒一個碩大的孔明燈就出現了。顧瀚揚示意喬錦書幫他扶著，他自己微閉著雙眼，雙手交錯緊收在胸前靜默無語，過了一會兒他點亮孔明燈，孔明燈緩緩升上天空。

看著遠離的孔明燈，顧瀚揚拉著喬錦書的手，道：「錦兒，那個燈是我為秦暮雪祈福，願她早日投胎擁有屬於她的世界，有一個幸福美滿的人生，也是放飛，她從此就如這個孔明燈一樣，遠離了我們兩人的世界。」

喬錦書想起自己適才月下的淚痕，也蹲下去雙手動作，不一會兒又升起了一個孔明燈，雙手合十，喬錦書腦中飛快的閃過前世的歲月，與外祖母相依為命的日子，孤獨無依的歲月，曾經心動的「他」，還有一千年後的浮華燦爛。

點燃燈看著它緩緩升空，喬錦書定定的看著顧瀚揚，顧瀚揚的眼神深邃黝黑，好像一個漩渦，彷彿能透視人心，如果不是確定老和尚不會把自己的事說出來，喬錦書都懷疑顧瀚揚是不是知道了自己的來歷。

顧瀚揚把眼前的人拉入懷裡，道：「從今以後妳我之間不再有任何隔閡，妳就是我，我就是妳，彼此相依生生世世。」

喜兒興沖沖的奔上樓，湘荷見了啐道：「小蹄子，什麼事這般匆忙，也不怕不留神摔倒。」

喜兒頑皮的朝湘荷做了鬼臉，走進屋裡給喬錦書見了禮，道：「王妃，奴婢看見咱們要出行的馬車了，真的好漂亮呀，比平日的車要高大寬敞許多不說，連車輪都是六個呢！」

這車子加輪子還是喬錦書提醒顧瀚揚的，加了輪子的車不但平穩，速度也會快上許多，沒想到他這麼快就做好了。想必出去的日子也快了，自己還是要回娘家一趟，有些事總要交代一下才好。

正想著湘荷進來道：「王妃，咱們家二老爺帶著兩個小舅爺來了。」

喬錦書一聽自己的二叔帶著饅頭、包子來了，忙高興的喊道：「快請。」

張嬤嬤在旁邊指了湘荷取笑道：「妳說的是哪門子的話，若不是家裡人誰聽得懂。」

湘荷不依的拉了張嬤嬤道：「有什麼難懂的，咱們都是王妃的陪嫁，任誰都是知道的。如今咱們這邊王府裡，主子們都是老王爺、王爺、太妃、王妃，說起咱們家老爺什麼的，自然是說喬家的呀，家裡有誰不懂呀！」

湘荷不解釋還好，越解釋越繞口，說得一屋子人都大笑了起來。

妙筆領著喬楠柏，帶著饅頭、包子走了進來。

各人見禮安坐，喬錦書才笑道：「二叔今日怎麼帶著饅頭、包子過來了？」

喬楠柏伸手摸摸身邊饅頭的小腦袋，一貫嬉笑的臉上難得認真的道：「一品大師要收饅頭、包子為徒，他們二人也都願意。」

「哦，教他們醫術嗎？」喬錦書笑道。

喬楠柏越發肅然道：「饅頭不是。」

聽了喬楠柏的話，喬錦書臉上的笑容收斂了起來。

世人都以為一品大師醫術了得，卻不知他最厲害的卻是國策。所謂國策便是——襄君之術，謀國之道，安邦之策。

一品大師是前朝皇族，前朝的最後一位皇帝大曆皇帝暴虐殘忍，被歐陽家和顧家一起推翻，開創一代新朝，但是新朝並沒有對原來的皇族趕盡殺絕，只是圈出一塊地，令他們在那裡生存，且終生不得離開。過了幾代，他們已經沒有了作為皇族的自覺，早融入了百姓的生活，所以當今朝廷也就不再過度約束他們的行為，他們中有很多人離開了那塊地方。

對於前朝皇族代代相傳的不世醫術和神秘莫測的國策，朝廷卻是有過耳聞的，一直也想對他們有所重用，但是他們雖沒有了皇族的自覺，卻仍然有著皇族的尊嚴，只肯用醫術治病救人，卻不肯用國策出仕為官。

好在當今的幾位帝王都清明豁達，並未因此而逼迫他們，而是選擇尊重。

到了一品大師這一代，便只剩下一品大師和「瘋神醫」兩人，一個閒雲野鶴，一個放蕩不羈，且都沒有後人，若是他們沒有選中滿意的徒弟，這兩樣神技大約都要隨他們一起淹沒在歷史中。

現在他們選中了自己的弟弟，當然是弟弟們的幸運，但是一旦饅頭學了國策，想不出仕為官是不可能的。一想到饅頭終身將在宦海沈浮，喬錦書的心就一陣陣緊縮。

饅頭和包子都很喜歡姊姊，特別是饅頭心智異於同齡人，看著姊姊緊鎖的眉頭，饅頭上前在喬錦書的腳邊跪坐下來，抬頭看著喬錦書，道：「姊姊，饅頭知道姊姊的心願，不過是小富即安，一家人團團圓圓的生活在一起，饅頭自從知道姊姊的心願後，就想一定要好好跟二叔學經商，將來賺錢讓全家人幸福的生活在一起。可是昨天師傅和饅頭談了一整夜，談國策、談歷史、談為官，饅頭覺得師傅說的對，國不安何以為家？男子漢生於天地間就該頂天立地，雖然宦海沈浮，生命也許旦夕間，但是，弟弟答應姊姊，一定會保護好家人和自己。」

看著饅頭那稚嫩的臉上閃閃發亮的雙眼，喬錦書想起一品大師和「瘋神醫」在亞布力草原受災時，不顧年邁千里奔波，歐陽曲彥和顧瀚揚在國家危急時捨命救國，喬錦書緩緩的點頭。

看見姊姊答應了，饅頭才鬆了口氣，饅頭和包子不怕爹娘，卻怕這個最疼愛他們的姊姊。

喬楠柏見這樣才笑道：「饅頭就怕妳不答應，說一定要親自來求妳。」

喬錦書摸著饅頭和包子的小腦袋，道：「我不想答應，可是我找不出不答應的理由。」

包子看喬錦書還有些不豫，忙拉拉喬錦書的袖口道：「姊姊放心，包子以後一定好好和師傅學醫，以後有誰敢傷饅頭，我手裡的銀針和藥丸就饒不過他們。」

看著包子說話時眼中的冷冽，喬錦書不由得真的笑了出來，看著喬楠柏道：「二叔，他們還這麼小就讓他們理解這些，是好是壞？」

喬楠柏長吁了口氣道：「錦兒，無所謂好壞，個人自有個人的命運，一如當初妳要嫁進顧府一般，我們縱然再多擔心，也只能看著妳獨自擔當。」

到了晚上顧瀚揚回來，喬錦書和他說了饅頭和包子的事，顧瀚揚並沒有流露出一絲意外，只是微微頷首。

喬錦書見了，有些生氣的道：「你早知道是嗎？」

顧瀚揚苦笑著點頭道：「我不是不想告訴妳，我是怕妳生氣，在妳心裡饅頭、包子和木瓜、蘋果一般，妳心裡便只有他們，哪裡還有我這個夫君呀。」

看著一臉糾結的顧瀚揚，喬錦書噗哧一聲笑了出來。

顧瀚揚這才鬆了口氣，一想起等會兒要說的話，心裡又忐忑起來，想了半天才道：「錦兒，我還有話和妳說。」

喬錦書挑眉看著顧瀚揚沒作聲。

「這次咱們出去可以玩上個三兩年都沒問題。」

喬錦書一聽，高興得眉飛色舞起來。

「等蘋果、木瓜四歲要啟蒙的時候，咱們就要回來了，回來後蘋果要由祖母親自教養。」

「為什麼？我不同意，離那麼遠，我會想蘋果的。」

「這個沒問題，到時候整個逍遙王府都可以搬到京城去，甚至還可以將祖母接到逍遙王府。但是，蘋果一定要由祖母教養。」

「為什麼？」

「因為我把蘋果許給了太子歐陽冉做現在的太子妃，將來的皇后，所以祖母要親自教養她宮規。」

「顧瀚揚，你去死，為什麼我的弟弟、女兒都要和這個該死的歐陽家有關係？我不幹！」

日後，顧瀚揚想起那天晚上生氣的喬錦書，現在還心有餘悸。

在一個秋高氣爽的日子裡，顧瀚揚、喬錦書帶著蘋果、木瓜，還有清風、湘荷等十多個下人，一行人七、八輛馬車從慶陽縣逍遙王府出發了，開始了他們看山看水數星星的日子。

第四十四章 沉香石

官道上塵土飛揚，幾輛馬車在護衛的保衛下疾馳而來，中間一輛馬車上坐著一對粉雕玉琢的小孩，正是蘋果和木瓜。

木瓜嘟著嘴對蘋果道：「爹為什麼要把我們扔出來？」

蘋果慢慢吃著手裡的梨花糕，看了身邊不過比她小半個時辰的弟弟一眼道：「因為爹想抱娘。」

「我也想抱娘。」木瓜生氣的道。

「所以我們被爹扔出來了。」蘋果仍然在吃糕點。

木瓜皺了皺眉，看著身邊的蘋果道：「姊，妳給我出個主意，我今晚想和娘睡覺。」

蘋果斜睨了木瓜一眼道：「我也要和娘睡覺。」

木瓜承諾般的使勁點頭，木瓜只肯和姊姊分享娘的懷抱。

蘋果這才不緊不慢的說了三個字：「爹怕娘，娘心軟。」

木瓜聽了眼睛一亮，慢慢瞇成了一條線。

如果你以為木瓜笨，那你就錯了，幾年後當他要算計一個人的時候，那個人唯一能做的一件事就是逃跑。

他只在一個人跟前不用腦子，那就是他的雙胞胎姊姊蘋果。

而蘋果也只在一個人面前不掩飾她的心機，那就是木瓜。

另外一輛車裡，喬錦書還在想著剛才離開的溪城。

一衣帶水繞城而過，繁華之地文采風流，大約可比秦淮河了，真是六朝煙月之區，金粉薈萃之所。

顧瀚揚聽了，笑著將身邊的喬錦書攬進懷裡，笑道：「錦兒越發的文采風流了，只怕要愧煞天下男兒。」

喬錦書對於這樣的誤會已經懶得解釋了，反正她不會在外人面前唸那些經典絕句，不驚世駭俗就好，偶爾讓自家的男人驚豔一下倒無不可。

二人正說著話，清風在外面回稟道：「主子，前面是三岔路口，甲木去探路了，前面有個茶寮，要歇會兒嗎？」

一家人在茶寮坐了，清風帶著人忙去打點。茶寮的老闆是一個年近五十的老漢，看著這一家人女眷眾多，深深的嘆了口氣，走過來給顧瀚揚深施一禮道：「這位老爺，小老兒多話問一句，您是去往沉香縣的嗎？」

顧瀚揚抬頭打量了一下眼前憨厚老實的老者，遂點點頭。

那老漢在湘荷等婢女和戴著帷帽的喬錦書等人身上一一掃過，又壓低了聲音道：「老爺，小老兒多說一句，您家女眷眾多，這沉香府實在沒什麼東西，您還是別去了的好。」說完也不再理顧瀚揚等人，等清風想找他問清楚時，他早躲了起來，連小二也不見了。

顧瀚揚微微蹙了下眉，道：「等甲木回來再說。」

不一刻甲木轉回來稟道：「前面中間的路直通沉香府，只是沉香府進城和出城走兩個門，進城走大門也無人看管，而出城走旁邊的小門，盤查得好像有比較嚴。奴才也上去打聽了，但是那些人好像都很害怕，不敢說什麼。」

想到剛才茶寮老闆的情形，顧瀚揚沈思了半晌，道：「讓甲金帶人跟上來，我們進城看看，本王倒要看看這個小小的沉香府有什麼蹊蹺。」

一行人到了城門口，果然如甲木所說，進城、出城走兩個門，進城隨意，而出城那邊有衙役把守，還有些勁裝大漢，不像公門的人倒像是哪家的打手。

其實沉香府並不是州府，而只是一個小小的縣城，且地處偏僻，只因這裡產一種略帶檀香味的沉香石而出名，喬錦書聽說有這樣的奇特地方，便一定要來看看。

進了城，路上行人稀少，商販也是三三兩兩，並不吆喝，你若要買，自己過去，他便賣給你，不然你就是從他跟前過，他也只是木木的看著，不像其他地方的商販一般熱情。

喬錦書見了，對顧瀚揚道：「這裡的人好像沒有生氣一樣。」

顧瀚揚也發現了，道：「看看再說，這裡咱們沒有別苑，只能委屈妳和孩子們住客棧了。」

喬錦書倚在顧瀚揚肩上，道：「無妨，住客棧倒可以讓蘋果、木瓜更多的瞭解民間的生活，讀萬卷書不如行萬里路，若一味的把他們保護得太好，倒失去了帶他們出門的意義了。」

顧瀚揚微微頷首。

清風發現前面有家如歸客棧，雖然不大，倒乾淨整潔，最好的是上面可以住人，下面則有幾張桌子用來吃飯，這對他們這一大隊人來說，吃住都解決了，是再好不過的。

這客棧生意本來就不好，見有人包店，老闆自然是歡喜得不得了，忙給了一個公道的價格，還說免費給餵馬，最後才有些為難的指了那邊吃飯的兩桌人道：「能不能讓他們吃完飯再走？」

清風看了下那邊的人，好像都是普通的百姓，便看著顧瀚揚，顧瀚揚微微頷首。

那老闆也是個靈泛（注）的，見清風請示顧瀚揚，便知道顧瀚揚才是個能作主的，忙不迭的跑過來行禮道：「小人姓潘，世居沉香府，小人這店雖不是沉香府最好的，但也是極清靜的一個地方，一定讓客官滿意。」

顧瀚揚微微點頭道：「這個地方倒也不錯，只是你們沉香府怎麼這般人煙稀少，城門口又是怎麼回事？」

潘老闆聽了這話，眼珠子轉了幾圈，打量了喬錦書幾個女眷一眼，咬牙道：「客官，這客棧也別包三天了，您就住這一晚，明日趕緊離開沉香府吧，您家的女眷都找些破舊的衣服穿了，出城的時候只管多打點些銀子，只要平平安安的離開就好。」

喬錦書聽了故作不解的問：「我們是特意來看沉香石的，怎麼能白跑一趟呢？」聽喬錦書說起沉香石，潘老闆一臉灰暗，只管搖頭。「沒有沉香石了，咱們這兒沒有了，你們還是快走吧。」

喬錦書正想細問，外面匆匆進來個和潘老闆略有幾分相似的漢子，急促的對潘老闆道：「大哥，還有銀子嗎？如月的醫藥費不夠了，那陳老頭收費越來越貴了。」

潘老闆搖搖頭道：「二弟，陳老頭能治好姪女的病嗎？這一年多了，你見他治好了幾個。」

那漢子哀求的看著潘老闆道：「大哥，就一個我不也要試試嗎？如果連陳老頭都治不好，其他人更治不好了啊。」

潘老闆哀嘆一聲，拿出清風剛給他的定錢，遞給了那漢子，那漢子接了錢轉身便跑。

喬錦書見了忙道：「這位大哥，你且等等，你女兒得了什麼病？」

那漢子轉身看了喬錦書一眼，不像本地人，便道：「哎，什麼病妳也治不好，多問做什麼？妳們女兒家的跑到沉香府來做什麼？快回去吧，別來了。」說完轉身又要走。

喬錦書忙向落日使了個眼色，落日一移步堵住了門。

那漢子轉身看著喬錦書哀求道：「姑奶奶，求您放小人出去吧，小人真的趕著去救女兒的。」

注：靈泛，靈活機敏之意。

那潘老闆到底見識多些，知道顧瀚揚的意思不過是想知道怎麼回事，便忙跪下磕頭道：「老爺，不是我們不告訴你，是我們不敢說呀，我們一大家子幾十口人，要是得罪了徐家就都沒活路了，求您行行好吧。」

顧瀚揚看了看那漢子道：「你們聽過仁心堂嗎？」

那漢子木訥的搖搖頭，潘老闆卻一臉驚喜的道：「聽過、聽過，去年我去州府時聽過，仁心堂醫術高超，宅心仁厚，他們的藥丸更是靈驗無比。」

顧瀚揚指了喬錦書道：「她就是仁心堂喬東家的女兒。」

潘老闆和那漢子一聽忙跪下，朝喬錦書使勁磕頭道：「求喬姑娘，救救我們家如月吧！」

喬錦書道：「能不能救我要看了病人才知道，但是，你們要告訴我們沉香府到底出了什麼事。」

潘老闆和那漢子對視了一眼，一咬牙道：「好，只要能救我姪女。」

不一刻便有人抬著個女孩上來，到樓梯口清風便命人接過女孩，只允許那漢子和女孩的娘一起上樓。

那女孩約十三、四歲的樣子，眉目如畫極是好看，渾身發熱昏迷著，臉色蒼白憔悴，兩隻手連著胳膊包得像粽子一樣，那女孩的娘跟在邊上滿臉悲傷。

喬錦書慢慢揭開包紮的布，見胳膊紅腫潰爛，千瘡百孔極是恐怖，胳膊上有一些黃色的油，如月的娘說是陳大夫給的藥。

用了一個時辰，喬錦書才把兩隻胳膊清洗乾淨，一抬頭發現如月竟然清醒了，只是咬牙看著自己。想起剛才清洗傷口的疼痛，這個女孩竟然一聲不吭的忍了，喬錦書不由得有些憐惜她，便笑著安慰道：「我一定想辦法醫好妳。」

如月已經疼得說不出話了，只是感激的點頭。

喬錦書開一服消炎的內服方子，讓喜兒去煎藥，自己帶著湘荷趕緊又製出外敷的藥，等餵如月喝下藥，又上了外敷的藥，連番下來如月身上的熱度已經退下去了，喬錦書這才鬆了口氣。

如月的娘見這麼快如月身上的燒就退了，喜得連連磕頭。

喬錦書忙扶起來道：「沒事了，我剛才在藥裡給她加了點安眠的藥，讓她睡一會兒便沒那麼疼了，讓她休息，我們出去吧。」

幾人下了樓，潘老闆和潘老二都迎了上來，聽潘氏說燒已經退了時，兄弟倆感激得又連連給顧瀚揚和喬錦書磕頭。

潘老闆沈默了一下，道：「這事還是讓我來說吧。」

沉香府地處偏僻，崇山峻嶺，因此並不富裕。在沉香府信遠山和齊河交界的一大片山地，產著一種略微帶檀香氣息的石頭，但這種石頭遠沒有達到玉石的通透，因此並不珍貴。沉香府的人發現了也只當個新奇的物件採回家，或者給自家的女孩做香囊、香袋，或者放在家裡當熏香用。也有附近的州縣有人知道了，便過來收購了回去的，但是價錢都不高，所以並沒有人去特意找來開採。

要說這沉香府雖然窮，可那山水倒真有靈氣，這裡的女兒家個個都眉清目秀的，最漂亮的就數沉香府首富徐家的大女兒徐仙麗，這徐家姑娘端的是國色天香，徐家不想埋沒自家的姑娘，便託人送進了宮裡。一去多少年都沒有消息，可是前幾個月新帝登基，他女兒使了人回家報信，徐家的女兒竟然封了貴嬪。

這徐家出了一位貴嬪娘娘，在這窮鄉僻壤的沉香府，徐家自然顯赫一時，不要說沉香府的縣令，就是州府的撫臺大人也要避其鋒芒。

這沉香府的人一向都老實忠厚，任他徐家欺壓，倒也相安無事，事情就出在前幾個月，那徐貴嬪娘娘讓人帶信回來說皇帝喜歡沉香石的味道，讓他爹多採些沉香石送到宮裡去。

徐家得了這個信兒就如同得了聖旨一般，滿沉香府找沉香石，倒也讓他們找到了一處極大的沉香石礦，開採了連忙送到宮裡。沒多久徐貴嬪娘娘又來信說這沉香石的香味不對，要再找。

徐家得了這個信兒，又一邊滿處找沉香石礦，一邊想法子，這時也不知哪裡來了個道士給徐家出了主意，說要想沉香石的香味好，必得用十二歲到十五歲的處子開採才行。

沉香府的窮人極多，徐家出的工錢又高，自然就有那貪圖銀子的把自己家的女兒送去做苦力，這原也沒什麼，一個願打一個願挨的事。

可是徐家有個獨子徐傑，從小嬌生慣養，欺男霸女，沉香府的人見到他都繞道走。

徐傑也不知聽了那道士的什麼挑唆，竟然讓那些女孩子赤裸著身體去採礦，他和那道士就一邊喝酒取樂，甚至肆意褻玩。

等到那些女孩精力不濟了，他們就換一批女孩去採礦，而那些換下來的女孩就成了他們徐家父子和道士、還有徐家那些打手的玩物，就算這樣，只要能活著放回來，好歹還能留得性命。

最可恨的是，那道士在山裡又發現了一種草。

喬錦書聽了忙問道：「可是藍馬纖草？」

潘老闆點頭道：「應該是喬姑娘說的這個，我們這兒叫馬兒草，這種草五顏六色，平時小孩子們採來玩也沒怎樣，誰知那道士讓人將馬兒草煮熱後將沉香石放進去漂染，三天後沉香石便呈現各種顏色，極其好看。那些石頭晾乾後，既使拿在手裡玩也沒有任何事，只有那些漂染石頭的女孩子會雙手潰爛不治，拖上幾個月就死了。因此他們就讓那些被他們玩弄過的女孩去漂染石頭，等到那些女孩子雙手潰爛得實在不行了，才讓那些女孩的家人去領回來。

「這樣下來，再也沒有人家願意讓自己的女兒去徐家採礦了，徐家就讓打手強行去各家搶，甚至攔在城門口，就是怕各家帶著自家的女孩子逃走。」

聽了潘老闆的一席話，顧瀚揚雙眼能凝出刀劍一般，在桌上狠狠一拍，道：「畜生！」

那桌子便已四分五裂，嚇得潘老闆一家目瞪口呆。
喬錦書也早已義憤填膺，看著潘老闆道：「這藍馬纖草的毒性我已經找到法子解除了，明日我借你這地方義診可好？」
潘老闆錯愕道：「你們不怕？」
喬錦書搖搖頭道：「不怕。」
潘老闆也顧不得他們說的話是真是假，頓時高興的道：「好好好，莫說是借用一下，只要能救那些女孩，就是拆了老潘這裡當柴燒，老潘也願意。」
潘老二夫婦也忙道：「我們這就去通知各家，我們明天也來幫忙。」
第二天凡是那些家裡有被藍馬纖草感染的女孩聽了潘老二的話，都帶著女孩趕往如歸客棧，如歸客棧一時人來人往絡繹不絕，連那些躲在家裡不敢出來的女孩，聽說如歸客棧來了貴人，不怕徐家，也都躲進了如歸客棧。
三天之中，那些女孩都得到了救治，百姓們都紛紛傳說沉香府來了個女神醫。
徐家的打手出來抓人也只抓到兩、三個，一打聽之下，聽說女孩都跑到潘老大的如歸客棧躲了起來，便衝過去抓人，自然是被落日帶人收拾了一頓。
幾個打手狼狽的跑回去找徐傑訴苦，徐傑一聽潘老大竟然敢聯合外地人和徐家作對，那還得了，帶著人便衝了過去。
在門口便看見喬錦書戴著帷帽領著湘荷、喜兒幾個丫鬟正忙著，徐傑一見眼睛都亮了，指著她們幾個便道：「那幾個都漂亮，適合給娘娘採礦，全部抓走。」
要說徐傑這廝，看人還真準，這些人不僅喬錦書戴著帷帽，連湘荷、喜兒也都戴了面紗，這廝竟然知道人家長得漂亮，可惜這次活該他倒楣。
這些人得了徐傑撐腰正想往裡闖，清風從旁邊走出來往門口一站，也不說話，只管看著他們。
徐傑頓時大怒，指著清風的鼻子道：「你知道爺是什麼人嗎？竟敢攔爺的路。」
清風也不說話，只搖搖頭，也不讓路。
徐傑氣得跳腳道：「知道爺的姊姊是誰嗎？」
清風仍是面無表情的搖頭。
「爺的姊姊可是當今徐貴嬪娘娘，爺是堂堂國舅爺，你敢攔爺的路，爺將你全家滿門抄斬，將你凌遲處死！」徐傑跳著腳，囂張的大喊。
顧瀚揚從裡面走出來，冷冷的道：「怎麼你對凌遲處死很有興趣嗎？爺可以成全你。」
徐傑看著顧瀚揚，不知怎的渾身打了個顫，心底沒來由的一陣害怕，但一想到自己的姊姊是皇帝的老婆，這個世界還有誰比自己的皇帝姊夫更大的嗎？那氣勢又上來了，叫囂道：「只有爺殺你的，哪輪到你殺爺了！」
顧瀚揚好笑的看了徐傑一眼，吩咐清風道：「打出去！」
徐傑幾個被打得狼狽逃竄，邊走還邊喊。「你等著，等我找縣令大人來！」

顧瀚揚看著幾人逃竄，吩咐清風道：「不管是誰都給我打出去，本王倒要看看能打出多少官員來。」

果然打走了縣令，撫臺大人帶著軍隊過來了。

清風一見，想起自家主子的吩咐，嘿嘿冷笑，朝那個帶兵的人招招手。那人是州府守備，見清風招手，原本是懶得理睬的，但看清風一身功夫，帶兵的人對有功夫的人都是有幾分佩服的，便走了過去。

清風見他過來，也不多話，只從懷裡掏出一個符給他看了一眼，那守備一見，臉色驟變，忙對清風躬身一禮，帶著他的兵轉身就要走。撫臺大人忙上去阻攔，守備雖然比撫臺官職低，但並不受撫臺轄制，這守備和撫臺的關係不錯，想了想還是低聲道：「這人我不敢惹，他手裡的東西能將我就地打殺而不需承擔任何責任。」

撫臺一聽心裡發涼，打殺從四品守備不需承擔責任是多大的權勢呀，但又一想，權勢再大能大過皇帝嗎？徐貴嬪可是娘娘呀，又直起腰朝清風走來。

正在此時，遠處幾匹快馬疾馳而來，馬上的人大叫——

「聖旨到！」

跟著撫臺過來的徐傑頓時得意起來，看著撫臺大人道：「一定是我姊姊在皇帝面前請了旨。」

那馬上的人下來，看見清風道：「還不去請你主子來接旨。」

顧瀚揚從裡面走出來，一看是御前侍衛統領馬成峰，笑道：「馬成峰，怎麼把你派出來了？」

馬成峰和顧瀚揚一直關係很好，當即道：「你那加急密摺一去，可把萬歲爺氣急了，連夜就派我來傳旨，馬都跑死了幾匹，逍遙王接旨吧。」

顧瀚揚、喬錦書等忙跪下接旨。

「奉天承運，皇帝詔曰，徐貴嬪縱容家人為非作歹，草菅人命，廢為庶人打入冷宮，徐家滿門抄斬，徐傑和道士黃成凌遲處死，欽此。」

顧瀚揚接了旨，起身。

馬成峰冷冷的瞥了撫臺一眼，道：「萬歲爺說了，那些官員由逍遙王自己處置。」

撫臺、縣令臉色灰敗，皆跪在顧瀚揚腳下求饒。

徐傑早已經嚇得暈死過去了。

在徐傑和道士黃成凌遲處死的那日，沉香府萬人空巷，都跑去觀看，那鞭炮放得震耳欲聾。

在沉香府百姓三呼萬歲，拊掌慶賀時，幾輛馬車悄悄的出了城，往遠處馳去。

第四十五章　尾聲

京城皇宮，歐陽曲彥看著大力手裡的摺子道：「是顧瀚揚的摺子嗎？」

大力忙奉上摺子，應道：「是，萬歲爺。」

歐陽曲彥接過摺子放在一邊，道：「哼，這才出去半年就讓朕斬殺了三個官員，貶斥了五個官員、一個嬪妃，真不省心。」

大力笑道：「但是民間處處傳誦著萬歲爺的聖明，朝廷的恩德。」

歐陽曲彥嘴角微翹，笑道：「朕每日裡勞心勞力，那臭小子卻自由自在，朕怎麼都不舒服，他們到哪兒了？」

「聽說到了亞布力草原，逍遙王妃又為亞布力草原解除了一場劫難，草原上的人對她敬重不已，甚至用歌曲傳誦她的事蹟。」

太陽神的光輝照耀著大地，
讓我們草原人生生不息哎。
她比太陽更溫暖，
擁抱著我們草原人的心哎。

那瑪河的河水澆灌著大地，
讓我們草原人生生不息呔。
她比河水更溫柔，
保護著我們草原人的生命呔。
她就是我們心中最美麗的岡拉梅朵呔。

聽著大力的話，歐陽曲彥有些落寞的笑道：「她終於去圓她的夢了。」猛然又想到什麼的問道：「那日她給朕療毒的時候，你只管呆呆的看著做什麼？」

大力竟然難得的有些不好意思，躊躇了半晌方道：「皇上，奴才當時看著您臥在白色的羊毛毯子上，她一身素衣，那銀針在她纖纖玉指間翻飛，奴才覺得那就像一幅畫一般，好看極了，只覺得挪不開眼睛。」

歐陽曲彥聽了沈默不語，半晌方自言自語道：「妳既喜歡踏遍承源朝的山水，那朕就將它治理得風景如畫，讓妳縱情的逍遙於山水間吧。」

——全書完

文創風 237-241

嫌妻當家

全套五冊

妻令一出，誰敢不從？

樸實純粹　演繹種田精髓／芭蕉夜喜雨

現代OL魂穿古代，竟然成了有夫有女的農村婦？
丈夫好不容易從軍歸來，這下卻帶了城裡的小三一起回家？
她想乾脆讓位逍遙去，卻發現脫身不易，丈夫還想勾勾纏……

方茹遭逢人生打擊，
一覺醒來卻在什麼魏朝的下河村，還有個從軍的丈夫和幼女，
原來她穿成農家媳婦喬明瑾，但丈夫軟弱，婆婆苛刻，女兒受欺，
娘家也不給力，無依的她也不願委屈留下，立馬擬定脫身計劃──
但古代求生大不易，尤其她還帶著小女兒，該怎麼發揮穿越女的本事？
而且看似軟趴趴的丈夫這次卻堅決不放手，怪了，莫非他真的愛自己？

文創風 234-236

夫人幫幫忙

全套三冊

她發現，事情只要一涉及她，
無論對方是天大的官，夫君都敢揍，
可現在想動她的不是一般人，而是皇帝啊，
他總不會也想揍皇帝一頓，再撂下幾句話威脅吧？

輕鬆逗趣，煩惱全消／花月薰

自古以來君要臣死，臣便不得不死，
何況步家世代忠心，男丁幾乎都為國捐軀了，
原本步覃也是為家為國，死而無憾的，
然而，當君不君時，也休怪他臣不臣了。
皇帝屁股下那張龍椅是他和妻子幫忙坐上的，
如今椅子都還沒坐熱，皇帝竟就覬覦起他的妻子？！
為了保護妻子，他硬生生受了皇帝十多箭，險些喪命，
險些。
皇帝這回沒能殺死他，那就得作好心理準備了，
既然君逼臣反，那……便就反了吧！

文創風 231-233

嫡女翻身計劃

全套三冊

以她父母雙亡的身分，
要在古代的大家族中生存著實不容易。
但她才不會認輸呢！
看她怎麼一步步扭轉形勢，
從被冷落的江家三姑娘，成為人人羨慕的望族夫人！

大器刻劃朝堂風雲
細膩描繪兒女情長／藍嵐

從備受寵愛的書香世家千金，穿成不受重視的二房嫡女，
生活品質的嚴重落差，江素梅花了不少時間適應，
畢竟要在大家族裡生存，不淡定機靈點怎麼行？
想她一個嫡女卻吃不飽穿不暖，說出去只怕被別人笑！
可她背後沒有靠山，府裡上上下下誰把她當一回事了？
雖有外祖母與小舅疼惜，可這兩人窮得還得靠她接濟，
她的前途可謂一片渺茫啊……
為了能安穩度過這段穿越人生，她得自個兒創造翻身機會。
聽聞祖父最喜書道字畫，正好她的書法還上得了檯面，
靠著一幅賀壽聯，果真踏出了成功的第一步！
有了祖父的關注，原先在府裡像個透明人似的她，
日子總算也風風光光，像個正常的官家小姐了。
可只是個開始，因為在這個女子做不了主的時代，
覓得好夫君，嫁得好人家，才能當上人生勝利組啊！

藥香襲人 下

國家圖書館出版品預行編目資料

藥香襲人 / 維西樂樂著. --
初版. -- 臺北市 : 狗屋, 2014.12
冊 ; 公分. --（文創風）
ISBN 978-986-328-388-1（下冊：平裝）. --

857.7　　　　　　103022412

著作者	維西樂樂
編輯	王佳薇
校對	黃薇霓　馮佳美
發行所	狗屋出版社有限公司
地址	台北市104中山區龍江路71巷15號1樓
電話	02-2776-5889～0
發行字號	局版台業字845號
法律顧問	蕭雄淋律師
總經銷	知遠文化事業有限公司
電話	02-2664-8800
初版	103年12月
國際書碼	ISBN-13　978-986-328-388-1
原著書名	《药香书女》，由北京晉江原創網絡科技有限公司授權出版

定價250元
狗屋劃撥帳號：19001626
網址：love.doghouse.com.tw　E-mail：love@doghouse.com.tw